N&K

Silvia Tschui

Jakobs Ross

Roman

Nagel & Kimche

Für Gertrud Ruggli-Kunz und Max Tschui

Der Verlag dankt

 Stadt Zürich Kultur

und

 Kanton Zürich Fachstelle Kultur

für ihre freundliche Unterstützung

2 3 4 5   18 17 16 15 14

© 2014 Nagel & Kimche
im Carl Hanser Verlag München
Herstellung: Andrea Mogwitz und Rainald Schwarz
Satz: Satz für Satz. Barbara Reischmann
Druck und Bindung: Friedrich Pustet
ISBN 978-3-312-00607-6
Printed in Germany

 MIX
Papier aus verantwortungsvollen Quellen
FSC® C014889

Wiit weg sind Berge und See,
Aue gsehn ich nienets meh,
rund um mich flackeret Schatte,
wachsed us tunkele Matte,
dörf ich, o, d'Heimat nümm gseh?
O, wie tuets Herz mir so weh.
O, wie tuets Herz mir so weh.

I

Ticke Bäuche und Herzen
aus zerloffner Butter

Das Elsie kriegt eine Flättere

Ja, wenn das Elsie das Lied vom Blüemlitaler Bauern, wo vor Heimweh in der Fremde verräblet, nur wieder einmal in einem Salong singen und fidlen könnte, anstatt in diesem Finsterseer Chuestall nur das Rösli und das Klärli mit je einer Hampflen Heu in der Schnörre als Publikum zu haben! All den feinen Herren würd ob der traurigen Geschichte das Augenwasser nur so heraussprützen. Und am Schluss täten alle klatschen, und das Elsie wüsste, sie wär jetzt eine gemachte Frau.

So wie das eben hätte sein sollen, denkt sie beim Melken, mit zwei feuerroten, vom Jakob links und rechts frisch geflätteretn Backen. Wenn sie den Jakob trotz allem nicht gehüratet hätte, sondern halt auf eigene Faust nach Floränz gezogen wäre. Zu Fuess und villicht sogar mit der Kutsche und später villicht bis ans Meer.

Das hat das Elsie einmal auf einer gemalten Postkarte gesehen, die hat ihr ein Herrschaftsfrölein mit Bernsteinaugen und einem Herz wie aus Butter gezeigt. Da kann der Zürisee also einpacken. Und wenn der Fabrikdiräkter nicht so eine hinterfotzige Sau gewesen wäre, wär sie mitsamt dem Herrschaftsfrölein mit dem Butterherz und den Bernsteinaugen den ganzen Weg in der Kutsche nach Floränz gefahren.

Öppen acht Jahre vorher, da steht nämlich das Elsie im grössten von allen Herrenhäusern in Wädiswil in der Küche. Singen tuet sie auch, aber dermal eben als Chind. Und die roten Backen kommen von einer Gluet beim Chämi. Dort schmelzt das Elsie Wachs in einem grossen Topf. Das riecht derart nach Bienen und Honig, dem Elsie ist zuerst der Goifer im Maul zusammengeloffen, und jetzt ist es ihr schlecht ob dem ebigen Wachsgeruch, und der Arm gheit ihr fast ab vom Rüehren, und zum den Takt Halten singt sie: Vom Flügen und vom Tau. In den Wachs kommt nachher Asche, zwei Liter auf fünf, und am Schluss Regenwasser, acht Liter auf fünf, und das Elsie singt von Feuer und Wolken.

Dann kommt der Topf an einen Haken, ohne Gluet darunter, und das Rüehren wird noch strenger, weil das Elsie während dem Kallen die Wachsseife zusammenhalten muess, und sie kann nur hoffen, dass in dem Moment an keinem von den Glockensträngen, wo aus verschiedenen Zimmern in der Küche zusammenlaufen, das Glöggli schellt, weil dann das Elsie unterbrechen müesst und das Frölein Furrer suechen oder sonst ein Meitli, je nach dem.

Wenn alles fest ist, fängt der Chrampf erst an: Dann schabt das Elsie die Wachsseife in Tiegel, holt Lumpen, bindet Filzli um die Knie und fängt an zu bohneren. Wenn sie amigs fertig ist mit all den Zimmern, kann sie grad zuoberst wieder anfangen.

Das Elsie bohneret gern, das Holz von den Parkettböden glänzt goldig, als ob es da noch öppis Weiches gäbe hinter der schimmernden Oberfläche. Und wenn das Elsie poliert, werden die glatten Bretter unter dem Streicheln vom Elsie tatsächlich warm und fangen an, Geschichten zu verzellen, die wachsen durch den Lumpen duren bis in ihren Bauch und steigen in ihr Herz, und sind sie erst an Lunge und Zunge vorbei, sind die Geschichten wie von selbst zu Wörtern und Melodien geworden.

Im Studierzimmer vom Diräkter mit dem Eichenboden singt sie vom Sterben und davon, wie so ein Eichenast nach Saft schreit, wenn ein Strick um ihn geschlungen wird, und Glieder nach Luft, wenn so ein Hals am säbigen Strick hänkt. Öppendie handlen die Lieder aber auch nur vom Wachsen, vom Regen oder davon, was die Elstere Glänziges im Baum versteckt und warum in einem anderen Wald drum ein Mann an einer Eiche verräblet.

Dem Elsie ist in dem Herrschaftshaus wohl, ausser wegen dem Sticken und Flicken, wo die Mägde am Abig noch müessen.

Das hasst das Elsie, ihr geraten immer die Hohlsäume durenand, und dann gibt es Chopfnüss, genauso wie wegen der Singerei. Öppendie schletzt nämlich das Frölein Furrer die Tür auf und zischt, sie heig dem Elsie schon hundertmal gesagt, sie solle mit der Singerei aufhören, die Herrschaft well sicher ihre Rueh.

Dann muess das Elsie die Handrücken ausstrecken und warten, bis ihr das Frölein Furrer mit einem tünnen Holz rechts und links eins über die Knöchel haut. Und amigs gibt es eben auch eine Chopfnuss, das ist, wenn das Elsie in einem Gang bohneret und vor sich hin singt und es für das Frölein Furrer keine Tür zum Schletzen gibt. Chopfnüss findet das Elsie fast besser als Tatzen, weil dann die Hände nicht weh tuen beim weiterbohneren.

Und Chopfnüss, findet das Elsie, wie sie dann öppen acht Jahre später beim Melken sitzt, sind vill besser gewesen, als wenn der Jakob amigs mit seinen Fäusten daherkommt.

Das Elsie ersingt sich eine Freundin

Wie das Frölein Furrer an einem Morgen dem Elsie wieder wegen der Singerei wüest sagt, geht oben an der Stege eine Tür auf. Das Herrschaftstöchterlein steht auf der Balustrade. Verhüehneret, nur im Nachtgwand mit einem seidigen Überwurf darüber. Bleich ist sie. Ihre Augen glänzen mit tunklen Ringen darunter, und die hellbraunen Haare sind ganz vertschuderet. Zwei Jahr älter ist sie ungefähr, weiss das Elsie, und von einer anderen Welt.

Das Frölein Furrer verschrickt und versuecht gleichzeitig: knicksen, das Elsie, wo auf dem Boden knienlet, an den Haaren reissen und sich derbei auch noch für die Singerei entschuldigen. Die heig sicher das kranke Frölein aus seinem Schlaf gerissen. Und sie bringe sofort Ochsenbrüeh hinauf. Für ihre Gripp'.

Aber das Meitli winkt ab mit einer schlappen Hand und sagt, sie sei nur herausgekommen, weil sie wissen well, wie das Lied weitergehe. So schön singe auch im Chor vom Pangsionat keine, und so lang wie die Magd da gesungen heig, habe sie vergessen, dass sie ja Fieber heig und Müeh mit dem Schnaufen. Die Magd solle die Bohnerbürste liggen lassen und in ihre Chammer kommen, und das Frölein Furrer solle tifig zwei Chacheln mit Brüeh heraufbringen, und Mark und Gmües grad derzue.

Und dann steht das Elsie in der Chammer vom Frölein, deren Boden hat sie schon tusigmal poliert, aber die Chammer ist jetzt, wo das Frölein daheim und nicht im Pangsionat ist, vill farbiger. Gwänder liggen umen und Büecher mit farbigen Einbänden. Der Spiegeltisch ist offen, daran gehänkt schimmeret eine Perlenkette, und Bürsten mit silbrigem Rücken liggen neben verchrugleten Spitzentüechli. Neben dem Bett ein Tischli, darauf blinkt ein silbriges Tablett, das hat das Elsie mehr als einmal mit Essig poliert und derbei von Eseln mit staubigen Lungen gesungen.

Das Frölein schlurpet wieder ins Bett, und einen Wimperenschlag lang stehen beide nebeneinander vor dem Spiegel, ein bernsteinfarbener Blick aus schwarzumringleten Augen trifft im Spiegel einen blitzblauen über rötschigen Backen, und keine Sekunde denkt das Elsie, blaublitzig und rötschig sei schöner als bernstein und bleich. Sie gseht auch nicht ein anderes Kind, wo vom Elsie seinerseits ganz verzauberet ist. Das Elsie ist stattdessen ganz stumm, wegen den Gwändern, wegen Kette, Silber und Spitze und nicht zuletzt wegen dem feinen Gesicht vom Frölein. Wo zu ihr!, zu ihr redt, als wär sie auch fast ein Frölein, nämlich: Es soll ihre Bohnerschürz abziehen und die Gwänder auf dem Polstersessel auf den Boden legen, das Frölein Furrer räume dann schon auf. Sie soll absitzen. Wie sie heisse und woher sie derart singen könne?

«Elsie», meint das Elsie und wird rot und bleibt stehen und brösmelet, sie wisse nicht woher, die Lieder, die kämen einfach, je nach dem, was sie grad am Machen seig, sie könne die nicht extra erfinden. Und wie das Frölein da recht enttäuscht luegt, meint das Elsie schnell, sie wisse sonst auch noch ein paar Chilenlieder.

Das Frölein lacht und meint, sie heisse Amalie-Sophie, aber das Elsie könne ihr einfach Frölein Sophie sagen, und ja, dann soll ihr das Elsie halt in Gottsnamen so ein Pfaffenlied singen.

Das Elsie hat kaum Luft geholt und angefangen, da schiesst das Frölein ganz unkränklig schon wieder aus dem Bett auf, packt das Elsie am Ärmel und meint, es müess! umbedingt! sofort mit ins Musigzimmer kommen! Schleikt das Elsie hinter sich her, schletzt die Tür hinter sich zue und im Musigzimmer den Teckel vom Flügel auf und sich selber auf den Klavierschemel.

Und dann muess das Elsie weitersingen, alle Lieder, wo sie kennt, und das Frölein haut derzue mal forsch in die Tasten oder streichlet sie ganz zart, je nach dem, was das Elsie grad wie singt, und das Elsie hat wiederum das Gefühl, aus ihren Rippli lösten sich lauter Schneeflocken, wo in den Morgensonnenstrahlen verglitzern. Und dem Elsie wird es derbei derart warm, dass sie sicher ist, sie heig ihrer Lebtag bis itzt gefroren und ständig nur draussen stehen müessen.

Hinter der Musigzimmertür steht schon eine ebige Länge das Frölein Furrer und lost wie von Tonner und Toria getroffen zue. Erst wie es im Zimmer drinnen einen Moment lang ganz still wird und dann ein zweistimmiges Gegigele losgeht, macht sie die Tür auf, und da meint das Frölein Amalie-Sophie, sie seig itzt schon sehr müed und müess wieder ins Bett. Das Elsie dürfe die zwei Portionen ganz allein essen. Und das Frölein Furrer solle luegen, dass das Elsie am nächsten Vormittag wieder ein Stündli oder zwei Zeit heig, selber müesse sie ja auch Klavier üeben, und so sei das eine weniger leidige Angelegenheit, als allein immer die ebiggleichen Etüden ufen- und abenzuklimpern.

Und so darf das Elsie ab da den ganzen Sommer lang jeden Tag eine Stund lang mit dem Frölein Sophie singen, auch wie die schon ebigs wieder gesund und butzmunter ist.

Was es mit dem Fidlen auf sich hat

Je mehr gegen den Herbst zue das Frölein Sophie davon verzellt, wieder ins Pangsionat abzureisen, desto gschmucher wird es dem Elsie. Am Tag, wo sich das Frölein zur Abreise parat macht, hockt das Elsie in der Küche, poliert Silberlöffel mit Essig und macht einen derartigen Stein, dass die Köchin – und so öppis ist noch nie passiert! – dem Elsie über die Haare streicht und ihr sogar ein Stück Zopf mit Honig hinstellt. Um das summen dann bald ein paar Flügen.

Wie das Frölein Furrer in der Küche erscheint und meint, das Frölein Sophie warte in ihrer Chammer, schleicht das Elsie mit lampigem Chopf die Stege hoch. Immerhin muess sie nicht in das Musigzimmer. Singen, das hätte das Elsie an dem Tag nicht können. Es ist ihr, als hätte sie rostige Nägel verschluckt.

Das Frölein Sophie sitzt am Spiegeltisch und gseht ganz anders aus: mit Locken und der Perlenkette und einem Reisegwand mit Schnüertallie und einem Dekolltee, obwohl das Frölein Sophie noch gar kein rechtes Dekolltee hat. Und dermal sind es rötschige Backen unter bernsteinfarbigen Augen und bleiche Haut und schwarze Ringe unter blauen, wo sich im Spiegel treffen, und das Elsie findet, sie gsehe aus wie ein Herdöpfelsack.

Aber dann springt das Frölein Sophie auf und packt das Elsie an der Hand. Sie solle nicht so einen Stein machen! Es heig eine Überraschung! Im Musigzimmer!

Das Frölein Sophie heisst das Elsie auf den Flügelhocker absitzen und packt einen schwarzen kleinen Kasten mit Messingbeschlägen aus dem Schrank. Das Elsie darf die goldigen Beschläge aufmachen und den Teckel zrugggschlagen – und dann lacht das Frölein, weil es dem Elsie derart die Luft verschlägt.

«Ich han noch nie öppis Schöners gseh», meint das Elsie nach einer Pause und legt eine Hand süferlig auf den schimmrigen Holzkörper von der Fidle, wo sich in violetten Sammet schmiegt.

Das Frölein Sophie zeigt dem Elsie, wie man die Fidle unter das Kinn klemmt, wie man sie stimmt und die Töne truckt. Wie der Bogen geharzt sein will und dass am sächsi z'Abig die Chilenglocken läuten und man diese Saite nach der hellen Glocke stimmen muess. Weil sie das Elsie nicht an den Flügel lassen könne, wenn sie weg sei. Da hätt der Vatter sicher keine Freud. Aber die Fidle, die stehe sowieso nur umen, obwohl es eigentlich eine richtig guete Fidle sei, eine Jakob Stainer, und der seig also berüehmt für seine Fidlen. Item, wenn sie well, dürfe das Elsie sie auslehnen und am Abig amigs üeben, bis sie im Winter wiederkomme.

Und itzt warte die Kutsche!

An dem Abig, endlich in ihrer Chammer, nimmt das Elsie ein Flannelllümpli und fährt jeder Maserung nach. Goldgelb glimmt das Instrument, wie das Bernsteinkreuz, wo dem Frölein Sophie manchmal auf dem Dekolltee hängt, und ocker, wie wenn der Jakob, der Rosschnecht, den Falben frisch gestriegelt hat. Aber am meisten, findet das Elsie, hat die Fidle genau die braunrotgoldige Farbe von den Augen vom Elsie seiner Muetter. Bevor sie angefangen hat, Bluet zu huesten und ihr ein Schleier über die Augen gewachsen ist und sie ganz den Geist aufgegeben hat und das Elsie ins Herrenhaus gekommen ist.

Es dauert eine geschlagene Woche, wo das Elsie jeden Abig mit der Fidle im Arm einschläft, bis sie sich endlich getraut, sie an ihr Kinn zu klemmen und auf die Glocke zu warten.

Wie sie dann den Bogen ansetzt, gibt es einen eisigen Ton, und die Welt gefriert. Vor Schreck lässt das Elsie fast den Bogen gheien. Aber wie der Ton verklingt, fehlt ihr schon öppis, und so streicht sie einen zweiten, sonnigen, dermit der erste, wohin der auch verklungen ist, dort nicht so muetterseelenallein umenschwingt. Und dann schickt sie einen ganzen Regenbogen hinterher und lacht, wie die Töne miteinander forthüpfen, bis hoch in die Chammer vom Frölein Furrer. Der säbeln sie einen Riss in die Kruste, sie löst sich den Haarchnopf und bindet sich ein Seidentuech um den Hals. Und dann geht sie, vom Elsie ihren Tönen umflatteret, ganz allein ins Wirtshaus. Und redet dort sogar mit einem Mann!

Im Studierzimmer streichen die Töne dem Diräkter über das Gesicht, und der legt seine Feder neben all die Faktura auf die Filzunterlage vom Pult, stützt seinen Chopf in die Hand, stiert aus dem Fenster in die Bläue und lässt einen Seufzger fahren. An dem Abig hat er zum ersten Mal seit langem nicht das tumme Gefühl, da sei ein Loch in seinem Bauch, wo er am besten mit einem ganzen Kalbskarree füllen müess. Und so kommt das Gesinde zu einem rechten Festmahl.

Von da an kann das Elsie es kaum mehr erwarten, nach dem Tagwerk zu der Fidle heimzukommen und die Töne Ringelreihen und Fangis spielen zu lassen, und bald langen Fangis und Ringelreihen nümen, und so passt das Elsie an einem Nachmittag, wo sie draussen öppis zu tue hat, genau auf, wo der Rosschnecht Jakob seinen Schlüsselbund aufhänkt. Später stiehlt sie tuschüst unter dem Frölein Furrer ihrer Nase ein paar Kerzen und hat nur wegen dem Frölein Sophie ganz kurz einen Zwack im Bauch, dort wo eben das schlechte Gewissen hockt.

An dem Abig schleicht sie sich in der Nacht in das Kellergewölbe unter dem Fuehrpark vom Herrenhaus, wo oben Kutschen umstehen und rechts davon dem Fabrikdiräkter seine Falben und Rappen, und lässt, versteckt neben den Weinfässern, Regimenter mit schartigen Säbeln aufeinander los. Einmal gumpt sogar der Tod höchstpersönlich mit gezückter Sense aus der Fidle, und jedesmal, wenn er die Sense schwingt, gheit ein Ratz im Keller tot um.

Der Jakob wunderet sich dann amigs am nächsten Tag, wieso die Rösser so bös miteinander sind und nacheinander schnappen und einmal hat eins sogar eine Kolik.

Aber dass es plötzlich keine Ratzen im Hafer mehr hat, merkt er weniger, und dass der Wein sauer wird, schon gar nicht: Der Jakob trinkt eben heimlich nur öppendie den Schnaps aus dem Lager und gseht dann aus seiner Chammere über der Remonte spät in der Nacht, wie das Elsie mitsamt der Fidle in der Hand zrugg ins Herrenhaus schleicht. Der Jakob denkt dann amigs zwischen zwei Schlucken: Vögeli. Wie ein pringes, feines Vögeli flatteret das Meitli, und dass er gegen so ein Vögeli in seiner Chammere nüt einzuwenden hätte.

Das Elsie ist ein paar Jahr lang froh

Ein paar Wochen später, an einem Dunschtigmittag, das Elsie hockt nach der Morgenarbeit in der Küche und löfflet Hafergrütz, steht das Frölein Furrer da und meint: «Wegstellen, Hände waschen, wieder absitzen!» Sie nestlet zwei Couverts aus ihrem Rockschoss. Derbei wechslet ihre Miene von säuerlich zu gewichtig.

Auf beiden Couverts steht öppis, nur die erste Zeile unterscheidet sich, sovill kann das Elsie erkennen. Lesen kann sie nämlich nicht. Ein Couvert ist tünn und offen, eines tick und zue. «Für dich», meint das Frölein Furrer und gibt dem Elsie das zuene, mitsamt einem silbrigen Brieföffner.

Blatt um Blatt gheit heraus, mit Zeichnungen, wo das Elsie nicht versteht, Linien und Punkte mit Schwänzchen daran, und eins mit Geschriebenem.

Und dann zieht das Frölein Furrer ein Blatt aus ihrem eigenen Couvert und liest vor:

Chère Gouvernante,
es ist mein Wunsch, Elisabeth, in Diensten meines Vaters stehend, in ihrer Education musicale zu fördern. Veuillez des-

halb, täglich nach ihrer Arbeit, dreissig Minuten sie unterweisen, zu Ihro bestem Vermögen, in Notation.

Je vous remercie,
Amalie-Sophie

Das Elsie verschrickt vor Freud. Endlich muess sie keine Hohlsäume mehr sticken! Chopfnüss bekommt sie auch keine mehr, derart schnell ist das Elsie im Notenlesen, einetweg im Lesenlernen. Das Frölein Furrer macht nur an den ersten Abigen einen Stein und dann, je mehr das Elsie spielt, immer weniger, bis sie sagt, sie heig ihr itzt alles beigebracht, was sie könne, und das seig leider nicht vill.

Da schreibt das Elsie halt selber kleine Lieder auf. Einmal in der Woche sitzt sie zu der Köchin in die Küche und spielt ihr von gesponnenem Zucker vor und von feinen Teigböden, tusigfach gefaltet, und die Köchin hockt sich vor die Gluet und verschränkt die Hände über dem Bauch und schleckt sich die Maulecken ab. Zum Dank knappst sie von ihrem Haushaltsgält Räppler für Briefmarken ab und steckt dann amigs den Brief mit den neuen Liedern vom Elsie in ihre Brusttasche, zum ihn am nächsten Tag am Morgen in aller Herrgottsfrüeh dem Pöstler für das Frölein Sophie mitzugeben.

Immer am Mittwuch kann das Elsie fast nicht einschlafen und wacht am Dunschtigmorgen noch vor dem Güggel auf und kann kaum recht polieren, sondern schleicht sich ständig ans Fenster, zum luegen, ob nicht die Postkutsche endlich um die Ecke biegt.

Wenn der Brief mit neuen Noten endlich da ist, schiebt sich das Elsie den Brief ins Dekolltee und poliert den ganzen Tag mit der neuen Welt auf der Brust und stiehlt jeden Dunschtig eine Kerze für eine lange Nacht im Fuehrparkkeller. Und wenn sie Zabig endlich wieder in ihrer Chammer ist, streicht sie jedes Blatt vom Brief glatt und schreibt es ab und bündlet die Blätter mit einem aus dem Nähzimmer gestohlenen rosaroten Bändel und benützt dann nur noch die abgeschriebenen Blätter zum Spielen, dermit ja die Originale nicht zerflättern.

Das Frölein Sophie wird fast noch religiös

Wie das Frölein Sophie an den Wiehnachten wieder daheim ist und dem Elsie rüeft und sich ans Klavier setzt, fidlet das Elsie ihr ein Wiehnachtslied, dass dem Frölein Sophie das Christkind samt Heiligenschein und Stall vor Augen steht. Die heilige Maria wischt mit der Hand eine Flüge vom neuen Kind, und der Esel lupft den Schwanz und lässt Äpfel gheien. Es schmöckt sogar. Dem Frölein Sophie wird es gschmuch ums Herz, und sie grüblet darüber nach, ob eine ungebildete Magd von geschätzten zehn Jahren sie öppen doch noch zur Religion bringe: ein Meitli, wo derart spielt, dass einem Mist und Weihrauch in die Nase stechen, das kann nicht mit rechten Dingen zue- und hergehen!

Am Wiehnachtsabig, wo das Frölein Sophie mit ihrem Vatter und illustren Gästen im Salong sitzt und dort auf dem extra in den Salong gerollten Flügel der Gesellschaft artig Weihnachtslieder vorklimperet, gseht jedenfalls niemert einen goldigen Heiligenschein oder einen Esel, das merkt das Frölein Sophie genau. Und da vermisst sie plötzlich das Elsie, als hätt sie einen Schnitt in der Brust. Derbei hockt das Elsie nur zwei Stöcke tiefer in der Küche und isst wohl in Gänseschmalz geröstetes Brot.

Bald nach dem Silvester muess das Frölein Sophie wieder zrugg ins Pangsionat, aber das stört das Elsie lang nicht so wie beim ersten Mal, schliesslich wächst ihr Bündel an Noten jede Woche, bis das Frölein Sophie im Sommer wieder kommt, im Herbst wieder geht und daraufhin im Winter wieder kommt, und eigentlich spielt das Elsie sowieso fast lieber im Fuehrparkkeller für sich allein als mit dem Frölein am Flügel. Das Frölein klebt ihre Melodien nämlich immer so schwer an dem Elsie ihre Töne, als würd sie ihnen Chlumpfüess verpassen.

Worauf sich das Elsie aber immer freut, zwei recht kurze Jahre lang, in denen das Frölein Sophie kommt und wieder geht, ist die Post. Zueverlässig jeden Dunschtig schickt das Frölein Sophie Noten, und jeden Dunschtig steckt das Elsie sich die Blätter ins Dekolltee und freut sich wieder auf die ganz neue Welt, wo sich dann am Abig auftuet. Mit der Zeit merkt sie, wie ihr, sobald sie die Fidle in der Hand hält, auch Eigenes und noch vill Fremderes aus den Fingern bricht. Aber trotzdem treit sie jeden einzelnen Brief immer noch den ganzen Tag am Herzen.

Das Frölein Sophie hingegen kommt in ihrem Pangsionat aus dem Staunen nicht heraus und freut sich jedes Mal mehr auf die Ferien, weil Lieder und Musig einfach so selber erfinden und ganze Regimenter und den Tod persönlich herausholen und das Christkind mitsamt Heiligenschein fürenzaubern, das kann das Frölein Sophie beim ganzen federleichthändigen Flügelstreichlen eben nicht.

Drum meint das Frölein Sophie von Jahr zu Jahr dringender, sie well jetzt dem Elsie öppis richtig Guets tuen. Aber weil dem Frölein Sophie noch nie öppis Böses passiert ist, ist ihr Herz leider so weich und sonniggelb wie öppen weiche Butter.

Ein Herz wie weiche Butter

So ein Herz wie weiche Butter langt aber noch nicht zum Gueten – was soll denn öpper nur mit weicher Butter anfangen? Da müesst noch öppis derzue gerüehrt werden, ein paar Eier oder Mehl, und das Ganze ein paar Mal auf den Tisch gehauen und in den Ofen geschoben. Nur so wird aus pflüderweicher Butter am Schluss öppis Nahrhafts, wo mehr Menschen Freude daran haben als einzig der, dem das Herz flüssigwarm in der Brust verläuft. Aber dermit so ein Herz zu ein paar Eiern kommt, müessten Schalen vertätschen, und von so Eiern hat ein Töchterli von einem Diräkter, wo von der weiten Welt nur das Töchterpangsionat gesehen hat, eben wenig Ahnung.

Bald hat das Frölein Sophie Geburtstag, es gibt einen Ball im Herrenhaus, noch vor dem offiziellen Debütantinnenball in Zürich, und der Teufel soll sie holen, wenn sie nicht an ihrem eigenen Ball dem Comme-il-faut eine lange Nase trüllen kann! Und so befiehlt das Frölein Sophie mitten am Ballabig, wo die Musig spielt und sich blanke Arme an Uniformen schmiegen, eine Pause. Geht die grosse Stege hinauf und kommt mit dem Elsie am Arm – die hat ihre Fidle in der Hand und ein blaues Kleid an, ein altes vom Frölein Sophie – wieder herunter und sitzt an den Flügel.

Ins Staunen hinein erkennt eine Connaissance vom Frölein Sophie das Elsie und fisplet: «Unerhört! Eine tumme Magd! Spielt da mit dem Frölein Sophie!»

Die Herren sagen derweil nichts. Die schielen dem Frölein Sophie auf die Arme.

Wie das Elsie aber anfängt und öppis Trauriges spielt, da gerinnen den Damen die Fispeleien in den feinen Hälsen zu Klumpen, und mehr als eine ringt nach Luft. Bis das Elsie öppis Friedlicheres spielt; da schweben die Klumpen wie durchsichtige Tauben aus den gepuderten Hälsen zum Fenster hinaus, und die feinen Damen wundern sich, wie leicht ihnen wird. Und flügen bald wie Saublateren, wo man aufgeblasen hat, auf dem Parkett umenand und bekommen rötschige Backen.

Nur die Dienstmeitli, die sind später in der Küche ganz verhüehneret. Die eine verzellt der Köchin, sie heig plötzlich in einem Fenster eine Strasse gesehen, die heig in eine Stadt geführt aus weissem Marmor mit goldigen Tächern. Fast aus dem Fenster gesprungen seig sie, derart heig es sie zu dieser Stadt hingezogen. Unheimlich seig das, sie well nümen in die grosse Halle.

«Tumms Züüg verzellst du», meint eine andere. Ob sie öppen nicht gesehen habe, wie sich bei einem Ton plötzlich ein Schatten komisch bewegt habe, und dann seig hinter dem Elsie ein Mann aus dem Boden gewachsen, mit einer scharfen Nase und einem tunkelblauen Rock, und der habe hinter ihr gfürchig gegrinst, und derhinter nur tüsterer Wald, wo man nie mehr herauskomme, und es seig so kalt geworden, dass sie gemeint habe, die Suppe gefriere in der Terrine.

Bis die Köchin rüeft: «Rueh!», und die Meitli könnten sich vor Tächern und tüstern Bäumen fürchten, so lang sie wellen, aber ihre Kelle schaffe auch schöne tüstere Flecken auf der Haut, sie müessten nur weiter so einen Chabis verzellen!

Was die Dienstmeitli auch chiflen, die feinen Herren halten sich derweil nicht mit Gespinsten auf, die luegen lieber, sobald sie sich ihren Saublaterendamen entwinden können, wie dem dreizehnjährigen Elsie beim Spielen das Dekolltee immer rötschiger wird und wie sie den Hals hält beim Fidlen.

Das Frölein Furrer luegt auch wie vom Blitz getroffen auf das Elsie: die Ähnlichkeit! Das ist doch nicht möglich!, und luegt zum Diräkter. Tatsächlich klebt dem sein Blick dem Elsie auf dem Gesicht, und er merkt dabei gar nicht, wie er auf seinem Polstersessel in der Ecke umenrutscht. Das kann jetzt richtig guet herauskommen oder richtig scheps, aber wahrscheinlich eher scheps, denkt das Frölein Furrer und langt schnell am nächsten Stuehl echli Holz an.

Wenn das Frölein Sophie das mit dem Diräkter gemerkt hätte, wär sie villicht am Tag vor ihrer letzten Abreise ins Pangsionat nicht in ihrer ganzen Butterguëti zu ihrem Vatter gegangen, um bei ihm zu meinen, das Elsie seig ein Ausnahmetalänt und komponiere und seig derbei eine einfache Magd. Und ob der Vatter nicht dem Elsie einen Platz an der Musigakademie in Floränz würd finanzieren, das seig doch eine kleine Investition. Er könne sich dann später, wenn das Elsie berühmt seig –

und das werde sie sicher –, rüehmen, er seig der Entdecker gewesen.

Mit dieser Bitte ist dem Frölein Sophie fast schon die gesamte Buttergüeti aus dem Herz geflossen. Und eben: Wenn so Butter schmilzt, ohne dass öppis derzue kommt, gibt es am Schluss halt nur ein paar schmierige Tolggen, und diese Tolggen, die kleben am Schluss dann sicher nicht am Frölein Sophie. Und am Herrn Fabrikdiräkter grad schon gar nicht.

Der Fabrikdiräkter

«Söll halt emal vorstellig werden», hat der Diräkter zum Frölein Sophie gemeint, und dieses ist mit flügenden Rockschössen zum Elsie gesprungen und hat mit ihr einen Ringeltanz aufgeführt. Nach Floränz! An die Musikakademie! Und das Frölein Sophie komme mit und gehe dort an die Universität! «Und wir reisen den ganzen Weg zu zweit in der Kutsche!»

Der Diräkter hingegen, der ist in seinem Studierzimmer sitzen geblieben und hat geseufzget und die Ledermappe «Papiers 1869» zu sich gezogen und noch einmal über das Billet geluegt, wo das mit den Seidenraupen in Cevennes drinsteht, und dass immer noch niemert weiss, warum die reihenweise verräbeln, und auch nicht, wie lange die Deutschen und die Franzosen wohl noch gegeneinander chriegen, und wie lange die Plage von dem dritten Napoleon noch dauern soll oder ob die Preussen endlich mit dem aufräumen und die Handelswege für Stoffe wieder frei werden. Und dann noch das Papier über den hundsverreckten Hilaire de Chardonnet – schon der Name! –, wo an einer billigen Seide ganz aus Holz gefertigt arbeitet.

Am Schluss hat er eine zweite Ledermappe, die mit den Bilanzen, aufgemacht und rot gesehen und grad wieder zugeschlagen und noch eine Milchmeitlirechnung erstellt, wie das gehen könnte, wenn er villicht die Arbeitszeiten wieder auf fünfzehn Stunden heben würde, aber im Glarnischen hat der Gewerkschaftsbund schon den Zwölfstundentag durchgesetzt, und man muess froh sein, wenn die Weber nicht streiken, und hätte ihn doch nur die Clara heiraten wollen.

Studieren in Floränz, und grad noch für die Magd die Akademie, und derbei bringt schon das Pangsionat den Haushalt an seine Grenzen! Und das, wo der Diräkter endlich das Gesicht von der Clara wiedersehen kann, das junge, nicht das spätere tätschmeisterig festere, wo ihn immer nur «Direkterchen» nennt, endlich die Clara mit den blaublitzigen Augen wiedersehen, der Diräkter lütet nach dem Frölein Furrer. Die Magd könne jetzt kommen.

Und so steht das Elsie echli später vor der Tür zum Zimmer mit dem Eichenholzboden und schwitzt und hat die ganze Zeit kaum schnaufen können vor lauter sich die Zuekunft vorstellen: Wie sie im Italienischen nüt anders macht, als den lieben, langen Tag fidlen und singen, und wie alle klatschen, genau wie vor zwei Tagen am Ball, und wie sie derzue schöne Gwänder an hat.

Das Elsie zupft sich das weisse Chrägli zurecht, huestet einmal und klopft leise an die Tür zum Studierzimmer.

Der Pöstler kommt vergebens

Öppen eine Dreiviertelstunde später hockt der Diräkter wieder hinter seinem Pult und das Elsie wieder in ihrer Chammer.

Musigstunden, Musigstunden in Zürich, denkt der Diräkter, die kann die Magd gern haben, so jung und zittrig und noch viel schöner als die Clara und dabei so unschuldig, vor der muess man keine Angst haben, oder besser noch, einen Hausmusiglehrer kann sie haben, dann muess die schöne Magd nicht ausser

Haus, und derart schitter sehen die Bilanzen doch gar nicht aus, da kann man wohl noch öppis machen, und guet schmöcken tuet die Magd!

Das Elsie in ihrer Chammere denkt: Je nu. Von nüt kommt auch nüt.

Sie hat ein Waschbecken aus der Küche geholt und wäscht sich mit kaltem Wasser zwischen den Beinen. Und dann wischt sie sich die Augen und sagt laut zu sich selber: «Hör uuf.» Und dass der Herr Fabrikdiräkter aus dem Maul so nach Stumpen und wie heisses Blei schmöckt und so einen ticken weissen Bauch hat, das hältst du wohl noch aus. Wenn es derfür nach Floränz geht. In der Kutsche! Und dann vorspielen an der Musigakademie!

Zwei Mal schon hat das Elsie ins Studierzimmer müessen, da ist es seit der Abreise vom Frölein Sophie schon wieder zum ersten Mal Dunschtig. Aber anstatt auf die Chilenglocke zu losen und nach dem Neunuhrläuten ständig zum Fenster hinauszuluegen, ob die Postkutsche wohl schon da ist, poliert das Elsie weiter. Da ist nüt in der Maserung zu sehen, kein Ton steigt dem Elsie aus der Brust. Wie um halb zehn die Köchin vor ihr steht und dem Elsie ihren Brief hinstreckt, luegt sie knapp ufen, steckt den Brief in die Schürzentasche und poliert dann an der gleichen Stelle weiter. Und auf die Frage der Köchin, was denn los seig, meint sie: «Nüt.»

Bald steht wieder das Frölein Furrer vor dem Elsie und meint, der Herr Diräkter well sie tifig im Studierzimmer, und das Elsie stellt sich einmal mehr vor, der Geruch von Schnauf wie nach heissem Blei seig eigentlich der Geruch von Sonne auf goldigen Tächern. Aber ständig knisteret der Brief in der Tasche von ihrem Gwand.

Das Elsie langt ihre Fidle am Abig nümen an, da kann die noch so goldigwarm in ihrem schwarzen Sarg liggen. Das Elsie streicht auch die Blätter vom Brief nicht gerade, sondern zieht ihn aus der Tasche und legt ihn, zue und knittrig, wie er ist, zuhinterst in die Schublade mit den Strümpfen. Macht die Schublade zue, legt sich auf ihre Bettstatt und stiert.

Zwei Mönet geht das so, das Elsie poliert und lässt die Fidle im Kasten hocken, das Frölein Furrer wird wieder böser, und die Köchin kann noch so lange fragen, warum ihr das Elsie keine Briefe mehr mitgibt und darum bettln, sie soll ihr doch wieder einmal von Mandelmilch und Eiertätsch vorspielen.

Der Stapel von Briefen in der Strumpfschublade wächst, verknitteret und ungelesen, um sieben Stück. Jeder Brief ist ticker als der vorher, bis dann keiner mehr kommt. Das Elsie merkt das nicht einmal, sie stellt sich, statt zu fidlen, goldige Tächer und Gebäude aus weissem Marmor vor, und villicht hätte das Elsie das Meer sogar gesehen, wenn nicht noch öppis ganz Tummes derzwüschen gekommen wär:

Mit was das Elsie halt wirklich nicht gerechnet hat ist, dass es ihr in der Woche, wo zum ersten Mal kein Brief kommt, plötzlich immer derartig elend schlecht wird und sie den Geruch von der Bohnerseife fast nümen aushält. Wie dann der Diräkter an einem Morgen schon wieder besonders streng nach Stumpen schmöckt, muess sie zuerst zmittst ins Studierzimmer und halb auf den Herrn Diräkter chotzen und wird ohnmächtig.

Wie sie wieder aufwacht, ist sie allein im Studierzimmer. Der Direktor hat ihr wohl halbbatzig das Kleid wieder über das Füdli gezogen. Jedenfalls wankt das Elsie in die Chuchi zum ein Bohnertöpfli und Lumpen holen, und auf dem Weg dorthin lupft es sie grad noch einmal – dermal schafft sie es grad noch, ein Fenster aufzumachen. In der Chuchi unten lütet eine der sechs Glocken am Brett, und zwar die, wo heisst, dass der Fabrikdiräkter das Frölein Furrer im Studierzimmer verlangt. Ist er also wieder hineingeschlichen.

Das Elsie schleicht sich zrugg über die Dienstmeitlistege in die zweite Etage, und poliert sich dem Gang entlang unauffällig Richtung Tür. «… eine Situation, Martha», ghört sie den Diräkter durch die Tür sagen, und «Skandal, wo wir uns nicht leisten können», und die Martha wisse ja, wie es um die Fabrik stehe! Und das Martheli solle um der alten Zeiten Willen helfen!, und dann ghört sie die Stimme vom Frölein Furrer, man müsse das doch erst einmal abklären, und sie wisse genau die Person, von einem Chrachen hinter dem Berg, nahe beim Gottschäli und verschwiegen wie das Grab, und die Frau sei einmal pro Monet auf dem Markt in Wädiswil, und bevor man jetzt vorschnelle Entscheidungen treffe …

Darauf herab muess das Elsie nur noch zwei Mal ins Studierzimmer. Beim ersten Mal hockt statt dem Diräkter eine Alte auf dem Kanapee. Über ihrer Tracht ein Chopf mit Runzlen, weisse Haare wie von einem Chrottenpöschen flügen aus der Haube. Die Frau klopft neben sich auf das Kanapee. Das Elsie soll neben ihr abhocken. Das Elsie nimmt einen Schnauf und hält die Luft an – nicht dass sie neben der alten Frau schon wieder ins Studierzimmer chotzen muess.

Aha, das seig itzt also das Elsie, meint die Alte, sie habe auf dem Markt von ihr gehört, die Köchin schwärme jedes Mal von ihrem Talänt in der Musig und wie sie ihr von Wildbret mit Honig vorfidle, dass man nachher das Gefühl habe, man habe so richtig guet und gnueg gegessen.

Nach einer Zeit muess das Elsie dann doch einen Schnauf tuen und bekommt einen Duft nach Chrütern in die Nase, schlecht ist es ihr nümen, stattdessen erinneret sich das Elsie: Krüglein mit Tinkturen und Töpfchen mit Salben und Chrüterbüschel verkauft die alte Lina vom Chneushügel bei Finstersee, hoch über Wädiswil, amigs auf dem Markt.

Die alte Lina meint, das Elsie solle sich abziehen, wirft einen Blick auf ihren Busen und luegt ihr zuletzt sogar noch zwischen die Beine und meint dann, das Elsie könne sich itzt wieder anziehen. Und dann meint sie, sie well ihr itzt eine Geschichte verzellen. Und wenn das Elsie sich nicht so geschämt hätte und sich auch nicht immer im tümmsten Moment so vernaglet anstellen täte wie ein Stück Holz, hätte sie villicht mehr von der Geschichte von der Lina begriffen.

Das Märli vom Späck im Chämi

«Vor langer Zeit», verzellt die Lina, «hat es zwei Schwesteren gegeben, deren Vatter und Muetter schon lange tot gewesen sind. Die beiden haben sich die Pacht aufgeteilt und mehr schlecht als recht in zwei Katen mit einem kleinen Stück Land gelebt.

An einem Morgen ist die jüngere Schwester zum Waschen an den Teich gegangen. Dermal hat sie sich derart unglücklich in ein Leintuech verheddret, dass sie in die Glungge pflartscht – aber anstatt nass zu werden, gheit sie zmittst duren und auf ein Wieslein. Dervor liegt ein grüner Teich, und darüber schwebt ein Regen, der schimmeret regenbogig und zieht sich zu einem Wölklein zusammen, und am End steht da ein tünnes Wasserjümpferli.

Das tröpflet, es seig also schon froh, dass die Schwester durch den Teich gheit seig! Seit Urzeiten hocke drum ein ticker Frosch mit bleichem Bauch auf ihr, und den habe es jetzt in tusigundsieben Stücke verplatzt, und drum seig es jetzt befreit und konne endlich wieder Nebel sein oder Tau. Und die Schwester dürfe sich drum öppis wünschen.

Die jüngere Schwester denkt an ihre Graupen und meint: Beim Gedanken an Späck laufe ihr das Wasser im Maul zusammen. Und villicht echli Gold, zum neues Werkzeug und Saatguet kaufen, wenn das nicht zu vill verlangt seig.

Da regnet das Jümpferli, sie solle vier von den tusigundsieben Froschstücken mitnehmen. Bis zur Wasseroberfläche langt der Gump von der Schwester dann gar nicht, und schon steht sie wieder trocken am Ufer wie nach einem Traum.

Am nächsten Morgen verwacht die Schwester von einem Geruch, und wie sie blinzlet, gseht sie, dass die Brusttasche von ihrem Gwand, wo sie über Nacht auf einen Hocker gelegt hat, aufgeborsten ist. Quer darüber liegt eine ticke Späckhälfte, die glänzt vor lauter Fett. Und muess von einer Riesensau sein! Drum weckt sie ihre ältere Schwester, zum den Späck ins Chämi hänken. In der aufgeborstenen Brusttasche liggen sogar noch drei Goldstücke, mit einem daraufgeprägten Frosch.

Itzt muess die jüngere Schwester natürlich haarklein verzellen, und noch bevor die Gschicht fertig ist, gumpt die Ältere schnuerstracks in den Teich. Zum Nebeljümpferli meint sie, drei Goldstücke und Späck seien für eine Befreiung vill zu wenig, Gold nütze ja einem Wölklein oder Regenbogen sowieso nüt! Und grüblet die ganzen tusigunddrei vorigen Fetzen vom verplatzten Frosch aus der Wiese und landet sicher und trocken vor dem Waschteich wieder auf ihren Füess.

Fadengrad rennt die ältere Schwester heim, rüehrt die Froschfetzen neben das Chämi, liegt in ihre Chammer, kneift kurz ihre Augen zue, und – heiligs Sakermänt! Da liegt tatsächlich eine zweite Späckhälfte, genauso schwer fettglänzig! Die ältere Schwester wälzt mit ihrer ganzen Kraft die Späckhälfte umen, bis sie sicher ist, dass sie bis auf drei Goldstücke all die Münzen, wo darunter liggen, eingesammlet hat, und versteckt sie. Erst dann holt sie die jünger Schwester zum den Späck in ihr eigenes Chämi lupfen helfen.

«So», meint die alte Lina zum Elsie. «Itzt könnte man meinen, die zwei seigen auf Jahre hinaus froh! Die Jüngere geht auch grad auf den Markt und kauft sich einen Ster Eichenholz und einen Topf Salz, und zum Schluss hat sie noch vorig, zum beim Schmied eine Harke zu kaufen, und auf dem Heimweg kommissiönlet sie sogar noch Samen für die Herbstsaat. Daheim ist sie dann vor aller anderen Arbeit mit dem Topf Salz ins Chämi gestiegen, hat sich zwischen die Wand und den Späck geklemmt und den Späck von allen Seiten tick mit Salz eingerieben. Am End hat sie mit dem Eichenholz unten ein kleines Feuer gemacht und Chrüter darauf gelegt, zum Räucheren.

Und was macht die ältere Schwester am gleichen Tag? Die geht ins Städtlein und lässt sich im Wirtshaus für ein Goldstück auftragen. Weissbrot mit tickem Honig darauf frisst sie und vier Eier und verschlingt zwei gebratene Tauben, und gegen den Abig heisst sie die Wirtin, ihr noch ein Huhn zu schlachten.

So geht das weiter, die eine Schwester schafft und trüllt ihren Späck, und die andere lässt es sich guet gehen und vergisst über all den gueten Sachen ganz den Späck in ihrem Chämi. Um den kreisen dann bald Flügen, echli später wimmeln Maden und Gewürm, und ein paar von den Würm verirren sich ins Holz und schmarotzen still und heimlich an den Balken weiter, genau so, wie die ältere Schwester still und heimlich an den Goldstücken schmarotzt.

An einem Wintermittag stürchlet ein Franzos aus dem Wald auf die zwei kleinen Katen zue, mit verfötzleter Uniform und Frostbeulen an Händen und Füess. Und weil der Franzos an die Tür von der jüngeren Schwester klopft, wird er auch eingelassen. Die Ältere hat sich nämlich am Morgen nur im Bett getrüllt und ein Scheit in den Chachelofen gerüehrt und hätte so ein Klopfen wohl gar nicht gehört.

Die jüngere Schwester, die packt ob dem verfrornen Franzos das Dauern. Sie chräsmet das Chämi ufen und schneidet einen ticken Schnafen von dem Späck ab, und weil sie ein paar Räppler für Samen ausgegeben hat, hat es zu dem Späck sogar Graupen und Rosenchöl derzue gegeben.

Just wo sich der Franzos nach dem letzten Bissen mit einem Seufzger zrugglehnt und die Hand von der jüngeren Schwester ans Herz drückt, gibt es nebenan ein Getös. Und wie die zwei aus der Kate rennen zum Luegen, so ist vom zweiten Haus nur noch schmierigs Holz und Steine vorig. Zuoberst auf dem Haufen liegt eine verfaulte Speckhälfte und darunter, wohl immer noch in ihrem Bett, die ältere Schwöster, und macht bluetig vertruckt keinen Wank mehr.

Wie der jüngeren Schwester da Tränen aus den Augen und Schnuder aus der Nase sprützen! Dem Franzos wird es anders um Herz. Gschwind legt er das noch guete Holz auf einen Haufen und hebt trotz steinbein gefrorenem Boden ein Grab aus, und da legen sie beim Eintunklen die vertätschte Schwester drein. Am Schluss schnitzt er sogar noch ein Kreuz.

Die Jüngere hat noch zwei Überraschungen mehr erlebt an dem Tag: Eine, dass in einem Beutel, wo der Franzos in den Schotteren gefunden hat, noch fast siebenhundert Goldstück darin gewesen sind, mit genauso einem Frosch daraufgeprägt wie auf den zwei, wo sie noch hat. Die zweite Überraschung ist noch vill gspässiger: Wie das Meitli nämlich zum zweiten Mal an dem Tag das Chämi hinaufgechräsmet ist, zum am Abig nochmals Späck abschneiden, hat die Späckhälfte genauso unberüehrt ausgesehen wie am Morgen. Kein Schnäfel hat gefehlt.

Der Schluss ist schnell verzellt: Das Meitli hat den Franzos nicht der Obrigkeit verraten, sondern bei sich in der Bettchammer schlafen lassen, den ganzen Winter lang. Und jeden Tag ist die Späckhelfti im Chämi wieder gleich gross gewesen wie am ersten. Und jeden Tag hat der Franzos mit dem vorigen Holz und den Steinen von der vertätschten Schwester an der Hütte öppis derzuegebaut und ist bald gar nümen verlumpet gewesen, sondern stark und sehnig, und die Kate von dem Meitli ist bald gar keine Kate mehr gewesen, sondern ein richtiges Haus. Und wie der Chrieg fertig gewesen ist, hat das Meitli einen ticken Bauch gehabt, und der Franzos ist grad dageblieben. Bald sind sie zu dritt gewesen und bald zu sechst, und der Späck hat noch gelanget, bis das Meitli als Urgrossmueter den Löffel abgegeben hat.»

Wie die Lina fertig verzellt hat, ist dem Elsie schon wieder schlecht, sie muess sich statt Zuelosen alle Müeh geben, der alten Frau nicht auf den Schoss zu chotzen. «Weisch, Elsie, drü Sachen: So ein Talänt, das ist wie eine Späckhälfte. Die nur ins Chämi zu hänken, langt nicht, man muess jeden Tag echli räucheren und luegen. Nur so hat man am End nicht nur selber dervon gegessen, sondern eine ganze Schwetti von Leuten stark und froh gemacht. Aber wenn man den Späck nur ins Chämi hänkt, geht bald das Gewürm drein, und am Schluss gheit alles über einem zusammen. Und als Zweits: Es lohnt sich nicht, nur auf so öppis wie tusigundvier Goldstück zu schielen. Und als Dritts und nicht öppen Unwichtigs: Dermit man den Späck bekommt, muess man villicht im richtigen Momänt einen ticken Frosch zum Platzen bringen.»

Und das meine sie itzt zweifach, das mit dem Platzen, sagt die alte Lina. Wenn das Elsie well, müess sie halt bald zu ihr auf den Chneushügel beim Finstersee kommen, die Lina, die kenne sich aus mit den Chrütern und mit den Pilzen auch, die grünen Augen bohren sich in dem Elsie ihre blauen.

Nach einer Ebigkeit wendet die Lina ihren Blick ab, ächzt beim Aufstehen und macht die Tür auf. Das Elsie dürfe itzt gemach wieder bohneren gehen.

Wie das Elsie schon fast zuunterst auf der Stege ist, gseht sie den Fabrikdiräkter und das Frölein Furrer zu der Lina ins Studierzimmer gehen, und da schleicht sie zrugg und truckt ihr Ohr an die Tür.

«S'git en Bueb», sagt die Lina.

«Ja, verreckt am Schatten», der Diräkter.

«Es gibt da eine Möglichkeit ...», das Frölein Furrer, aber da rennt das Elsie schon weg, die Stegen hinunter und ghört gar nümen, wie das Frölein Furrer zuerst die Lina verabschiedet und dann zum Diräkter meint, sie seig über die Büecher, und sie müessten sowieso den Fuehrpark verkleinern und ein paar Rösser verkaufen, und der Diräkter habe doch noch überall Land, am besten schicke man die Kommotion in den hintersten Chrachen. So schlügen sie zwei Flügen mit einer Klappe, und man müesse das dem Rosschnecht nur guet verkaufen, der willige sicher ein, jeder wolle schliesslich öpper rechts sein, auch ein Rosschnecht.

Das Elsie secklet derweilen aus dem Dienstbotentor vom Herrschaftshaus und am Fuhrparkgebäude vorbei, will zum Tor hinaus, stürchlet und gheit dabei fast um, aber ein Arm fängt sie auf, ausgerechnet dieser Arm, der schmöckt nach Ross. Der vom Jakob.

Der bringt sie zrugg ins Herrenhaus, in die Gesindestube zum Frölein Furrer. Die luegt das Elsie fast echli mitleidig an und meint, sie könne sonst auch echli in ihre Chammere zum Abliggen und müess heute nümen bohneren. Und zum Jakob meint sie, der Fabrikdiräkter well den Jakob später im Studierzimmer sehen, aber er solle sich zuerst waschen und seinen Sunntigsstaat anlegen, mit so einem Rossgeruch könne er nicht nach oben ins Haus.

Ein Chuehandel und ein Abschiedskonzert

Das letzte Mal, wie das Elsie ins Studierzimmer bestellt wird, stehen der Diräkter und die Fröleins Sophie und Furrer und der Jakob in einer Linie vor dem Fenster. Ausserdem räuspret sich in einem Ecken der Pfaff, und noch ein Mann in einem feinem Rock ist da und luegt wichtig und hat ein Papier in der Hand mit einem gesiegleten Stämpfel darauf.

Das Frölein Sophie luegt stur zum Fenster hinaus, und das Frölein Furrer hat vier Falten im Gesicht, zwei zwischen den Augenbrauen und zwei von der Nase zu den Maulwinkeln. Der Jakob trüllt sein Schweisstuech zwischen den Fingern und trampt von einem Fuess auf den andern und stinkt derart nach Ross, dass es dem Elsie schon wieder schlecht wird.

Der Fabrikdiräkter räusperet sich, schnauft ein und sagt: Das Elsie! Seig also vom Frölein Furrer mehr als einmal beobachtet worden! Wie sie sich amigs z'Nacht in das Kellergewölbe unter dem Fuehrpark geschlichen habe! In flagranti! Und das habe das Elsie itzt davon! Weil mit deren Schand von einem ticken Bauch könne sie natürlich nümen in Diensten bleiben!

Sagt der Fabrikdiräkter und luegt dem Elsie fadengrad ins Aug. Und wird derbei nicht einmal rot, denkt das Elsie. Der. Hinter. Fotzig. Seckel!

Sie habe aber ein Cheibenglück, meint der Diräkter weiter und luegt jetzt ganz güetig, dass der Jakob so ein feiner Kerli seig. Und sie hürate. Und derbei legt er dem Jakob sogar eine Hand auf die Schultere. Die Hochzeit seig in anderthalb Tagen am Samschtigmorgen, und bis dann soll das Elsie in ihrer Chammer bleiben und ihre Siebensachen richten, sie gehe nachher direktement mit dem Jakob auf seine neue Pacht, in Finstersee oben. Und die Violine, die sei eine echte Jakob Stainer und wohl eine seiner besten, die solle das Elsie grad holen und ins Musigzimmer zrugglegen.

Das Elsie wird chreidenweiss. Alles um sie herum fängt an zu trüllen, öppis tönt ihr im Hinterchopf, von einem Frosch, wo man im richtigen Moment verplatzen müesst, aber da packt das Frölein Furrer das Elsie schon am Arm und schürgt sie aus dem Zimmer, und es nützt gar nüt, dass das Elsie den Chopf zruggtrüllt und den Blick vom Frölein Sophie suecht. Das Frölein Sophie, das luegt immer noch zum Fenster hinaus, als passiere da öppis furchtbar Interessants.

Auf der Stege ghört das Elsie den Jakob zum Fabrikdiräkter noch sagen: «Also, es bleibt bei dem Pachtvertrag und der Aussteuer und den zwei Chüe obendrauf», und der Fabrikdiräkter sagt, der Jakob müess da ein Kreuz auf das Papier machen, da stehe sein Name, und das Frölein Sophie seig vor dem Herrn Schreiber und dem Herrn Pfarrer Zeuge.

Das Frölein Furrer hat das Elsie immer noch fest am Arm gepackt und füehrt sie zu ihrer Chammer und redet auf das Elsie ein. Öppis Besseres habe ihr gar nicht können passieren, der Jakob seig doch ein Anständiger! So werde das Elsie eine richtige Pächterin und könne selber wirtschaften! Und Kinder haben! Und seig nicht nur eine tumme Magd, und zwei Chüe gäbe der Herr Diräkter in seiner Güeti obendrauf! Zwei Chüe! Ihrer Lebtag hätte sie selber persönlich also gern zwei eigene Chüe besessen! Und Kinder gehabt! Sonst müesst das Elsie mit ihrem Balg ins Armenstübli oder wieder in die Fabrik, wie die Muetter selig vom Elsie, und die seig ja dort früeh tot geworden.

Wie das Elsie aber leise sagt, es seig doch der Herr Diräkter gsi, das Frölein Furrer wisse das doch!, und schon den Frosch platzen gseht und lauter wird: Er heig doch die Musigschuel versprochen!, da sind sie schon beim Elsie ihrer Chammer angekommen, und das Frölein Furrer rüehrt ihr nur einen schepsen Blick zue und luegt grad wieder weg und tuet dann so, als ob sie gar nüt gehört habe. Sondern meint sogar noch, das Elsie solle ihr die Fidle grad mitgeben.

Das Elsie packt den Fidlenkoffer und truckt ihn sich an die Brust, aber nur für einen Moment. Dann schwingt sie ihn plötzlich mit einer Selbstverständlichkeit um sich und schmetteret den Koffer dem Frölein Furrer derart an den Chopf, dass diese schreit und umgheit, und kaum ist der Schrei zu End, ist das Elsie schon mitsamt dem Koffer ennet die Tür gesprungen und hat den Schlüssel getrüllt und von aussen abgezogen.

Das Elsie schleicht die Stegen durab, lässt die sechste, die knarrende Stufe aus und geht auf den Zehjenspitzen der Balustrade entlang bis zur Chammer vom Frölein Sophie. Huscht hinein und wartet am Fenster. Die Perlenkette vom Frölein Sophie luegt das Elsie an und das Bernsteinkreuz und die hingerüehrten Gwänder. Im Spiegel hat das Elsie nur einen Strich im Gesicht anstatt ein Maul wie sonst.

Die Tür schlägt auf, und das Elsie gseht im Spiegel, wie das Frölein Sophie hinter ihr bocksteif stehen bleibt.

Ihre Augen werden schmal. «Furt mit dir», zischt sie, und das Elsie trüllt sich um, den Fidlenkoffer wieder fest an die Brust getruckt. Sie nimmt einen tiefen Schnauf, da kommt ihr das Frölein Sophie zuvor: Das habe sie itzt davon, einer Pauperistin über ihren Stand helfen zu wellen! Und vom Elsie hätte sie nicht erwartet, dass sie sich einfach hingibt wie eine brünftig' Sau. Und schreit: «Wie steh ich itzt vor meinem Vatter da!» Und: «Dass du mir noch unter die Augen trittst!» Alles habe das Frölein Sophie für das Elsie möglich gemacht! «Alles!»

Das Frölein Sophie pausiert an der Stelle mit der Schreierei und kommt einen Schritt näher und lupft sogar eine gelöste Haarsträhne vom Elsie seiner Schultere und legt sie nach hinten, und das Elsie hält sich immer noch bocksteif am Fidlenkoffer fest. «Und dann rüehrst du alles in Dräck!» Und derbei hätte das Elsie mit ihr nach Floränz können, den ganzen Weg wären sie zu zweit in der Kutsche gewesen, und dass das Elsie mit dem Rosschnecht!

Da bricht dem Frölein Sophie fast die Stimm, und sie macht schnell wieder einen Schritt zrugg und schreit wieder. «Mit dem Rosschnecht! Wiene brünftig' Sau!»

Und in die Stille nach dem Schrei sagt das Elsie: «Es isch der Diräkter gsi! Der Diräkter!»

Einen Moment lang ghört man, wie in der Küche drei Stöck tiefer Geschirr scherbelet, da hat das Frölein Sophie schon das Gesicht verzogen und Luft geholt: «Du Lügnerin!», schreit sie, «Lügnerin!» Und geht auf das Elsie los und packt sie am Arm und schupft sie mitsamt dem Fidlenkoffer aus ihrer Chammer, schletzt die Tür und trüllt den Schlüssel.

Das Elsie steht vor der Chammer und will nicht weg und will nicht klopfen und steht und steht da und ghört Parkett in der Chammer knarren und dann ein Gewicht, wo sich wohl auf das Bett rüehrt und daraufhin sogar ein Schluchzgen.

Da klopft das Elsie doch noch, aber nur ganz leise. In der Chammer hört die Schluchzgerei auf. Aber aufmachen tuet das Frölein Sophie nicht. Stattdessen ghört das Elsie Schritte, und dann tönt das Frölein Sophie dumpf durch die Tür: «So gang ändlich. Aber nimm dini Fidle mit.»

Denken tuet das Elsie daraufhin nümen vill, sie weidlet durchs Haus, am Schluss die herrschaftlich geschwungene Stege hinab. Zmittst in der grossen Halle unten besinnt sie sich. Einmal habe ich hier ticke Klumpen aus bösen Hälsen gespielt, denkt sie, wartet nur. Das Elsie schlägt den Koffer auf und muess dann aber zuerst recht stimmen: So ein Schlag gegen so ein Frölein Furrer, das steckt die beste Fidle nicht klaglos weg.

Und dann spielt das Elsie: Das Meer hinter Floränz, wie weit es ist und wie man nicht weiss, wo das Meer aufhört und der Himmel anfängt und man drum denken kann, man stünde nur eine Fuessbreite vom Himmel entfernt. Sie wird derbei immer grösser, das Elsie, zuerst füllt sie die Eingangshalle aus, bis zuoberst, und dann breitet sie sich aus, das Knie hat schon keinen Platz mehr und wächst zum Frölein Sophie in die Chammer hinein und truckt sie an ihren Spiegel und nimmt ihr den Schnauf.

Und dann spielt das Elsie: Wenn man einen Fuess ins Wasser setzte, müesst man flügen können, in die grosse Bläue davon.

Das Frölein Sophie klebt mit dem Knie im Rücken an ihren Spiegel gepresst und gseht dort plötzlich nümen ihre Chammer, sondern lange Gänge, von einer Universität, in denen tanzt goldiger Staub im Sonneliecht, und in den Gängen und Hallen schmöckt es trocken, und Büecher!, Büecher! stehen da allenthalben. Mit kurzen Haaren gseht sich das Frölein Sophie, mit breiten Schultern, einen Schmiss hat sie auf der Backe und Manschettenknöpfe an den Ärmeln, und sie darf öppis anderes lernen als Haushaltsbudgets und Klavierklimperen und Französisch, und im Arm hat sie das Elsie.

Das wächst derweil in den zweiten Stock und truckt mit ihrem Ellenbogen den Fabrikdiräkter mit jedem Fidelstreich platter an die Studierzimmerwand. Und er denkt, wie die Clara mit sechzehn in einem Berliner Salong Geige spielt wie der Teufel und laut lacht und genauso ein Dekolltee hat und genauso blitzblaue Augen wie heuer die schwanger Magd.

Das Elsie wächst bis in den vierten Stock, in die Meitlichammere, und das eingesperrte Frölein Furrer denkt an weiche Haare und wie sie einmal am Chopf von einem Säugling geschnupperet hat. Wie das nach Milch geschmöckt hat und wie sie, als arme Verwandtschaft, immer nur die Gesellschafterin gewesen ist, zuerst im Bismarck-Haushalt und dann mit der nüteligen Schwester mit zum Fabrikanten, und wie die Möglichkeit, doch noch eine eigene Partie zu machen, immer bleicher und abgewetzter geworden ist, wahrscheinlich ist das Frölein Furrer einfach zuwenig schön gewesen, aber das ist auch schwierig gewesen neben der Clara.

Das Elsie spielt: Wie die Wellen an den Strand schwappen. Wie man in ein Boot steigt und weiss, dass das Grosse, das Wunderbare, wo doch in jedem Leben einmal passieren sollte, wo doch einfach passieren muess, wie soll man das sonst auch aushalten, das Leben, dass das eben genau dort auf einen wartet, ennet dem blauen Meer und ennet dem Boot.

Und wie will das Frölein Sophie dort sein, auf der anderen Seite vom Spiegel, jeder Ton vom Elsie säblet ihr einen Schnitt ins Herz. Wie das nach Honig geschmöckt hat, denkt das Frölein Furrer, Clara schwingt sich persönlich auf den Kutschbock und lässt die Peitsche sausen, schön und schneidig, und lacht seine parfümierten Billets aus und seine schwere Schweizer Conversation, und alle lachen mit, ausser die kränkliche Schwester von der Clara, die legt ihm eine Hand auf seinen Ärmel, zum Trost, und wie er dann halt mit der Schwester und selber zueluegen muess, wie die Clara dann tatsächlich einen Schweizer heiratet, aber eine bessere Partie, den General, den Möchtegernpreussen, gopferteckel. Und wie der Fabrikdiräkter an jedem Empfang natürlich die Clara mit ihrem General sehen muess, und immer noch ist sie schneidig, wenn auch echli fülliger, aber steht ihr guet, und immer noch ist sie spöttisch, statt Schwiizerlein nennt sie ihn jetzt «Diräkterchen» oder schlimmer «Dickerchen», und wie die kränkliche Schwester verräblet, wie sie die Amalie-Sophie bekommt, und der Fabrikdiräkter hat das Gefühl, er habe einen Riss im Herz, aus dem fliesst alles Warme.

Das Elsie spielt, dass das Meer halt eben auch vereisen und keine Wellen mehr schlagen kann und dass man dann, setzt man seinen Fuess darauf, nicht in eine endlose Bläue fliegt, sondern einfach bös ausrutscht und stürzt, und das Frölein Sophie in ihrem Zimmer schlägt ihren Chopf gegen den Spiegel, und das Frölein Furrer sinkt auf dem Elsie ihr Bett und vertrocknet wie ein Schneck, und den Diräkter überzieht eisiger Rauhreif.

Es ist ein Glück, sind die Köchin und die Küchenmeitli auf dem Markt: Wie das Elsie nämlich mit einem scharfen Ton abbricht und auf ihre normale Grösse zusammenschnurrt, da bersten und zerreissen und platzen die gerade noch so vollen Herzen, das buttrige vom Frölein Sophie hinterlässt einen fetten Fleck in ihrer Chammer.

Der Jakob im Herrenhaus

Das Elsie stellt den Fidlenkoffer in den Stallgang und meint zum Jakob, er müess ihr Zeug aus ihrer Chammer holen.

«Aber die Fidle», meint der Jakob und streckt den Arm danach aus, er denkt wohl, es gebe eine Chue weniger, wenn er sie nicht zurückgibt – da gspürt er schon Zinggen auf seiner Brust.

Der Jakob luegt die Frau an, wo da zwischen ihm und ihrem Koffer steht und ihm eine Mistgable auf das Herz truckt. Sie schnauft wie eine rössige Stuete, ihre Haare sind wild, und weiss fletschen ihre Zähne. So eine, denkt der Jakob, so eine, die kann schaffen bis änen Tubak. Und gseht derbei doch fein aus, wie ein wildes Vögeli, und isst wohl auch so, ganz billig in der Kost, mis Vögeli, denkt der Jakob, und sagen tuet er nur: «Isch ja guet.» Er macht einen Schritt zrugg, lässt die Hände wieder gheien und trüllt sich um, zum Herrschaftshaus hin.

Das Elsie lässt die Gable sinken und stiert dem Jakob hinterher. Zuerst steuert er auf den Dienstboteneingang zue und streckt schon die Hand aus, da stockt er, der Rücken strafft sich, er macht kehrtum und steigt die Stege herauf zur geschwungenen Doppeltür. Schliesslich ist er kein Rosschnecht mehr.

Das Elsie stellt die Mistgable wieder zrugg. Sie sitzt zuhinterst an der Stallwand ab, langt mit einem Arm fest um den Fidlenkoffer und lehnt sich an die geweisslete Wand. Und es ist ihr ganz gleich, dass da ein paar Rossbrunzsprützer daran kleben. Todmüed lehnt sich das Elsie hinten an. Rossgeruch steigt ihr in die Nase, und ein Schwall schiesst aus ihrem Hals, so bitter, dass ihr Tränen aus den Augen sprützen.

Im Herrenhaus gheit die grosse Eingangstür ins Schloss. Das dröhnt nach, als stünde der Jakob neben einer Chilenglocke. Ihm stellen sich die Armhaare auf. Im eisigen Haus stinkt er nach Ross und nach Schweiss.

Es kommt niemert. Nach einer Ebigkeit fasst sich der Jakob ein Herz und schleicht die geschwungene Stege hoch, bis er vor dem Studierzimmer vom Fabrikdiräkter steht. Kein Mucks. Der Jakob klopft, und das ist schon wieder so laut, aber drinnen regt sich rein nüt. Da packt den Jakob den Gwunder, er luegt rechts und links und truckt dann süferlig die Klinke, bis der Spalt gnueg gross zum durenschielen ist.

Der Jakob zuckt zrugg: Da hockt doch der Diräkter am Pult! Aber, denkt der Jakob, gspässig hat der ausgesehen, bocksteif! Und kalt strömt es aus dem Türspalt, dem Jakob dampft der Schnauf. Drinnen bleibt alles still, und da gibt sich der Jakob einen Schupf und schleicht sich hinein ins Studierzimmer.

Der Fabrikdiräktor glitzeret. Vor feinen Eiskristallen, wie der Jakob bei näherem Luegen merkt. Steinbein gefroren ist der alte Sack, denkt der Jakob, bis auf zwei Bäche, die tröpflen ihm aus den Augen und bilden Eiszäpfen, der eine langt bis über die Hand vom Fabrikdiräkter, und dort hält der Diräkter öppis, wo ausgseht wie ein Medallion mit einem Miniatür darin. Der Jakob beugt seinen Chopf näher zu der Hand. Sieht, durch das Eis zwar recht verzogen, echli aus, als wär das eine Miniatür vom Elsie, denkt der Jakob, das Elsie als höhere Tochter verchleidet.

Lange versäumt sich der Jakob nicht, sondern schnippt mit den Fingern vor den Augen vom Diräkter umen. Wie der keinen Wank tuet, schürgt der Jakob den gefrorenen Fabrikdiräktor auf die Seite, trüllt den Schlüssel an der Tür, schleicht zurück zum Sekretär – und findet sogar das Geheimfach.

Zehn Jahre mehr schlechter als rechter Lohn, denkt der Jakob, und zählt zehn Silberbatzen ab. Und das Elsie, die ist ja auch öppen sechs Jahr im Dienst gewesen. Sechs Batzen mehr landen im Nastuech vom Jakob.

Dann macht sich der Jakob auf den Weg durch das ganze Herrenhaus, von zuunterst bis fast zuoberst. Den Chopf zieht er nümen in die Schlutte, wenigstens nicht, bis er an das Zimmer vom Frölein Sophie kommt. Dort wimmeret es durch die Tür. Wie der Jakob zuerst anklopft und dann süferlig einen Spalt aufmacht, sitzt das Frölein mit dem Rücken zur Tür vor dem verbrochenen Spiegeltisch. Sie hat einen Schnitt in der Backe und trüllt einen Scherben vom Spiegel in der Hand, umen und umen.

Der Jakob sagt zweimal «Exgüsee!», einmal fast geflüsteret und einmal lauter, und wie das Frölein keinen Wank tuet, so trampt er mit einem schnellen Schritt in ihr Zimmer und schneift ein Gwand vom Schemel, und erst, wie er fast schon wieder aus der Tür ist und sich umtrüllt, gheit sein Blick beim Umtrüllen zuefällig auf den gesprungenen Spiegel. Dem Jakob verschlägt es derart den Schnauf, dass er die Siebensachen fast gheien lässt, bevor er wie das Bisiwätter aus dem Herrenhaus rennt. Draussen muess er zuerst verschnaufen, bis er sich wieder zurückgetraut, zum auch noch den Hausrat finden.

Der Traum vom Ross

Wie der Jakob alles beieinander hat, findet er, zrugg im Stall, das Elsie zuhinterst an die Wand gekrumplet, den Fidlenkoffer im Arm. Der Jakob lupft das schlafende Elsie auf und treit sie aus dem Stall, rund um das Haus und derhinter die Stege hinauf und in die Gesindechammer. Dort legt er das Elsie, wo noch immer keinen Wank macht, ab und deckt sie zue. Er hockt sich an den Bettrand und fängt an zu verzellen:

«Weisch, Elsie, ich han itzt zwei Chüe und eine Pacht und bald eine Frau, wo gschaffig ist, das gseht man grad. Und wenn auch Pächter und Pächterin sicher besser ist als Rosschnecht und Bohnermagd, so richtig ist man eben doch niemert. Aber wenn wir wirtschaften und am Anfang jeden Rappen auf die Seite tuen, dann langt es in ein paar Jahr für ein Ross. Nicht öppen so einen Ackergaul, sondern ein richtig flottes, mit einem Hals wie von einem Schwan. Wo glänzt wie Kastanien im Herbst und sich bewegt, als hätte es Flügel an den Hufen. Eins, wo gstürmig die Nüesteren bläht, wenn es eine Stuete witteret.»

Und da stockt der Jakob, so gstürmige Nüesteren hat er eben genau in den Spiegelscherben vom Frölein Sophie gesehen. Und kaum hat das Bild sein Auge getüpft gehabt, so hat hinter dem Ross ein chrummes Manndli eine Klinge gezogen, Bluet überall, und der Jakob ist neben einer schwarzen Eibe in einem tunklen Wald gestanden, zmittst in der Chammer vom Frölein Sophie, und kalt ist ihm geworden in der Brust, und drum ist der Jakob derart schnell hintersi aus der Chammer gestürchlet.

Der Jakob gibt sich einen Ruck. «Und dann, wenn es auch noch für eine Kutsche langt, kann man mit so einem schönen Ross anfangen, Gesellschaften und Beerdigungen zu fahren. Und dann langt es bald für das zweite Ross, und am End sind wir nümen Pächter, am End sind wir Fuehrunternehmer. Und wenn der Fabrikdiräkter wieder auftaut und wir dem immer mal wieder seinen Bueb unter seinen Zinken halten», und hier legt er eine Hand auf dem Elsie seinen Bauch, «dann legt der sicher in der Zunft ein Wort ein, und am End sind wir freie Bürger, und du, Elsie, bekommst ein Kleid aus geklöppleter Sankt Galler Spitze und ich einen Zylinder, und wenn wir am Sunntig aus der Chile kommen, lupfen alle den Hut und sagen ‹Grüezi Herr und Frau Fuehrunternehmer›.»

«Wänn ich numen fidlen kann. Dann soll es mir recht sein», meint das Elsie, wo beim Jakob seinen Worten aufgewacht ist, und so schwingt der Jakob seine langen Scheichen ganz in das Bett und kriecht zu dem Elsie unter die Decke, und das Elsie denkt, der Jakob seig ja doch echli besser als der Diräkter mit seinem ticken Bauch.

Schlecht wird es ihr trotzdem. Der Jakob schmöckt nach Ross.

Die Hochzig

So hat sich das Elsie das nicht vorgstellt: Es läuten keine Chilenglocken, und einen Kranz für in die Haare hat sie selber winden müessen. Nicht einmal richtig vorn in der Wädiswiler Chile stehen der Jakob und das Elsie, sondern nur in einer Nische, und dann muess das Elsie ihren Namen in das Chilenbuech schreiben. Das Elsie gibt die Feder dem Jakob, und der trüllt sie in den Fingern und gibt die Feder schliesslich dem Elsie zrugg, und erst, wie der Pfarrer dem Elsie zuenickt und auf den Fötzel schielt, begreift das Elsie, dass sie dem Jakob seinen Namen auch hinschreiben muess. Da überlegt sie sich noch, wie der Jakob wohl wissen kann, was alles in dem Pachtvertrag steht.

Die Köchin ist derbei und die anderen Dienstmeitli und noch ein Stallchnecht, aber weder das Frölein Sophie noch das Frölein Furrer noch der Fabrikdiräkter, die hocken alle immer noch im Herrenhaus und wären wohl auch nicht gekommen, wenn sie nicht versteineret und verfroren und vertrocknet gewesen wären.

Erst wo das Elsie am nächsten Tag mit Sack und Pack über die Gemeindegrenze züglet, geht ein Ruck durch das Herrenhaus, und der Fabrikdiräkter taut auf und ist feucht, der Schnitt auf der linken Backe vom Frölein Sophie hört auf zu blüeten, und das Frölein Furrer regt sich und knirscht von da ab beim Aufstehen in den Gelenken. Der Fabrikdiräkter wird zeitlebigs nümen so richtig trocken aussen umen, sondern bleibt immer echli feucht und chüehl wie ein Frosch. Dem Frölein Sophie bleibt eine Narbe im Gesicht, und so bleiben alle drei jeden Tag daran erinneret, wie das ist, wenn man derart bös auf einem gefrorenen Meer ausschlipft, auf dem man eigentlich bis zuoberst in den Himmel hätte segeln sollen.

Der Jakob spendiert nach der Chile Most und Schinken und Brot für alle im Wirtshaus. Eigentlich hat das Elsie das genauso spendiert, ihr Lohn ist im gleichen Säckel wie der vom Jakob, wo ihm über der Brust hänkt. Aber weil das Elsie sowieso noch nie ein eigenes Gält gehabt hat, fällt ihr das gar nicht auf.

Am Nachmittag laufen der Jakob und das Elsie zum einten Hof vom Diräkter den Berg hinauf. Der Saum vom Gwand vom Frölein Sophie ist schon nach ein paar Schritten nass, aber das Elsie beruhigt sich nach einer Weile wieder, weil es jetzt dann grad Chüe gibt, und das Elsie findet, der Jakob seig ein feiner Kerli, dass sie mit ihm zusammen die Chüe auslesen dürfe.

Der Chuechnecht macht denn auch recht grosse Augen, wie

der Rosschnecht Jakob mit einem Meitli mit Holzschuehn und einem feinen Gwand mit dreckigem Saum einfach hereinstolziert, ohne Wort zwei Strick aus dem Chuestall holt und dem Chnecht einen Fötzel mit einem roten Siegel darauf in die Hand truckt. Inwendig hat es zwei Stempel, und der Jakob sagt derzue, er hole seine zwei Chüe, die seien itzt eben ihm, und lacht, wie der Chnecht fadengrad zum Guetsverwalter höselet.

Der Jakob stakst auf der Weid umen und luegt jeder Chue ins Maul, und das Elsie totteret mit gelupftem Saum hintendrein und luegt eine von den wenigen braunen Chüe an. Die luegt zrugg und hat getrüllte Hörner wie der Schneck von der Fidle vom Elsie und ein glänziges Fell, obwohl Wolken am Himmel kleben und die Sonne gar nicht darauf scheint. Da geht das Elsie zum Jakob, nimmt ihm einen Strick ab und meint, die Chue, die welle sie haben.

Wohl nur, weil der Jakob gseht, dass die Chue trächtig ist und nicht so alt, drei- oder vierjährig, hat er auch nichts dagegen. Selber wählt er die grösste und trächtigste schwarzweiss gschäggte Chue aus, die treit villicht grad zwei Chälber aufs Mal, hofft er.

Wie sie beid ihre Chüe von der Weid zruggschleiken, steht am Weidengatter der Guetsverwalter mit rotem Chopf und dem Fötzel mit dem roten Siegel und meint, soso, das Rösli und das Klärli hätten sie sich ausgesuecht, ausgerächnet das Klärli, das seig seine beste Chue, und wart numen, Jakob, falls das Klärli dann grad zweifach chalberet, dann well er ihm den Pachtzins höchstpersönlich erhöhen und in Finstersee eintreiben kommen.

Aber der Jakob lacht numen und nimmt dem Guetsverwalter den Vertrag aus der Hand, und dann machen sich der Jakob und das Elsie mit dem Klärli und dem Rösli auf, zum im Dorf unten ihre Siebensachen richten.

Nach Finstersee

Am Morgen am Siebni am Sunntig ist es, und das Elsie denkt, ein schlechter Anfang ins Leben als Pächterin seig das nicht. Sie hockt auf einem Charren immer noch im Gwand vom Frölein Sophie. Derhinter sind ihre Fidle und die Siebensachen festgebunden und vorne die Chüe, und dann darf sie mit einer Geissle chlöpfen, die hat der Jakob von der Kutsche mitgenommen – nicht gestohlen, sie müessen ja nach Finstersee kommen.

Jedenfalls schwingt das Elsie die Geissle und haut das schwarzweisse Klärli echli fester auf das Füdli als ihr braunes Rösli. In der Nacht hat es geregnet, und die Berge strahlen wie herabgewaschen, und dann macht es einen Ruck, und das bisherig Leben vom Elsie bleibt kleben. Sie selber wird aus dem Hof vor dem Herrenhaus herausgefahren und den Berg hinauf. Das Elsie singt lauthals auf dem Bock. Der Jakob lauft nebenher und hat zwei Fötzel in der Brusttasche, die soll er in Finstersee dem Gemeindeschreiber und dem Pfarrer zeigen.

Vor Samstageren wird es dem Elsie zum ersten Mal gschmuch: Zwei Stund lang sind sie den Berg hinaufgelaufen, das Elsie auch, der Weg ist zu steil für die zwei Chüe, wenn sie den ganzen Hausrat und das Elsie obendrauf ziehen müessten. An beiden Füess blüehen Blateren. In der ersten Senke oben hinter dem Hügel trüllt sich das Elsie um und lauft hintersi, weil sie den See jetzt dann grad nümen gseht. Ihr ganzes Leben hat das Elsie jeden Tag den See gesehen, und an keinem einzigen Tag hat er die gleiche Farbe gehabt, aber immer eine Farbe wie wohl das Meer. Und jetzt schwindet mit jedem Hintersischritt der Streifen Blau, zuerst ist er noch so breit wie der Charren, dann so breit wie der Bauch vom Fabrikdiräkter, und dann ist der See ganz fort, und das Elsie trüllt sich wieder um – und ist ganz überrascht!

Da stehen derart stattliche Höfe, fast so gross wie das Guet vom Fabrikdiräkter, sicher zwanzig Zimmer hat jeder Hof, und gepützlet ist alles, und überall stehen ticke Chüe umen. Das Elsie hüpft, trotz Blateren, und luegt über die feissen Wiesen, wo tunkle Vögel aufflügen, als wären sie Noten auf einem Papier, das Elsie singt die Töne vom Himmel und meint, das heig sie nicht erwartet, dass es da oben so schön seig, «Lueg Jakob, all die Berge!», und «Ist Finstersee noch weit?», und «Jakob, lueg numen, wie feiss das Gras ist!» Der Jakob antwortet nicht vill, der luegt jedem Ross nach.

Nach anderthalb Stund lugget es mit der Singerei: Die Höfe werden immer kleiner, der Ausläufer vom Gottschalkenberg wächst hinter der Hochebene mit jedem Schritt höher in den Himmel, und das Gras wird minggelig. Es wird sumpfig. Dann echli waldig. Der Weg wird schlecht, und das Elsie muess wieder absteigen.

An einem kleinen Hof luegt der Jakob in den Stall und fragt ein Manndli nach dem Weg nach Finstersee.

Das huestet zuerst fadengrad in einen Schnuderlumpen. Ob er noch bei Trost seig, mit dem Chuecharren nach Finstersee zu wellen? Die Chüe seien doch trächtig, das sehe er vom Mist aus. Es müess, meint der Jakob. «Je nu», das Manndli. «S'Tobel durab und ennet dem Tobel halt wieder duruf», und dort seig es dann die erste Gemeinde.

Hinab geht es noch, das Elsie muess sogar die Bremse anziehen, dermit der Charren den Chüe nicht in die Beine fährt. Zuunterst im Tobel böset es zum ersten Mal richtig. Eine Holzbrücke sollte da stehen, die sollte über die Sihl füehren. Aber nur vill weiter unten kann man verfötzletes Konstruktionsholz im Fluss ausmachen.

So müessen das Elsie und der Jakob abladen und die Chüe ausspannen, die sind vom Kummet ganz bluetig gescheueret. Eine saumässige Plackerei, alles von Hand durch die braune Sihl schleiken! Das Elsie muess derzue das Gwand an der Naht auf der Seite aufreissen und mit den zwei Gwandhälften einen Chnopf an der Hüfte machen.

Und natürlich, genau wie sie die Kiste mit den Hausratssachen zusammen durch das Wasser trägen, schlipft der Jakob über einen Stein und lässt die Kiste fahren und gheit längs in die Sihl. In der Kiste schepperet es derart, das Elsie mag nicht einmal über den nassen Jakob lachen. Der zieht auch einen Stein und fluecht, und tatsächlich ist von den Gläsern nur eins noch ganz, die meisten Porzellanteller sind verbrochen und die Schüsseln fast nur noch Brösmeli, nümen zu retten. «Wenigstens ist's eso weniger schwer», meint das Elsie und rüehrt den kaputten Grümpel nach kurzem Zögeren in die Sihl.

Wenn jetzt das Klärli nicht so eine Saublöde getan hätte und sich nicht ebigs geweigeret hätte, auch nur einen Hufen in die Sihl zu setzen, dann hätte der Jakob auch nicht derart grob auf es einprügeln müessen, und dann hätte es keine so üblen Striemen gehabt, und der Jakob und das Elsie wären drei Stund später nach einem harten Aufstieg villicht echli fründlicher in Finstersee aufgenommen worden. Nicht dass das Elsie und der Jakob selber in fründlicher Stimmung gewesen wären. Die Umgebung hilft auch nicht: Stotzig ist es wie eine Sau, und wenn nicht sumpfig, ist der Boden mit Brombeeren überwachsen.

Aber der Weg wird immerhin wieder echli besser, und bei der ersten Liechtig luegt einer aus einem Stall heraus und gseht, wie ein Mann im verdreckten Sunntigsstaat und ein Meitli mit einem Bürgertöchtergwand, wo der Saum dreckig und kaputt ist, mehr schlecht als recht versuechen, einen Charren den Hang heraufzuschieben. Das Meitli hat bluetige Lümpen um die Füess gewicklet und zieht die Chüe vorn an den Schnörren, und der Mann schiebt den Charren von hinten, und alle sehen zu Tod erschöpft aus.

Der Sauschaagg, dreissig Tier hat er amigs nach dem Schlachten im Stall, schüttlet den Chopf, und dann kann er nümen zueluegen, wie die zwei trächtigen Chüe, eigentlich schöne Tier, sich abmüehen, und rüeft: «Haltet an, um Herrgottswillen und Maria!» Katholik ist er, wie alle rechten Bürger in Finstersee.

Jedenfalls kommt er angestampft und meint, mit denen trächtigen Chüe lasse er sie nicht weiter. Ob der fremde Fötzel nicht merke, dass er die Tier zugrund richte. Und die eine Chue seig ja voller Striemen! Und wie es komme, dass sie mit Hab und Guet über sein Land stolpern wie Zigeunerfötzel.

Sie müessten eben zum Kaplan Schlumpf und zum Dorfschreiber, sagt der Jakob. Sie hätten drum eine neue, eine eigene Pacht in Finstersee anzutreten. «Am heilige Sunntig!», meint da der Sauschaagg. «Wohl am alten Fusel seine.» Eigenhändig spannt der Sauschaagg darauf herab die Chüe aus, nicht ohne scharf einzuschnaufen: Der Kummet hat wirklich nicht gepasst. Jedenfalls bindet der Sauschaagg die Chüe hinten an den Charren. Die grösste Trueh lupft er vom Boden und sagt zum Jakob: «Die treist du.» Und luegt ihn scheps an. «Ich mach das für euer Chüe, sonst chalberets hüt z'Nacht.»

Der Sauschaagg holt aus seinem Stall einen ticken Braunen und einen anderen Kummet, spannt das Tier ein, sagt «Hü!», und der Braune ruckt den Wagen den Hang hinauf, und wie sie an den verstreuten Höfen, die meisten eher minggelig und verlotteret, vorbeikommen, luegen die Leute blöd: Wie da der Sauschaagg den Hang hinauflauft, am Strick seinen Braunen, und der Braune zieht einen beladenen Charren, und derhinter stolpern zwei abengefiglete trächtige Chüe mit bluetigen Stellen am Hals und bluetigen Striemen auf dem Füdli, weiter derhinter ein müedes Meitli in einem verrissenen Bürgertochterkleid und bluetigen Füess, und zuletzt ein Mann in dreckigem Sunntigsstaat. Der treit eine Trueh auf dem Rücken und reisst einen Stein.

Der Jakob und das Elsie machen also keine rechte Falle. Derart nicht, dass die Leute von den fünf oder sechs Höfen, wo am Weg nach Finstersee liggen, die Sunntigsarbeit stehen- und liggenlassen und dem kleinen Zug hinterherlaufen und nicht mit Kommentär sparen. Ein so schönes Gwand habe das Meitli an, wie für ein Mehrbesseres, aber echli verlumpet, hä, und einer, der Obstmeier, luegt dem Elsie auf ihr Bein, dort wo der Schlitz ist im Gwand, und schon rüeft die erste Magd: «Lumpenprinzässin», und gigelet, und eine schmeisst sogar einen Herdöpfel. Der verfehlt das Elsie und trifft stattdessen das bluetig Klärli auf das Füdli.

Der Kaplan Schlumpf

Neben der neuen Chile, im Pfarrhaus, sitzt der junge Kaplan Schlumpf und lässt sich seine Predigt vom Morgen durch den Chopf gehen. Wie immer sind alle Finsterseer zusammengezuckt, wie er von der Kanzel gewetteret hat. Sünder! Höllenqualen! Dass sie nicht mehr in den Opferstock legen als öppendie einen Chupferräppler ist ihnen aber nicht zu verübeln, so arme Schlucker an dem stotzigen Hügel. Und wenn alles brav in die Chile kommt und sich vorher wäscht – da luegt der Kaplan Schlumpf darauf, falls eben der Pfarrer Röllin von Menzingen auf Visite kommt –, und solang er die Büecher in Ordnung behaltet, ist er in zwei, drei Jahren sicher nümen am Sumpfhang, sondern in Menzingen oder gar in Zug und hat eine richtige Pfarrei, und am End langts noch zum Bischof.

Der Kaplan Schlumpf hat eben öppen grosse Gedanken. So wird es ihm auch an dem Sunntig wieder ganz anders, wie er den Hang herabluegt und in den Himmel, und es ist ihm, als könnte er, wenn der Fingernagel nur scharf gnueg wär, den Himmel anritzen, und dann sähe man, was derhinter leuchtet. Das würd ihn, den Kaplan Schlumpf, anluegen und sagen: «Momoll.» Oder öppis in deren Richtung. Und dann wüsste der Kaplan Schlumpf genau, dass er auf dem richtigen Weg ist und er Bischof wird.

Aber immer ist der Fingernagel ganz echli wenig zu stumpf. Villicht muess man noch frömmer sein und nur noch Brotbrocken essen und auch auf die Milch verzichten und – da reisst den Kaplan Schlumpf ein Aufruehr unten am Hang aus seinen Betrachtungen.

Der Sauschaagg! Das insubordinate Subjäkt! Mit seinem Braunen, wo einen Charren zieht. Bald steht eine ganze Schwette Leute auf dem Blätz zwischen Chile und Pfarrhaus, Mägde gigelen, ein pringes fremdes Meitli luegt verschupft, und ein Fremder im Sunntigsstaat nimmt seinen Huet vom Chopf und trüllt den zwischen den Händen.

Der Kaplan Schlumpf bänglet das schmiedeiserne Gartentor hinter sich zue. Was die Kommotion söll am heiligen Sunntig?

Die Mägde hören wie abgeschnitten mit dem Gigelen auf. Der Mann nimmt seinen Hut in die lingge Hand und zieht einen Fötzel aus seiner Brusttasche. Das seig für ihn, vom Herrn Pfarrer in Wädiswil, und wo er den Gemeindeschreiber finde?

«Zweienhalb Stund weiter, in Menzingen. Aber sicher nicht am Sunntig», meint der Kaplan. Ob es noch ginge.

Aber wie das Meitli anfangt zu pfnuchzgen und der Sauschaagg meint, die Chüe kämen kaum einen Schritt weiter, geschweige denn nach Menzingen und zrugg, tuet der Kaplan Schlumpf einen Schnauf und sagt zuerst «Also guet» und dann «Die Gnade des Herrn kennt keine Grenzen!»

Das Elsie kommt nicht draus, wen er jetzt genau meint. Aber immerhin nimmt sich der Kaplan dem Fötzel vom Jakob an. Soso, die Pacht vom alten Fusel übernähme der Jakob also mit seinerer Frau. Es seig öppen Zeit, dass die Hütte wieder bewohnt werde. Der Fusel habe dort eher schlecht gewirtschaftet, bis er gänzlich dem Pauperismus anheimgefallen seig. Obwohl, Protestanten im Dorf! Aber je nu, der Pachtvertrag sehe aus, als habe alles sein Rechtes, und der Sauschaagg zeige ihnen wohl noch den Weg. Auf Menzingen müess der Jakob aber grad am nächsten Tag.

Die Pacht

Der Weg ist zu schmal geworden für den Charren. Der Sauschaagg hat abgespannt und gesagt: «Ab da müesst ihr selber trägen.» Das Elsie und der Jakob haben beide eine Chue an den Strick genommen, und dann ist es durch tüsteren Tannenwald gegangen, bis eine Jahrhunderteibe mit sechs oder sieben oder acht Stämmen schwarz wie eine Felswand in den Himmel wächst. Der Weg krümmt sich darum, die Chüe scheuen, und dem Elsie stellen sich beim Vorbeilaufen die Haare im Nacken auf, derart tunkel und gfürchig und stumm ist es um die Eibe umen, kein Vogel singt, und wenn man zwischen die Stämme luegt, ist es ihr, als würde die gfürchige Eibe ebigs weitergehen und man würde sich, setzte man auch nur einen Fuess neben den Weg, auf immer in dieser Tüsternis verirren und nie mehr auch nur einen Liechtstrahl sehen. Wo der Weg endlich um die Eibe umen ist, schüttlet sich das Elsie, und wie sie in ein Wiesli und über einen kleinen Hügel stechen, ist es ihr, als gheiten ihr, kaum ist sie aus dem Schatten von der Eibe getreten, Eisstücke ab dem Herz.

Aber das sinkt ennet dem Hügel grad wieder: Unter einem Haus hat sich das Elsie öppis anderes vorgestellt, keine schmale zweistöckige Hütte mit einem Bretterverschlag daran, wohl früehner der Saustall. Wenn man einiges repariert, langt es wohl als Schopf. Aber nicht einmal ein rechter Weg! Die Hütte steht auf einer nassen Weide, immerhin nicht ganz stotzig. Links steht ein Pumpbrunnen und ein kleiner Chuestall. Ein paar Bretter sind faul, und wie das Elsie die Tür aufstösst, gseht sie am Türrahmen einen hölzigen Zapfen halb aus einem Loch hänken und denkt noch, daran schürgt man sich beim Vorbeilaufen ja den Ärmel auf, und lupft die Hand. Hinter ihr schreit der Sauschaagg: «Nei!», aber da hat sie den Zapfen schon herausgezogen.

Der Sauschaagg packt das Elsie am Ärmel und reisst sie umen: Das seig denk der Bannzapfen gewesen, dass dem Vieh nüt passiere! Jetzt müessen der Jakob und das Elsie den Kaplan kommen lassen, dermit der wieder seinen Segen gebe, und das koste! Dabei bekreuzigt sich der Sauschaagg. Der Jakob probiert den Zapfen wieder hineinzuschürgen, aber er hebet nümen. Und so rüehrt er den Zapfen am End halt auf den alten Miststock.

Zum Glück hat es noch echli altes Heu unter dem Stalltach, das schürgt das Elsie als Erstes in den Stall herab. Einen alten Chessel findet sie auch und tränkt zuerst die Chüe und wäscht dann mit einem Lumpen die aufgeripschten Hälse und am Schluss auch die Striemen auf dem Klärli seinem Füdli.

Erst nachher geht das Elsie zum Jakob, der ist mit dem Sauschaagg zrugggelaufen und hat abgeladen und ihn verabschiedet und hockt jetzt in der Küche und stiert an die Wand.

Und, ja, was söll das Elsie auch sägen. Immerhin gseht der Chachelofen aus, als gienge er, und echli Holz hat es im Verschlag nebendran noch, und ein Beil und eine Säge auch, die kann der Jakob dann brauchen zum allenthalben faulige Bretter ersetzen.

«Jenu», sagt auf einmal der Jakob und gibt sich einen Ruck. Jeden Weg zehn Minuten lang hin und zrugg schleiken der Jakob und das Elsie stumm den Hausrat durch den Wald, an der nicht ganz gschmuchen Eibe vorbei über die Wiese in die Hütte. Das Elsie kann in ihren Holzschuehn fast nümen laufen vor Bluet.

Wie sie endlich alles in der Hütte haben, tunklet es schon. Und trotz allem lacht das Elsie, wo sie merkt, dass der Jakob Brot und Chäs und Herdöpfel und sogar Kerzen und ein Öllämpli eingepackt hat, und gibt ihm einen Muntsch.

Aber der macht keinen Wank. So humplet das Elsie halt allein noch einmal in den Stall, zum auf die Nacht die Chüe tränken und füettern, und findet, das Rösli seig also schon noch unruhig derfür, dass es so erschöpft sein müesst.

Stumm cheuen sie später Znacht, bis der Jakob sagt: «Es paar Fläsche Schnaps zum mich z'Tod saufen hätt ich gescheiter aus dem Herrenhaus mitgenommen.» Das Elsie weiss nicht was antworten und macht oben in der Chammere ein Bett parat.

Zmittst in der Nacht schlägt das Elsie dort ihre Augen auf und lost in die Nacht hinaus. Öppis stimmt nicht. Steht im Nachtgwand auf, weckt den Jakob und meint, sie müessen zu den Chüe! Schlüft in ihre Holzschueh und humplet heraus, noch bevor der Jakob das Öllämpli auf seiner Seite ufengetrüllt hat.

Zum Glück ist fast Vollmond, darum gheit im Stall ein Streifen Liecht auf das Rösli. Das liegt nass auf der Seite und schnauft, und aus dem Füdli lampen zwei Beine und ein kleiner Chueschwanz. Vill z'früe, denkt das Elsie, und so ein Chälbli sollte doch Chopf voran herauskommen, das muess doch schnaufen können, und die Hinterbeine lampen immer gleich weit heraus, und wie der Jakob endlich mit der Lampe im Stall steht, zieht das Elsie an den Hinterbeinen, was sie mag, und alles schmöckt nach Bluet.

«Hör auf zu ziehen, Gopferteckel!», schreit der Jakob und schupft das Elsie weg, dass sie gegen die Stallwand gheit. Der Jakob knielet neben das Füdli vom Rösli, schürgt seinen Unterarm hinten hinein, packt im Bauch von der Chue das Chalb, trüllt vorsichtig nach links, und dann zieht er das kleine Chalb ganz einfach aus der Chue heraus, das hat einen bluetigen hellblauen Sack über dem Chopf und die Nabelschnuer um den Hals gewicklet, und das Elsie liegt daneben und fühlt sich zu schwach zum aufstehen, derart schmöckt es nach Bluet, und dann trüllt sie sich ab und chotzt schon wieder ins Stroh.

Der Jakob löst die Nabelschnuer und zieht den hellblauen Sack über den Chopf vom Chälbli. Er luegt ihm in die Schnörre, langt inen und zieht Schleim aus dem Maul. Aber das Chälbli macht keinen Wank, auch nicht, wie der Jakob es mit Heu abreibt.

Das Elsie steht wieder auf, grad wie aus dem Rösli seinem Füdli die Nachgeburt flartscht, sie stützt sich mit einem Arm ab an der Stallwand, und der Jakob richtet sich auf, mit dem vill zu kleinen toten Chälbli im Arm und trüllt sich umen und haut dem Elsie fadengrad mit der rechten Faust eins ins Gesicht.

«Eine hinterfotzig schwache Chue hast dir ausgesuecht!» Der Jakob nimmt flüssig sein Messer aus dem Hosensack, klappt es auf, schneidet dem Chälbli die Kehle duren und hält es an den Hinterbeinen hoch, dermit das Bluet herausläuft und man das Fleisch noch brauchen kann.

Dann nimmt er die Hinterläufe in eine Hand und schneidet den Bauch auf. Der Darm gheit neben die Nachgeburt, und das Elsie denkt, wenn ihre Nase und ihr eintes Auge nicht so weh tuen würden, würd sie wohl in Ohnmacht gheien.

Der Jakob trüllt sich um und geht mit dem gemetzgeten Chälbli in die Hütte. Das Elsie bleibt im Stall stehen und traut sich kaum, sich an die Nase und ans einte Auge zu langen. Nicht lang später besinnt sie sich aber und treit mit der Mistgable bluetiges Stroh und die Därme und Nachgeburt auf den alten Miststock hinter dem Stall. Nachher knienlet sie sich neben das schweissige Rösli und reibt das mit Stroh und Heu ab, stundenlang geht das, bis die Chue aufhört zu keuchen und fast trocken ist und schliesslich den Chopf trüllt und dem Elsie über die Schultere schleckt.

Die Lina auf dem Chneushügel

Wie das Elsie am nächsten Morgen zitterig vor Chälti aufwacht, wunderet sie sich zuerst, wieso sie das eine Auge fast nicht aufbringt und kaum durch die Nase schnaufen kann, und erinneret sich erst dann, warum sie im Stall liegt, neben sich das Rösli, und dass ihr nicht nur Nase und Auge, sondern auch die Füess und alle Muskeln weh tuen.

Trotzdem führt sie zuerst die Chüe hinaus, zuerst zum Brunnen, und bindet sie dann neben dem Stall an und findet sogar noch eine nicht kaputte Garette und mistet die Chuefläden und verbrunztes Stroh heraus.

Vom Dachboden im Stall schürgt sie das fast letzte Stroh und Heu herab, und nach einer geschlagnen Stund, so lang hat das Elsie an dem Morgen zum die zwei Chüe versorgen, stellt sie sie wieder in den Stall hinein und humplet zur Hütte.

Der Jakob ist nienets. Der ist underwegs nach Menzigen und überlegt sich auf dem Weg ein paar Sachen: Dass das Frölein Sophie ja eben nur ein Frölein seig. Und dass die alte Lina doch gesagt hat, es werde ein Bueb. Und dass das mit der Pacht gopferteckel lang braucht, bis man auf einen grüenen Zweig kommt, wenn je. Und dass das Balg, wenn es einmal da ist und wenn man so vom Elsie ausgeht, sicher ein ganz gmögiges Kerli sein wird, so zum Anluegen. Und dass der Jakob dann, wenn das Balg nümen ganz vertruckt ist, sondern villicht öppen jährig, beim Fabrikdiräkter seine Aufwartung machen kann und ihm das herzige, aber leider derart lumpige Büebli zeigt. Und dann würd der Jakob sagen, die Pacht seig einfach zu wenig für drei Leute, und er, der Diräkter, könne doch nicht wellen, dass sein Söhnlein halb verhungeret aufwachse!

An der Stelle, stellt sich der Jakob vor, bekommt der Fabrikdiräkter feuchte Augen und nimmt das Büebli auf den Arm, und das langt ihm ins Gesicht und macht herzig «Bäbäbä» oder «Tätätä», und dann sagt der Jakob noch, einetweg gäb das einen schönen Skandal, wenn der Jakob das im Wirtshaus umenverzellen tät, und so weit seig Finstersee ja nicht von Wädiswil weg, und item, er brauche eine andere Pacht, am besten im Samstageren oben. Oder er übernähm grad wieder den Fuehrstall vom Fabrikdiräkter, aber nümen als Rosschnecht, sondern als Meister, und den Fuhrpark well er überschrieben mit Siegel, und der Farbikdiräkter würde nicken und mit Tränen in den Augen schüstement einen neuen Fötzel unterschreiben.

Und dann überlegt sich der Jakob noch, dass er wohl besser dem Elsie echli luegt, nicht dass ihr öppen noch das Balg abgeht. Drum kauft der Jakob dem Elsie in Menzingen beim Klosterladen ein geklöppletes Chrägli für ihren Sunntigsstaat.

Das Elsie gseht aber gerade gar nicht nach Sunntig aus, das hockt am Chachelofen, wo der Jakob zum Glück noch eingefeuert hat, und trinkt ein paar Schluck warmes Wasser aus dem Chessel auf dem Ofen und holt dann einen Lumpen zum sich die Nase abtupfen. Der Lumpen wird bluetig, auch bei dem Aug und den Füess, und dann hockt sich das Elsie an den Tisch und cheut, wegen der Nase, wo derart weh tuet, ganz süferlig voriges Brot vom Abig vorher und einen Schnäfel Chäs und überlegt sich dabei, wie lang man wohl zu Fuess nach Floränz hat oder was wohl eine Kutschenüberfahrt kostet, und wie vill Gält sie wohl braucht, zum sich dort ein paar Tage in eine Chammere einzulogieren. Und ob wohl so ein Musigakademiediräkter auch so einen ticken weissen Bauch hat, und einetweg denkt sie an ticke Bäuche und dass sie vor allem anderen dagegen öppis undernehmen müess.

Eine halbe Stunde später humplet das Elsie mit ihren zwei Chüe am Strick bergabwärts, das Rösli lauft zum Glück einigermassen guet, und wie sie beim Sauschaagg angekommen ist, meint sie, öb sie die Chüe nicht könne bitte zum Sauschaagg seinem Braunen auf die Weid stellen, der Jakob habe noch nicht gehaget, und Heu heigen sie auch keins mehr. Sie gäbe ihm derfür einen Muntsch oder was er halt welle, und wie sie wohl zum Chneushügel zu der Lina käme.

Der Sauschaagg stützt sich auf seinen Besen und luegt das Elsie an, das blaue Auge und die schepse, geschwollene Nase, und dann auf das Rösli, wo sich recht süferlig bewegt und offensichtlich nümen trächtig ist, und wieder auf dem Elsie ihre Nase und meint, für einen Muntsch seig sie ihm gar zu mägerlig und zu verschlagen auch. Und normalerweise gäb es bei ihm also nüt gratis. Aber das Elsie solle in Hergottsnamen halt die Chüe auf die Weide stellen, und der Chneushügel seig eine guete Idee, die alt Lina könne ihr die Nase sicher wieder einigermassen richten, und ausserdem habe sie einen speziellen Franzbranntwein, mit dem könne das Elsie dann die Chue einreiben, und das hätte sie eigentlich schon gestern z'Nacht tuen sollen.

Das Elsie hat auf dem Chneushügel anderes im Sinn. Aber das verzellt sie dem Sauschaagg nicht, sondern nickt einfach.

Den Franzbranntwein, den bekommt sie bei der Lina trotzdem, aber für sich selber, genau drei Fingerbreit hoch. Er brennt im Hals, und das Elsie muess bei jedem Schluck huesten und hat Tränen in den Augen, aber bald merkt sie nümen, wie ihr die Nase weh tuet. Die Füess gspürt sie auch nümen, der Jakob wird ihr echli gleich, das Fidlen auch, und es ist ein recht lustiges Bild, wie die Lina in ihrem Chrütergarten gebückt umenchräsmet und derbei Zeugs murmlet, fast singt, «Peterli und Salbei, bricht alles frei», und derbei pflückt sie da ein Kräutlein und dort eins und singt: «Vom Engel die Wurz/macht Wehen kurz», und das Elsie denkt, das reimt mit Furz, und trinkt den letzten Schluck Schnaps und verschluckt sich und muess gleichzeitig huesten und gigelen. Die Lina luegt, als well sie das Elsie tadlen, und singt dann aber einfach echli lauter: «Der Sabin ihre Beer/sticht besser als Speer,/von der Eibe die Nadel,/ja, Pfäffli, sag Tadel,/vom Wer den Mueth/gibt starkes Bluet», und kommt zum Elsie zrugg und reisst auf dem Weg ein ganzes Büschel aus, «und Thuja, ja Thuja,/es rots Halleluja». Dadermit legt sie zwei grosse Büschel Chrüter auf den Tisch neben das Schnapsglas und meint, das Elsie habe brav getrunken und müess itzt ihr Maul aufmachen und in das zusammengetrüllte Tuech hineinbeissen, wo da schon parat ligge, und dann werde es recht weh tuen. Mit den Worten langt die alt Lina dem Elsie zmittst an die Nase und trüllt mit einem Ruck einmal derart kräftig, dass es knirscht und das Elsie schreit.

Wie das Elsie wieder Schnauf hat, ramüsiert die Lina ihre Chrüter zusammen und heisst das Elsie itzt in die Stube gehen und abliggen, sie well ihre Füess anluegen und ihr derbei die dritte, längere Behandlung ganz genau erklären.

Tusig Töpfe und Tigel stehen in der Stube auf Tablaren, und von der Decke hänken getrocknete Chrüterbüschel. An einer Wand steht eine Ligge mit einem leinernen Tuech, darauf legt sich das Elsie, und die Lina wicklet ihr die Lümpen von den Füess, schraubt einen von den tusig Tigeln auf und meint derbei, der Fabrikdiräkter habe der Lina also für den Untersuech einen rechten Batzen gegeben, und das Elsie könne auch später zahlen, sie solle itzt nur liggen bleiben. Schmiert derbei Ringelbluemensalbe auf dem Elsie ihre Füess und fängt nachher an, all die Chrüter entweder zu mörseren oder mit heissem Wasser aufzugiessen oder in heissem Fett oder in Schnaps zu kochen. Dem Elsie ist ganz friedlich, und derbei verzellt die Lina dem Elsie die Geschichte vom Finstersee.

Die Sag vom Finstersee

«Früehner», verzellt die alt Lina, «da hat Finstersee nicht Finstersee geheissen, sondern Grüensee, weil der See eben nicht finster gewesen ist, sondern hellgrüen und fründlich. Genau wie die Leute um den See umen fründlich gewesen sind und flinke Händ gehabt haben. So sind alle Höfe wohlgeordnet gewesen. Und der Grüenseechäs, der ist bis zum Papst nach Rom verkauft worden, eine so himmlische Angelegenheit soll der gewesen sein.

Das grösste und schönste Guet in ganz Grüensee ist aber der Bostadel direkt am Ufer gewesen, dort hat eine reiche Witwe gewirtschaftet mit ihrer Tochter, einem schönen Jümpferli mit Augen grad so hell und grüen wie der See. Mänger rechter Puurensohn hat, wenn er das Jümpferli angeluegt hat, gedacht, man könne dem Meitli durch die Augen bis in den Seegrund luegen. Und hat derbei gemeint, er würd gern jeden Morgen neben so einem paar Augen aufwachen. Und noch der prächtig Bostadel derzue!

Aber das Jümpferli ist ein vergeistigtes gewesen und hat keinen Puurensohn wellen. Stattdessen hat sie jeden Abig am Grüensee gesessen und geklagt: dass die Puurensöhn ihre Chüe mängsmal schlagen und öppen grusig reden. Und dass doch einer kommen sollte! Einer, wo keine Schwielen an den Händen hat! Und nicht seine Chüe verprüglet! Derbei sind von ihren grüenen Augen mänge Träne in den See geträpflet. Öppendie hat das Jümpferli vom Bostadel auch nur dagesessen und gesungen.

Was aber weder das Jümpferli noch die Puurensöhn gewusst haben ist, dass der Grüensee das Jümpferli wegen ihren Tränen und ihren Liedern und ihren Augen derart gern gehabt hat, dass er jede Träne auf eine Reise geschickt hat. Durch den Boden, durch eine Quelle in die Sihl, bis später die Limmat die Tränen mitsamt der Sihl schluckt und in den Rhein treit und von dort ins Meer, und ab und zue ist eine von den Tränen natürlich am Ufer hänken geblieben, in einem Zweig oder an einem Grashalm.

Und so gseht an einem sonnigen Tag im weiten Norden einer öppis am Strand blinken und streckt seine Hand aus. Und in dem Moment, wo ihm der zittrig grüenschillrig Tropfen auf der Handfläche liegt, ist ihm, als ghöre er ein Lied, und das Herz wird ihm weit, und öppis zieht ihn Richtung Flussmündung, wo das Lied schon echli lauter tönt und die nächste Träne parat liegt. Und weil der junge Mann auf seinen Wanderjahren ist, läuft er Lied und Tränen nach und sammelt auf dem Weg jede einzelne Träne ein, eine blinkt wie Schuppen von einem Fisch, die nächste wie glänzige Libellenflügel, und die übernächste leuchtet wie ein grüner Edelstein. Er zupft sie von Gräsern und holt sie aus Brunnen und grüblet einmal sogar eine aus dem Boden von einem Trinkgefäss in einem Puurenhof, wo ihm eine Magd einen Schluck Wasser gibt.

Nach ein paar Wochen lauft der junge Mann am End der Sihl entlang aufwärts, und wie es eintunklet, ist er auf der Wilerstrasse und bald neben dem Bostadel vorbei und gseht das Jümpferli am See sitzen. Wie sie sich umtrüllt, luegt der junge Mann dem Jümpferli in die Augen und gseht auf einmal Schillerschuppen und Libellenflügel oder gar eine Fassette von einem Smaragd.

Da zieht der junge Mann das Tuech aus seiner Brusttasche und nimmt die Hand von dem Jümpferli und legt ihm einzeln eine Träne nach der anderen darauf, und sobald jede Träne die Haut von dem Jümpferli berührt, gibt es einen Ton, und die Träne verschwindet im Nüt, und der Grüensee leuchtet mit jeder Träne grad noch echli grüener. Und wie die letzte verschwunden ist, findet sich die Hand vom Jümpferli wie von selber in der Hand vom jungen Mann, und dann trüllen sich die zwei um und gehen Hand in Hand zum Bostadel, zum mit der Witwe über das Hüraten reden.

Was aber die beiden nicht gesehen haben, ist der eine Puurensohn, wo wie fast jeden Abig hinter einem Busch versteckt dem Jümpferli zueluegt hat, wie sie singt. Der trüllt sich, kaum sind sie verschwunden, um, rennt ins Wirtshaus und verzellt allen Puurensöhnen vom fremden Fötzel, wo das Bostadel-Jümpferli freien will! Und derbei fliesst mänger Klarer.

Wie es ganz tunkel ist, poltern sieben Puurensöhn voll Schnaps und Wüeti zum Bostadel und holen den jungen Mann aus seiner Chammer. Der erst verreisst ihm seinen Schlutten, der zweit haut ihm eins auf die Nase, der dritt, viert und foift heben den Chnecht, die Witwe und das Jümpferli fest, der sechste treibt ihn mit der Mistgable zum Grüensee hinab, und der siebte säblet ihm am Ufer mit einer Sense die Kehle duren, dass der junge Mann chopfhintersi in den Grüensee gheit.

Und wie das Jümpferli sich befreit hat und endlich am Ufer ist und den Jüngling im Wasser umtrüllt, lacht ihr kein rotes Maul entgegen, sondern ein roter Schnitt im Hals vom Jüngling, und dem Jümpferli gheien all die Tränen, wo ihr der Mann zrugggebracht hat, ein zweites Mal in den Grüensee, und noch mänge derzue.

An dem Tag, wo der Mann verlochet worden ist, hat es beim Bostadel dreimal getunneret. Wie die Puurensöhn am nächsten Tag vorbeigekommen sind, da ist als einzig Helles und Schönes zmittst im Wasser der weisse Körper vom Jümpferli rückobsi geschwommen, und der Grüensee ist nümen grüen gewesen, sondern schwarz und schlammig, und in den nächsten Mönet sind den Puuren die Felder versumpft, und schwarze Chieferen sind so schnell gewachsen, dass die Puuren nicht mit Schlagen nachgekommen sind, und seit dem Tag heisst Finstersee eben Finstersee und nümen Grüensee.»

Dadermit packt die Lina einen ganzen Blätzen vermörserete Peterliblätter fest in ein Musselintuech und schlägt die Ecken ein, dass ein längliches Päckli entsteht. Das Elsie habe itzt gnueg geruebet, meint die Lina, und das Elsie soll itzt wenigstens bei der zweiten Geschichte aufgepasst haben, wenn es bei der ersten schon fast zu spät gewesen seig.

Aber in der Nase vom Elsie klopft es, wenn auch nicht derart stark wie vor der Knackerei, und im Chopf hockt immer noch der Schnaps, das Elsie muess sich nur schon richtig konzentrieren, wie die Lina sie heisst, an den Tisch zu sitzen.

Was sie jetzt genau mit dem Peterliplacken, der Sabenbaumsalbe, dem Eibenöl und dem Thujasaft anstellen soll, erklärt die Lina dem Elsie ganz genau, wenn sie tatsächlich bis nach Floränz hinab und derbei keinen ticken Bauch haben well.

Wie die Fidle abhandenkommt

Wie der Jakob nach seiner Tagesreise zruggkommt, staunt er: Da steht der Braune vom Sauschaagg mit einem riesigen Ballen Heu auf dem Rücken gezurrt vor der Pacht. Neben ihm liegt schon ein zweiter Berg Heu, den lupft der Sauschaagg in den Heuboden über dem Chuestall, und angespitzte Pflöck zum Hagen liggen auch daneben.

Der Sauschaagg pfriemt dem Jakob als Erstes vor die Füess und meint dann, so ohne Nüt kämen sie nicht durch den Winter. Der Jakob müess morn anfangen zu hagen. Er well als Lohn den nächsten Früehlig lang also die Hälfte von der Milch von der einen Chue. Und wenn er dem Jakob seine Frau noch einmal mit einer derart chrummen Nase gsehe, hole er die ganz Milch.

Aber das Elsie, wie sie beschwingt vom Schnaps und von ihrem Plan aus dem Wald zu laufen kommt, hat gar keine chrumme Nase mehr, sondern nur noch eine geschwollene. Und halt noch das blaue Aug. Und wie sie das Heu gseht und das geklöpplete Chrägli vom Jakob, meint sie, es werd anderthalb Stund gehen, und dann gäbe es Znacht, und dann zieht sie in der Küche ohne vill Federlesens dem toten Chälbli vom Rösli zuerst das Fell über die Ohren und hackt dann ein Bein ab, das kommt auf die paar Herdöpfel aus der Kiste.

Der Sauschaagg ist ob dem unverhofften Festessen weniger gnietig, und so ist der erste von insgesamt drei friedlichen Znächt in der Pacht vom Jakob und vom Elsie ein Chälbli, wo keinen einzigen Atemzug auf dieser Welt getan hat. Dem Elsie läuft nur beim ersten Bissen eine Träne aus dem geschwollenen Aug.

Drei Tage dauert der Frieden. Am ersten Tag nach dem Znacht mit dem Sauschaagg singt das Elsie trotz Aug und Nase schon beim Zmorgen richten und dann beim Misten und später auch beim Jätten im verwilderten Garten vor dem Haus, und der Jakob senset im Takt das Bort vom Waldrand und schlägt später die Pflöcke vom Sauschaagg ebenfalls im Takt entlang dem Bort ein und kommt sehr ordentlich fürsi.

Am zweiten Tag nimmt das Elsie am Abig sogar die Fidle füren und spielt, der Jakob gseht vor sich sein Ross galoppieren, mit glänzigem Fell, den Chopf verrüehrt es, und aus den Nüesteren dampft es, und wie das Elsie weiterspielt, sind es zwei, vier, eine ganze Herde galoppiert, und daneben steht ein Stall mit Chopfsteinpflaster dervor und derhinter eine Remonte und Liefercharren und Kutschen, und hinter dem geweissleten Hag lupfen Leute den Huet, und alles ist so gepützlet, dass dem Jakob fast die Tränen kommen und er das Elsie umarmt, wie sie die Fidle absetzt.

Sein Elsie! Sein Vögeli! Mit ihrem Billet im Bauch! Dem Billet für Rösser! Und Kutschen! Der Jakob legt seine Hand auf ihren Bauch und truckt ihr einen Muntsch aufs Maul, vorsichtig, weil sie doch so blau um die Nase ist. Das Elsie lässt es sich gefallen. Sie hat ja auch den Bauch mit Thuja eingerieben und später einen Placken Peterli zwischen den Beinen, wie ihr die Lina das erklärt hat.

Am dritten Tag steht das Elsie nicht guet auf und singt nicht und redet nüt, und beim Umstechen im Garten lässt sie schon am Vormittag einen Goiss, wo vom Gottschalkenberg zrugggellt. Der Jakob kommt zu rennen, da liegt das Elsie schon auf der blossen Erde und chrampft und wimmeret, und am Füdli ist alles voller Bluet und vorne auch, und dem Jakob wird trümmlig, er rennt dann aber doch, zum eine Gable frisches Stroh holen. In die Stube dermit und ein Leintuech drüber, und er lupft und treit schliesslich das Gewimmer auf den Armen auf das Strohbett.

Der Jakob holt einen Kübel Wasser am Brunnen und rennt zrugg in die Stube und holt einen Lumpen, und dann trüllt er das Elsie auf den Rücken, die schreit, er schiebt ihr das bluetige Gwand über die Hüfte und die Külotten herab, das Leintuech darunter schon ganz rot, Bluet, Bluet in Stössen, derzue Gschlüder, dem Elsie ihr Bauch ist steinhart, nei, das Büebli, das Büebli, das Ross!, denkt der Jakob, und wie er dem Elsie ihre Beine auseinanderzwängt – sie wehrt sich wie nicht ganz bei Trost – und ihr den Lumpen zwischen die Beine schürgen will, da bringt der Jakob den Lumpen nicht hinein, so fest er zwängt, zuletzt langt er dem Elsie unzimperlich hinein, und das Elsie jammeret «Nei» und will ihre Beine zusammendrücken. Aber da zieht der Jakob schon den bluetigen Placken von der Lina zwischen dem Elsie ihren Beinen heraus, und mit dem Placken kommt noch mehr Bluet und Stösse von Gschlüder.

Der Jakob versteht zuerst nüt. Luegt den Placken an, luegt das Elsie an, wie sie sich wieder auf die Seite trüllt, die Beine anzieht, den Chopf im einten Arm versteckt und den anderen Arm über ihren Bauch chrampft, und der Jakob hockt mit dem bluetigen Placken in der Hand schwer auf das Ofenbänkli und grüblet am schleimigen Hanfbändel umen, bis er den Placken offen hat und erkennt trotz all dem Bluet: Chrüter!

«Häx!», schreit der Jakob. «Du verfotzti Häx, was mach ich itzt?», und ginggt dem liggenden Elsie fadengrad eins ins Kreuz. Der Jakob sackt zusammen, kauert sich abgewandt neben das Elsie, schlingt seine Arme um die Beine und schauklet füren und hinderen und sagt ständig nur: «Was mach ich itzt, was mach ich itzt, oh was mache ich itzt numen», und achtet sich nüt mehr auf das Geblüete und Gewimmer.

Nach einer Ebigkeit steht er auf und geht ohne einen Blick auf das Elsie aus der Stube. Ramüsiert öppis umen, ghört das Elsie zwischen zwei Chrämpf. Die Tür schlägt zue, aber das Elsie ist zu schwach zum aufstehen und dem Jakob nachluegen, und einetweg ist sie froh, ist der weg, und dass das derart gopfverteckel wehtuet, das hätte ihr die Lina ruhig sagen können.

Das Elsie liegt noch ganze zwei Stund lang auf dem Stroh, bis die Chrämpf im Bauch ändlich echli weniger werden, und will, dass es ihr nümen wehtuet, und weiss, dass alles, hat sie nur ihre

Fidle in der Hand, weniger wehtuet. Aber die Fidle! Die Fidle ist nümen da! Ganz gleich, wo das Elsie auf allen Vieren umenkriecht und suecht.

Die Fidle, die ist «eben hopp, Marsch!», mit dem Jakob auf dem Weg nach Menzingen, und der Jakob rechnet sich aus, dass so eine Fidle mitsamt dem schönen Koffer sicher so öppen ein Viertel von einem Ross Wert hat, einen Hinderscheichen sozusagen, und für den Rest muess er itzt halt sparen dank deren saublöden Chue, verrecken soll sie doch seinetwegen, verrecken in ihrem Bluet.

Oder halt!, denkt der Jakob plötzlich. Wenn das Elsie bald ein neues Balg im Bauch hätte, eins vom Jakob, am besten schon nächsten Monet, wie söll der Fabrikdiräkter um die paar Wochen Unterschied schon merken, dass das nicht sein Balg ist?

II

Chabischöpf
gross wie Chueeuter

Der Gingg

So ein Gingg, auch eine Flättere oder ein Schupf sind unberechenbare Charaktere. Wenn nämlich so ein Charakter saftig auf eine Füdlibacke trifft, kann es sein, dass er chläben bleibt. Und haben sich Gingg oder Flättere oder Schupf erst wohnlich eingerichtet, sind das zäche Gesellen, wo man kaum mehr losbringt. Die meisten Leute sehen das einem Mensch ja auch nicht an, ob ihm ständig ein Gingg im Füdli umengrüblet oder ob einer den Chopf lampen lässt, weil es ihm wegen einer Flättere, wo ihm über dem Maul hänkengeblieben ist, ständig fast den Schnauf abstellt.

Öpper Feiner, öpper wo noch nie öppis Böses zuegestossen ist, erkennt villicht so einen Gingg in einem Füdli oder wenn einer scheps laufen muess, weil ihn ständig ein Schupf in die Seite chlübt. So öpper könnte dann nur die Hand ausstrecken, und die Flättere löst sich von der Backe, der Gingg grüblet sich aus dem Füdli heraus, und der Schupf hört auf zu chlüben. Und so ein feines Persönlein, wo noch nie öppis Böses zuegestossen ist, könnte dann die Mädli und Flügen aus der Flättere grüblen oder die Hornhaut vom Schupf seinen villnen Händen streichlen.

Der Verdingbueb hat aber das Glück, dass ihm so ein feines Persönlein begegnet, tummerweise zeitlebens nicht. Und wenn das Elsie gewusst hätte, was der Gingg, wo sie dem Verdingbueben an einem Vormittag verpasst hat, noch alles anrichtet, hätte sie wohl das Augenwasser bekommen, wär ihm nachgesecklet und hätte gesagt, es tue ihr leid. Dann hätte es der Gingg vill schwerer gehabt, zum sich derart gemüetlich einrichten in dem Verdingbueb seinem Füdli.

Der Schlumpf vertreit die Singerei schlecht

Das Elsie hat aber auch Grund für den Gingg gehabt. Windelweich möcht sie den Rotzbalg prügeln, tot direkt in die Höll!

Seitdem nämlich der Verdingbueb und der Chnecht auf der Pacht sind, ist ihr schönes Vorhaben bachab gegangen, und drum kann sie auch nie eine neue Fidle kaufen, und dabei wär sie auf Floränz! Auch wenn sie jahrelang hätte sparen müessen! Und wenn zu Fuess! Und von wegen Fuess: Zuerst ist das mit dem Zehjen gewesen, und das mit dem Zehjen füehrt zu dem mit den Stiefeln, und das mit den Stiefeln füehrt zu dem mit den Euterröteln, und das mit den Euterröteln füehrt zu dem mit den vier Rappen, wo das Elsie eine Zeitlang jeden Tag in den eigenen Sack hat stecken können, ohne dass der Jakob einen blassen Schimmer gehabt hat, und die vier Rappen ist sie jetzt los, und schuld ist numen der Saubalg!

Nachdem eben der Jakob, zwei Jahre ist der schlimme Tag schon her, nach Menzigen gegangen ist und wegen seinem blöden Gaul ihre Fidle vertschutet hat und sich nachher mönetlang jeden Abig sackgrob auf das Elsie gelegt hat, hat das Elsie gefunden, es gelte jetzt keine Abmachung mehr. Und hat sich öppis überlegt gehabt. Aber zuerst hat das Elsie noch recht gehungeret und gefroren.

Gespart hat der Jakob! Jeden Rappen trüllt er um! Und tusig Ärbetli findet er! So muess das Elsie neben dem ganzen Chochen und zu den Chüe luegen und Holz spalten und Misten und Milch nach Menzigen bringen, jeden Abig, wenn es echli Öl gibt für die Funzle, sticken. Schon wieder Hohlsäume, der Jakob hat extra in Menzigen einen Stickrahmen ausgelehnt. Das Elsie würde es hassen, wenn es nicht das einzige Mal am Tag wär, wo sie Wasser wärmen darf, zum Hände waschen, dermit die Stickerei nachher nicht derart stinkt. Der Krämer muess sie amigs trotzdem einen Monet lang auslüften.

Und das Essen! Das Elsie hat den ganzen ersten Winter lang nur Räbenmues kochen können und Graupen. Lümpen hat sie sich um die Holzzoggeln wicklen müessen, und dabei hat sie gebettlet um Schueh! Und hat nur heimlich, wenn der Jakob aus dem Haus gewesen ist, den Säckel mit den Batzen gesuecht und derbei ständig dem Jakob lieb getan und so, als mache ihr das mit dem Daraufliggen überhaupt nichts aus.

Aber der Jakob hat immer nur einen Stein gerissen, und das Elsie weiss genau: Sie ist auch selber schuld gewesen. Die Fäuste sind nämlich jeden Monet immer dann gekommen, wenn sie wieder geblüetet hat. Aber das Elsie hat eben heimlich Wolfstrapp am Ufer gesammlet und Frauenmantelkraut gekaut und frischen Peterli in ein Tüchlein eingeschlagen und sich diesen Blacken jeden Abig, sobald der Jakob angefangen hat zu schnarchen, zwischen die Beine geschürgt, so wie ihr die Lina das alles erklärt hat.

Und das ist es die Fäuste wert gewesen, sonst präsentiert der Jakob dem Diräkter am End doch noch einen Balg, und das Elsie kommt nie mehr weg oder muess mit einem Balg am Rockschoss nach Floränz. Nach ein paar Mönet hat der Jakob zum Glück das mit dem Draufliggen meistens aufgegeben.

Aber dass sich der Jakob nicht für Schueh hat erweichen lassen! Auch darum gilt nüt mehr. Das Elsie hat nämlich in dem Winter amigs wie ein Schlosshund heulen müessen, wo sie den angefrorenen Zehjen jeden Abig mit Weinbrand abgetüpfelt hat. Bis das Elsie nichts mehr anderes gewusst hat, als zum Schlumpf zu gehen, mit Holzzoggeln und Lümpen eine halbe Stunde durch Wald und Schnee, bei fast jedem Schritt ist sie bis übers Knie eingebrochen, und am Schluss ist sie vor dem Pfarrhaus gestanden und hat geklopft. Die Magd hat in einem sauberen Gwand aufgemacht, so eins, wie das Elsie früehner auch einmal gehabt hat.

Die Tür ist aufgegangen, die Magd hat das Elsie scheps angeluegt, sich die Nase zuegehalten: «Wart!», die Tür ist wieder zuegefallen. Einen Fuettersack hat die Magd aus dem Schopf geholt und ins Vorzimmer gelegt, für das Elsie zum draufstehen und warten und tropfen.

Es schmöckt nach Bohnerwachs, denkt dort das Elsie, statt nach Mist und Schweiss und Hunger, es schmöckt warm und goldig, am liebsten würde sie auf dem Fuettersack abliggen und eine Backe auf das frisch polierte, warme Holz legen.

Die Chilenglocken schlagen die Viertelstunden. Nach dem ersten Mal zieht das Elsie ihren Überwurf ab; schliesslich hat sie extra für den Bittgang ihr weisses Chrägli angezogen. Das Elsie hält den Überwurf hinter dem Rücken, die Chilenglocken schlagen ein zweites Mal, das Elsie schwankt ab und zue echli, und dann geht endlich die Tür auf.

Der Kaplan verzieht das Gesicht und schnauft nur flach und bleibt guete zwei Meter vom Elsie entfernt stehen. Was sie well.

«Ob nicht die Gmeind –», das Elsie stockt und luegt auf den Boden, statt dem Kaplan ins Gesicht. «Es ist eben … schüli härt.»

Dem Elsie gibt nicht nur die Stimme nach, sondern auch die Beine, sie hockt jetzt auf der Fuetterdecke und brüelt Rotz und Wasser, und es dauert, bis sie es fertigbringt, «Schueh» zu sagen. Und ihren Zoggel auszieht und den Lumpen auseinanderschlägt. Der Kaplan schnauft scharf ein, wie er die runden weissen Stellen in der Mitte von hässigen roten sieht. Und es dauert noch echli länger, bis sie ihren Handrücken ein paarmal unter ihrer Nase entlanggezogen und den Schnuder an ihrem Überwurf abgestrichen hat und sie «mein Zehje» herausbrösmelen kann. Derentweilen murmlet der Kaplan Sachen wie: «So beruhiged Sie sich doch, gueti Frau, also so öppis», und bleibt derbei die ganze Zeit wie angeklebt neben der Tür stehen.

«Gueti Frau», hebt der Kaplan von Neuem an, wie das Elsie ausgebrüelt und ihren Zehjen wieder eingepackt hat. Dem Elsie müess doch von ihrem Chilenbesuch vor ein paar Mönet klar sein, dass die Finsterseer Chilengemeinde für sie nicht zuständig seig.

Das Elsie hat eben ganz am Anfang in Finstersee den Jakob überredet gehabt, sie müessten sich umbedingt den Nachpuuren zeigen, das seig wichtig, wer weiss, wann man öppis brauche von öppertem im Dorf. Der Jakob hat genickt, und so hat das Elsie für den nächsten Sunntig ihr Gwand vom Frölein Sophie geflickt und ihr Chrägli gewaschen, und der Jakob hat seinen Sunntigsstaat angelegt. Beim ersten Läuten von den Chilenglocken sind sie am Platz gestanden und haben jede Magd und jede Püürin und jeden Chnecht gegrüezt. Zurückgegrüezt hat niemert.

Wie der Jakob und das Elsie in die Chile gegangen sind und sich hingesetzt haben, links das Elsie zu den Weibern und rechts der Jakob zu den Mannen, ist niemert neben sie gesessen, ein paar Leute haben sich sogar umgesetzt.

Der Kaplan, endlich auf der Kanzel, hat als Erstes in die Leute geluegt und ebigs seinen Blick schweifen lassen. Das Elsie ist nicht drausgekommen, warum er nicht endlich anfängt. Einer hat in die Stille gehuestet, ein paar Füess haben gescharrt, und am End hat der Kaplan gemeint, die Messe könne nicht anfangen, solange protestantische Chetzer die heilige Chile entweihen.

Totenstill ist es da geblieben, ohne Huesten und nüt, bis das Elsie und der Jakob mit füürroten Köpfen aufgestanden sind. Alle Köpfe haben sich nach ihnen umgetrüllt, und erst, wie sie fast schon aus dem Chilentor hinaus gewesen sind, hat die Orgel eingesetzt.

Durch Mark und Bein ist dem Elsie diese Orgelei gegangen, derart öppis anderes, als wenn das Frölein Sophie amigs leichthändig und öppendie echli falsch geklimperet hat, starr und kalt, als würd die Musig lebendigen Leibs in einen Sarg genaglet.

Das Elsie ist beim Chilentor stehen geblieben und hat sich umgetrüllt, und grad bevor der Chor von den Frauen anheben will, hat sie schon Luft geholt und im nächsten Moment das starre Gepfeife mit ihrer Stimme gepackt; in der Luft zerreisst sie es und packt schliesslich sogar den Kaplan und schüttlet den fürsi und hindersi, seine Ärmel flackeren schwarz, er ringt derbei die Kläpen, und gseht insgesamt aus wie eine junge Krähe, wo sich nicht aus dem Nest traut. Das Elsie flicht ein paar Chrächzer ein, und ein paar junge Pursten lachen und chrächzen mit und flatteren derbei mit ihren Armen. Es lupft die Leute von den Bänken, die Weiber gigelen, den Mannen zucken die Beine, die Finsterseer umfassen sich im Mittelgang und trüllen. Zuletzt versägt das Elsie die Orgel derart in der Luft, dass der Organist zmittst drin aufgibt und man ihn hinter der Orgel ganz genau einmal pfnuchzgen und sich nachher den Schnuder wieder heraufziehen ghört.

Da bricht das Elsie auch ab und luegt in der grossen Stille fadengrad über die Leute zum Schlumpf. Aber der hat sich allsbald wieder vom verrupften Vogel zum Herrn Kaplan verwandlet, und die Leute haben nümen so recht gewusst, was machen, die Ärmel senken sich wieder und hänken tumm herab, und die Weiber zupfen sich ein paar Haarsträhnen zurecht und schürgen sich wieder auf ihre Plätze. Das Elsie stellt sich schon vor, wie einer anfängt zu klatschen, klatschen in einer Chile!, und wie alle einfallen und das Elsie und der Jakob wieder den Chilengang hinauf bis in die vorderste Reihe sitzen, und dermal würde der Platz nicht leer bleiben neben ihnen, sondern alle würden sich dränglen und neben ihnen sitzen wellen.

Der Organist schnieft ein zweites Mal in die grosse Stille, da trüllt sich eine Magd mit aufgelösten Haaren um, zielt mit dem Zeigfinger auf das Elsie und goisst: «Häx!»

Ein Ruck geht durch die Finsterseer, und wer weiss, was nicht noch Schlimmeres passiert wär, hätte der Jakob nicht schüst in dem Moment das Elsie grob am Arm gepackt, ihr eine Tonnersflättere verpasst, seinen Hut gegen die Leute gelupft und mit villnen «Äxgüsi, Äxgüsi vill tuusig» das Elsie hinter sich her den Hang herabgeschleikt.

Das Elsie ist daraufhin nur noch einmal durch das Dorf gegangen, zum die erste Milch vom Rösli nach Menzigen in die Molkerei bringen. Es hat faulige Herdöpfel und Erdklumpen geregnet. Nachher hat das Elsie amigs einen Umweg genommen und nur ein verlotteretes Guet und den Sauschaagg gesehen; der Einzige, wo dem Jakob ab und zue seinen Braunen vertlehnt.

Item, das Elsie schmöckt im Entree vom Kaplan streng, und der meint: «Gueti Frau», wenn sie armengenössig seig, müess sie denk in die reformierte Gemeinde Samstageren. Und leider könne er überhaupt nüt obtenieren, die Kolläkte in seiner Chile seig mager gnueg.

Da steht das Elsie auf und luegt dem Kaplan bleich ins Gesicht und meint, Samstageren seig im Schnee mindestens drei Stunden Fuessmarsch hin und dreieinhalb den Hang ufen zrugg, und wie das Elsie mit Holzzoggeln und einem angefrorenen Zehjen sechseinhalb Stunden durch den Schnee laufen solle? Und geht einfach nicht weg. Dem Kaplan wird es fast schlecht. Bis das Elsie meint, sie verspreche derfür, nie mehr in die Chile singen zu kommen.

Für einen Moment luegt dann der Kaplan auf den Boden, Schueh habe er zwar keine, meint er, und es koste ihn auch öppis, aber er könne in zwei Wochen, wenn der Pöstler von Menzigen nach Finstersee komme, eine Meldung mitgeben, zum dem Pfarrer nach Samstageren telegrafieren, villicht verbarme sich ja der protestantische Pfarrer und schicke ein paar alte Stiefel.

«Nöd Samstageren. Wädiswil», meint da das Elsie, immerhin hat der Pfarrer in Wädiswil sie getraut und erinneret sich drum villicht. «Abgemacht», meint der Kaplan Schlumpf. Die Hand gibt er dem Elsie aber nicht, sondern nickt, trüllt sich schnell um, und noch bevor er die Tür zuemacht, ghört das Elsie, wie er tief Luft holt.

Höcher Bsuech

Es dauert. Vier Wochen, das hat das Elsie gewusst, mindestens, zwei Wochen geht es ja nur schon, bis der Pöstler wieder im Dorf ist, und dann muess er telegrafieren, und der Pöstler in Wädiswil muess zuerst zum Pfarrer, und wenn der sich verbarmet und ein paar Schueh schickt, geht es sicher noch einmal zwei, insgesamt vier eisige Wochen.

Wenn ein Chuefladen abenflartscht, zieht sie amigs schnell ihre Zoggel ab, wicklet die Lümpen weg und steht mit beiden Füess blank in den frischen Fladen und sagt «Aua», wenn die Wärme in die Frostbeulen sticht. Aber dann geht es wieder für eine halbe Stunde.

Derweilen holzt der Jakob im Wald, in all den überwachsenen, zwischen moosigen Marchsteinen gerade noch erkennbaren alten Feldern. Aber all das Holz ist nicht öppen zum Heizen, sondern fast nur zum später Verkaufen.

Der Jakob, der hat gspässigerweise nie kalt, der hat einerseits Stiefel, grosse, söttige, wo man mit Stroh ausstopfen kann. Und das Elsie ist andererseits sicher, dass der Jakob vor allem nie friert, weil ihm wohl sein Gältsäckel auf der Brust das Herz wärmt.

Item, nach der ersten Woche warten gheit dem Elsie der Nagel vom linken kleinen Zehjen ab, und nach der zweiten Woche gspürt sie ihn nümen und merkt das aber gar nicht recht, weil die anderen derart wehtuen, und wie sie ihn in der dritten Woche an einem Abig aus den Lümpen wicklet, ist er cholenrabenschwarz und stinkt, und der Jakob hat ein Einsehen und will am nächsten Tag die Lina holen.

Die meint, sie seig zu alt für den Weg durch den Schnee. Stattdessen zeigt sie dem Jakob, wie er das Messer zuerst schleifen, dann in der Hitze zum Glütten bringen und am Schluss mit dem Branntwein abchüehlen muess. Und wie er die Klinge dann nochmals rot glütten und auf den frischen Schnitt legen soll, so.

Dem Elsie solle er am besten die Hände rechts und links ans Bett binden, so, und einen sauberen Lumpen um einen frisch geschnittenen grüenen Stecken wicklen, und darauf müess das Elsie, wenn sie den halben Liter Branntwein dann ganz intus habe, beissen, so. Der müess dem Elsie richtig ins Maul geschürgt sein, der Stecken, und die Zunge darunter, so.

Das guete Bein gehöre an den einten Bettpfosten gebunden und das Bein mit dem bösen Zehjen an den anderen, und bevor er anfange zu schneiden, müess der Jakob mit seinem ganzen Gewicht auch noch auf das böse Bein sitzen. Das Schwedenkraut gehöre jeden Tag in Branntwein eingelegt und erst dann wieder auf den frischen Schnitt, und die Weidenrinde müess er sütten und das Elsie eine Woche lang jeden Tag einen Liter vom Sud trinken. So. Zu gueter Letzt gibt sie dem Jakob gegen drei Räppler zwei Liter Branntwein mit und den Rat: «Lueg dem Elsie echli.» Eine, wo so wenig esse und so vill schaffe, fände er wohl nümen. Und wenn sie ihm verräble, heig er sich drum keinen Dienst getan.

An säbigem Abig ist es fast ein Glück gewesen, sind das Elsie und der Jakob so ab vom Schuss. Sonst wäre der Kaplan wohl mit offener Bibel und Weihrauch in die Pacht gestürchlet und hätte gemeint, er müess den Bälzlibueb austreiben, derart hat das Elsie gegoisst.

Vier Tage ist das Elsie in der Chammer gelegen, den Chüe hat der Jakob geluegt, richtig geheizt hat er sogar, und am ersten Tag, wie das Elsie nur schon von all dem Branntwein nicht hätte aufstehen können, ist er zum Sauschaagg gegangen und mit drei Hüehnern und einem jungen Güggel zurückgekommen. Dem Güggel hat der Jakob am gleichen Tag den Hals umgetrüllt, für Hühnerbrüeh für das Elsie. Und von den anderen dreien hat das Elsie zwei Wochen lang fast jeden Tag ein Ei ganz allein essen dürfen. Und ob es am Güggel, an den Eiern oder am Weidenrindsud gelegen hat, gesüderet hat wie durch ein Wunder nüt.

Am fünften Tag hat der Jakob echli Stroh vom Stall bis zum Eingang von der Hütte gestreut, dermit das Elsie mit trockenen Füess bis zum Stall humplen kann, und das Elsie ist aufgestanden und hat die Chüe wieder selber gemolken.

Am sechsten Tag ist sie von einer Amsle geweckt geworden, und echli später hat es derart getaut, dass man es von der Sihl bis auf die Pacht krachen gehört hat, als würden alle Engel im Himmel gleichzeitig einen Brunz lassen.

Am siebten Tag, das Elsie ist gerade am Räbenmues kochen, und von Finstersee her schlägt die Glocke zwei Viertelstunden nach zwölf, veranstaltet das Federviech ein Spektakel. Echli später ghört das Elsie ein Schmatzen wie von Tierbeinen, so wie es die Chüe machen, wenn das Elsie sie an einem nassen Tag trotzdem auf die Wiese lässt. Das Elsie stellt das Räbenmues vom Feuer und macht die Tür zu ihrer Hütte auf.

Zmittst auf dem Stroh zwischen Hütte und Stall steht ein Ross, ein bernsteinhelles, der Jakob tät grad anfangen zu brüelen, denkt das Elsie, und dann noch, das Ross hat sie sicher passend zum Reisekostüm angeschafft, so fein hellbraun wie gesponnener Zucker, das hat das Elsie mehr als einmal ausgebürstet, und über dem Kostüm und unter einem hellbraunen Huet luegt das Frölein Sophie aus honighellen Augen über einem roten Schnitt an der Backe das Elsie an. Und steigt nicht einmal ab.

Jaja, das Frölein hat hellbraune Lederschnüerstiefel an, mit denen gumpt man halt nicht ins vom Tauen schlammige Stroh, genauso wenig wie das Elsie mit ihrem Zehjen durch den Dreck läuft, und so bleibt das Frölein Sophie auf ihrem Gaul hocken und das Elsie in der Tür stehen und denkt: Nimm mich mit, o nimm mich mit, o bitte bitte nimm mich mit, und bringt das Maul nicht abenand.

«Eh», macht das Frölein Sophie. Und: «Grüezdi.» Und luegt umen und auf dem Elsie seinen Fuess in dem Lumpen und fängt an mit: «Wie ...», und hört grad wieder auf und fragt dann eben doch nicht, wie es dem Elsie gehe.

Stattdessen, eh, sie heigen höchen Bsuech, und es gäbe ein Konzert. Und dann, wie Wasser aus einem Hahnen, der Diräkter seig krank, seit das Elsie gegangen seig hocke er nur noch am Schminee und trinke Bouillon avec, und meistens seig es wohl mehr «avec», immer kalt heig er und schlottere, und kümmere sich nümen um die Fabrik und überhaupt um nüt recht, und das Frölein Sophie müess selber, und er seig wichtig, der Bsuech, für die Fabrik und für sie selber. Das Frölein Furrer heig gekündt, mit einem Mann seig sie furt, das Elsie soll sich das einmal vorstellen, das Frölein Furrer und ein Mann! Und sie selber seig am ersten Tag, wo es getaut habe, sofort losgeritten, und sie habe gedacht, wenn das Elsie well, also, wenn sie bitte kommen würd und einen Batzen verdienen mit Fidlen vor dem höchen Bsuech, sie könne ein neues Kleid vom Frölein Sophie haben, und sie könne villicht einen Tag vorher ins Herrenhaus kommen, jetzt wird das Frölein Sophie echli leiser, «zum baden und zum den Haaren luegen, auch. Villicht.»

Sie würd eine Kutsche unten an die Sihl schicken, bis nach Finstersee herauf seig es wohl zu stotzig.

Das Elsie macht auch «Eh». Soll sie jetzt dem Frölein Sophie sagen, dass der Jakob die Fidle verkauft hat? Dann fragt das Frölein Sophie sicher, warum. Wenn das Elsie mit auf das Herrenhaus gienge – aber kann sie ja gar nicht, ohne Fidle –, und das Frölein Sophie dann noch meint, das Elsie soll das Balg mitnehmen, das Balg, wo doch ein halbes Brüederlein vom Frölein Sophie gewesen wär, und o bitte bitte, denkt das Elsie, frag nicht nach dem Balg.

Da stampft das Ross vom Frölein Sophie, und das Elsie lügt fadengrad: «Gaht nöd.» Sie, eh, spiele dann eben schon. In. Eh. Menzigen. An einer Hochzeit. Einer katholischen. Und luegt dem Frölein hellblau in die Bernsteinaugen: «Das ist versprochen. Mit Handschlag. Und einen rechten Batzen gibt es dort auch.»

Das Frölein Sophie wird rot, zuerst am Dekolltee und dann auch im Gesicht. Dann kramt sie an einer Satteltasche umen und grüblet ein paar Lederstiefel heraus, wohl aus Chalbsleder, denkt das Elsie, hohe, tünne, mit Ziernähten und eingeprägten Bluemenmüsterli und zum Schnüeren und meint, der Herr Pfarrer seig eben bei ihr vorstellig geworden und habe gesagt, ihm seig von Menzigen telegrafiert worden, und öb das Elsie nicht bitte die Stiefel annehmen well.

Das Elsie luegt die Stiefel an, tünn sind sie und für den Stall nicht zu brauchen, und das Elsie meint, sie könne eben nicht in den Schlamm stehen, sie habe einen üblen Fuess.

Drum rüehrt das Frölein Sophie die Stiefel vom Ross herab zum Elsie neben die Tür, und das Elsie list sie auf und steht da und sagt zuerst nichts und dann: «Merci.»

Das Frölein Sophie sagt auch lange nichts, und dann: «Jä guet», und wenn das Elsie öppis brauche, und nimmt die Zügel auf und schnalzt, und das schöne Ross zieht mit einem, zwei, drei, vier Schmatzern ein Bein nach dem anderen aus dem Sumpf und trüllt sich um, und im Elsie sagt es immer noch: Nimm mich mit, o bitte nimm mich mit, und dann ist das Frölein Sophie ennet dem Stall verschwunden und taucht noch einmal hinter dem Hügel auf und wird von der grossen Eibe ganz in den Wald geschluckt, und das Elsie steht da und steht da und rüehrt schliesslich mit aller Kraft die Stiefel hinterher, bevor sie sich umtrüllt und die Tür zueschletzt.

Auch wenn es das Elsie gar nicht merkt, so hat der Bsuech vom Frölein Sophie über die nächsten Jahre heraus dann doch öppis Guets: Schon bald wäre nämlich der Guetsverwalter das Tüfeli abholen gekommen, mitsamt dem Pachtzins. Der Jakob wunderet sich auch, warum der nie kommt, aber der hüetet sich natürlich, öppis zu sagen, und wie der Guetsverwalter ein halbes

Jahr überfällig ist, da streicht der Jakob an einem Abig die Batzen, wo er für den Zins auf die Seite gelegt hat, in seinen eigenen Säckel, dem Säckel mit dem Gält für das Ross.

Die gefährlichen Euterrötelen

Zu einem rechten Paar Stiefel ist das Elsie dann doch noch gekommen: Der Jakob hat die hinterhergerüehrten aufgesammelt und poliert und in Menzigen verkauft und ist derfür mit einem Paar groben Werktagsstiefeln zurückgekommen.

Trotzdem hat das Elsie nach diesem ersten Winter, wie der Schnee ganz getaut hat und man die Milch wieder nach Menzigen in die Molkerei gebracht und nicht mehr direkt verchäst hat, an einem Morgen gemeint, sie müess öppis unternehmen, für den nächsten Winter und für eine Fidle und für Floränz. Und drum für ein eigenes, heimliches Gält. Das Elsie hat hin und her überlegt und gewerweisst, bis sie gewusst hat, sie braucht: rote Rüeben. Das Klärli. Und die Lina. Dann geht es. Und so ist es gegangen:

Das Elsie ist an einem trockenen Tag zum Sauschaagg hinuntergehumplet und hat gemeint, ob er ihr für einen Muntsch ein paar von den roten Fuetterrüeben geben würd? Der Sauschaagg hat sie scheps angelugt und gemeint: «Immerhin ist die Nase wieder grad, gell. Aber für einen Muntsch bist mir immer noch zu mägerlig.» Und wegen ein paar Rüeben müess er nicht am Hungertuech gnagen und: «Apropo Hungertuech, wart hurtig.» Wie der Sauschaagg zurückkommt, streckt er dem Elsie drei schrumplige Äpfel, einen ticken Ecken Brot und zuletzt sogar einen rechten Schnäfel Speck entgegen. «Iss.»

Stapft wieder hinter seinen Stall und hat vom Elsie gar nicht wissen wellen, für was sie im Früehlig eigentlich rote Fuetterrüebenresten braucht, wenn die schon ganz lumpig und weich sind und sogar die Sauen einen Stein reissen, wenn er sie ihnen in den Trog rüehrt.

Das Elsie macht an dem Nachmittag nach dem Milch abliefern einen Umweg auf den Chneushügel. Auf der Pacht streckt sie nachher dem Jakob ganze vier Rappen weniger als sonst vom Milchgält entgegen, schaut ihm fadengrad ins Gesicht und findet es nicht einmal schwierig, derbei nicht rot zu werden.

Rot wird derfür der Jakob und ballt schon die einte Faust, da meint das Elsie schnell, er müess halt in den Stall und das Klärli genau anluegen, man könne glaubs froh sein, dass das Klärli überhaupt noch gnueg Milch für das Tüfeli, ihr schwarzes Kalb heig.

«Ja, verreckt am Schatten!», macht der Jakob, wie er das bluetrote Euter inspiziert, das sehe gefährlich aus, und ginggt in die Stallwand. Das Elsie soll weidli die alte Lina holen, die habe sicher eine Salbe.

«Heilandsack», macht auch die Lina eine Stunde später im Stall und luegt das Elsie mit keinem Blick an, sondern bleibt wie abgemacht todernst. Seufzget stattdessen und meint zum Jakob, ja, das seien wohl eben leider die Euterröteln, selten und für die Chue zum Glück ja meist nicht gefährlich. Aber die Milchleistung! Ja jeh!, die Milchleistung! Oh jehmineeh! Das wird nümen das Gleiche, auch wenn das Euter später wieder gesund ausgseht! Für Kälber lange es noch, aber sonst ... besser nüt sagen im Dorf, gell, Jakob, sonst nehmen sie dann in Samstageren plötzlich den Rest von deiner Milch nümen, wenn die anderen in der Molki plapperen! Das seig nämlich ansteckend, die Euterröteln! Oh jeh! Wie leid ihr das tue, meint die Lina. Aber machen könne sie auch mit dem Herrgottsegen nüt. Trüllt sich um, macht sich auf den Weg zum Chneushügel und hat vom Jakob einen Rappen im Sack. Ein zweiter liegt seit dem Bsuech vom Elsie in ihrer Schublade.

Tief in einem Loch in einem hohlen Baum, verpackt in einem Tuech und versteckt unter törrem Laub liggen noch drei, und die ghören dem Elsie ganz allein. Das Elsie singt an dem Abig zum ersten Mal seit dem schlimmen Tag wieder. Und eine Woche lang Bauchweh und rot brunzen vom Rest der Futterrüeben, wo sie das Euter vom Klärli dermit einreibt – das Elsie kann die Resten ja nicht einfach auf den Mist rüehren –, sind ihr gleich, solange jeden Tag vier neue glänzige Räppler in ihr Tuech im Baum kommen. Und jeder Räppler ist ein Schrittchen näher zu einer neuen Fidle und zu goldigen Tächern. Und wenn es zehn oder noch mehr Jahre geht.

Einen Franken drissig im Monet

Aber es geht dann eben nur ein Jahr, bis der Jakob den Verdingbangert auf die Pacht schleikt und der dem Elsie einen Strich durch die Rechnung macht. An einem Morgen im Mai nach dem harten Winter hat alles angefangen.

Die Chilenglocken haben Sturm geläutet. Der Jakob ist mit dem vertlehnten Braunen am Pflüegen gewesen, und das Elsie ist ob dem Geläut weidli zum Sauschaagg aben gehaset und hat gewartet, bis er von Finstersee heruntergestapft gekommen ist.

«Der Müller Ernst ist verräblet», er heig es von seinem Chnecht aus der Wirtschaft. Und wie das Elsie ihn nur anluegt, verzellt der Sauschaagg, der Müller Ernst seig der vom Guet oberhalb von Finstersee, das verlotterete auf dem Weg nach Menzigen, und das seig dertzumals eben das Guet vom Bumbacher Marie gewesen. Säbiges, ebigs Frölein geblieben, heig seinerzeit guet gewirtschaftet. Fast ganz vertröchnet seig sie gewesen, aber habig, dank ihrem Elixier. Das habe das Marie für die Bäuche von den Nonnen in Menzigen gebraut, mit Frauenmänteli und Bockshornklee, zum Einreiben einmal im Monet. Auch seine Frau selig habe darauf geschworen, wenn sie Chrämpf gehabt heig.

Item, an der Verträchni seig das Bumbacher Marie schon fast eingegangen gewesen, wo an einem Tag der Müller Ernst aus Zug aufgetaucht seig. Ein Handelsvertreter für Eggen, mit einem ticken Bauch und einer glänzigen Weste mit goldigen Knöpfen und einem Schnauz im fioletten Gesicht, und das Bumbacher Marie habe gemeint, das seig itzt einmal ein rechtes Mannsbild, und habe den Müller Ernst vom Fleck weg gehüratet. Dabei ist der Müller Ernst gar kein Handelsvertreter gewesen, sondern nur ein Zuger Saufkumpan von einem Cusäng vom Chnecht vom Bumbacher Marie. Der Müller Ernst seig dann auch mehr in Zug und in Menzigen am Saufen und am Jassen gewesen als beim Marie daheim, und gestorben ist sie dann schon ein paar Jahre später, wohl eben trotz allem an der säbigen Auströchni. Der Müller Ernst habe dann nüt besseres gewusst, als den Cusäng vom Chnecht und ein paar Spiessgesellen auf das Guet zu nehmen, und seit dem seig es da sündig wie in der Höll zue und her gegangen, sogar der Schlumpf habe einmal in einer Sonntagspredigt darüber gewettert.

Item, vier Männer heigen den Müller Ernst vor ein paar Tagen nach einer tagelangen Saufete in Menzigen auf einer Bahre heimgeschleikt. Heute morgen seig dann ein Gläubiger aus Menzigen gekommen, mitsamt dem Stadtschreiber, und habe dem immer noch halb ohnmächtigen Müller Ernst das Abkommen präsentiert, nachdem der Bumbacherhof itzt eben nümen dem Müller Ernst, sondern dem Gläubiger gehöre. Er habe drei Tage Zeit zum seine Habseligkeiten packen. Der Müller Ernst, auch nümen der Jüngste, seig zuerst rot geworden und habe gebrüllt, und wie der letzte Stämpfel auf dem letzten Papier war, habe er aufgehört zu brüllen und seig scheints auch nümen rot gewesen, sondern gelbbleich wie Talg, und dann habe er ein paarmal geschnauft, ans Herz gelangt, geächzt, und seig mit dem Gesicht fürsi auf den Boden gheit und liggen geblieben.

Item, die Beerdigung seig in zwei Tagen, und das Elsie und

der Jakob, meint der Sauschaagg, sollen umbedingt an die Beerdigung kommen, auch wenn sie Protestanten seien, das würden ihnen sonst die Finsterseer nicht verzeihen. Ihren Sunntigsstaat sollen sie anlegen und sich vorher waschen und sich sonst im Hintergrund halten, und das Elsie solle ja nicht meinen, sie mache öppertem einen Gefallen, wenn sie mit ihrer Singerei anfange.

Am nächsten Dunschtigvormittag, auf dem kleinen Friedhof neben der Chile, sind das Elsie und der Jakob für einmal nicht die verlumptesten Gestalten. Zwei noch armseligere Vogelscheuchen halten sich im Hintergrund: ein alter Chnecht mit einer roten Nase und verplatzten Aderen auf den Backen und ein barfüessiger Bueb von villicht elf Jahren, der luegt in die Luft, als ob ihn das alles nüt angieng, weder wie der Kaplan Schlumpf die Messe liest noch wie es eine gspässige Pause gibt, weil niemert weiss, wer die erste Schaufel voll Erde auf den Sarg rüehren soll. Vom Müller Ernst ist nicht einmal ein Saufkumpan gekommen, geschweige denn Verwandte. Am End ist der alte Chnecht den Dörflern entlang füren geschlichen, und nachdisnach hat das ganze Dorf und zuletzt das Elsie und der Jakob und zuallerletzt der verlumpte Bueb ihr Erdhäuflein in das Grab gerüehrt.

Der Kaplan Schlumpf murmlet den letzten lateinischen Segen, da räusperet sich ein herrschaftlich aussehender, schwarzgewandeter Herr – «der Herr Sekretär vom Herrn Stadtschreiber von Menzigen», flüsteret der Jakob dem Elsie ins Ohr – und heept, es gäbe eine Versammlung im Wirtshaussaal, und es seig ein Obligatorium für das ganze Dorf, sich eben, eh, zu versammlen.

Geschlossen sind die Finsterseer ins Wirtshaus marschiert, zuerst der Kaplan und der Stadtschreiber, dann die Chilendiener, derhinter der Sauschaagg und bald einmal die anderen Puuren, schliesslich die Pächter. Nur einer, der Obstmeier, sagt: «Bitteschön», und macht eine Handbewegung und lässt die Pächter, zuhinterst den Jakob und das Elsie, vorgehen und schliesst dicht hinter dem Elsie auf, sie gspürt seinen Schnauf im Nacken und ist froh, dass sie den Saum vom Gewand seinerzeit recht geflickt hat. Nach einem Weilchen schiebt sie ihren Arm unter den vom Jakob. Es nützt nichts. Immerhin kann ihr so keine Magd ein Bein stellen. Zuallerhinterletzt laufen der Chnecht und der Bueb.

Die Wirtin scheucht die Chnechte und Mägde in den kleinen Saal, es gäb dort sauren Most und Brot. Im grossen Saal ist entlang einer leeren Mittelgasse in Reihen gestuehlt, dort versammlen sich alle anderen, die Puuren links und die Püürinnen rechts vorn und die Pächter und Pächterinnen derhinter.

Der Kaplan stellt sich zuvorderst in den Raum und rüeft: «Absitzen!» und: «Rueh!», und wie das Gemurmel aufhört, setzt sich auch der Stadtschreiber hinter ein wohl extra in den Saal geschleiktes Pult, räusperet sich, schlägt ein Buech auf und meint: «Der Schobinger Jean-Jaques und der Umbekannt Kari wollen sich itzt in unsere Mitte begeben.»

Puuren- und Pächterköpfe trüllen sich dem barfüessigen Bueb und dem alten Chnecht zue, die schleichen durch den Mittelgang und stehen am End nebeneinander neben Kaplan und Stadtschreiber.

«Auf dass die hier anwesenden umbekannt Kari und Schobinger Jean-Jaques nicht dem Pauperismus anheimfallen», meint der Herr Stadtschreiber, «ist es also unsere Pflicht, diese Gant zu eröffnen. Zum Ersten: Der Schobiger Jean-Jaques, geboren wohl öppis zwischen anno 1805 und 1810. Schon als junger Purst in den Diensten vom Herrn Vatter vom Bumbacher Marie, dem Bumbacher Ernst selig, hat das Bumbacher Marie nie ein schlechtes Wort über seine Dienste verloren. Und wie der Herr Kaplan uns geruehet hat zu berichten, hat der Schobiger Jean-Jaques auch in den Zeiten, wo der Müller Ernst geschindlueret hat, brav seine Arbeit verrichtet. Ohne ihn wäre das Guet früehner schon verlumpt. Und auch wenn der Jean-Jaques nümen der

Jüngst ist und auch nümen alle Zähne hat und Milchbrocken braucht zum Zmorgen statt Graupen, seig er doch ein Gschaffiger, hat uns jedenfalls euer Herr Kaplan versicheret», und der Schlumpf nickt.

Der Stadtschreiber blätteret eine Seite umen. «Zum Zweiten: Gsehnd mir hier den Umbekannt Kari vor der Gemeinde stehen, geboren wohl zwischen anno 1858 bis öppen 60, und ihr, die hier versammleten Finsterseer, erinneret euch wohl an die Findelkindgschicht vor wenigen Jahren, und daran, wie güetig vor dem Herrn das Bumbacher Marie gewesen ist.» Wie der Jakob tatsächlich seinen Tapen lupft und sich getraut zu sagen, er kenne die Geschichte nicht, da schnauft der Kaplan aus und meint zum Herrn Stadtschreiber: «Immer diese protestantischen Fötzel.»

Aber der Stadtschreiber hebt dann doch an: «Wie bekannt geworden ist, der Kläui Hans heig ein Findelkind auf seinem Mist gefunden, ist das Bumbacher Marie dertzumals stantepede zum säbigen Kläui Hans auf den Hof geweidlet und hat ihn tuschüst gehinderet, den Balg in seiner Tränke zu versäufen. Und alle Anwesenden ausser die neuen Pächter wissen sicher, wie der umbekannt Kari, seit er angefangen hat zu laufen, verdingt gewesen ist beim Brumbacher Marie.»

Der Kaplan Schlumpf heept derzwüschen: «Das Marie hat auch immer betont, wie wenig der Kari zum Essen haberet!» Der Verdingbueb rüehrt einen schepsen Blick zum Kaplan, und das Elsie denkt, kein Wunder habe sie diesen verhungereten Balg mindestens zwei Jahre zu jung geschätzt, derbei ist der ja fast so alt wie sie selber.

«Item», meint der Stadtschreiber, «wenn der Schobiger Jean-Jaques und der umbekannt Kari auf Zug ins Armenhaus müessen, kostet das die Gemeinde pro Armengenössigen einen Franken, also ganze zwei Franken pro Woche, und wenn wir das auf ein ganzes Jahr ausrechnen» – der Stadtschreiber macht eine Pause, ein paar Puuren fangen an zu murmlen –, «kommt ein

Batzen von fast hundert Franken zusammen. Und für diese hundert Franken käme dann Finstersee auf.»

«Hundert Franken!», schreien ein paar Puuren und stehen auf. «Herrgottsackerment!» Der Kaplan Schlumpf wedlet mit seinen Armen. Er well doch sehr bitten. «Rueh!» und «Absitzen!»

Es dauert ein paar Minuten, bis der Stadtschreiber wieder zu Wort kommt. «Zwei Franken fünfzig pro Monet für beide oder je einen Franken fünfundsiebzig für den erfahrenen Chnecht und fünfundsiebzig Rappen für den gschaffigen Verdingbueb ist die Gemeinde Menzigen bereit ans Kostgält zu geben. Wer unterbietet?»

Einen Moment lang ist alles still, und das Elsie stellt sich vor, wie es in den Puurenköpfen umenrechnet, wie sie Brotschnäfel und Deziliter Milch pro Tag und aufs Jahr ausrechnen, bis sie anfangen durenandzurufen: «Dreiundsiebzig für den Bueb!», «Zwei sechsundvierzig für beid!», «Eins vierzig für der Alt», und der Herr Sekretär stampft ab und zue mit seinem eisenbeschlagenen Schueh auf den Holzboden unter dem Pult. Bis bei einem Franken siebenundvierzig für beide niemert mehr unterbietet und der Stadtschreiber schon «Einssiebenevierzg zum Ersten, Einssiebenevierzg zum Zweiten» gesagt hat.

Da steht der Jakob auf und meint, ohne einen Blick zum Elsie: «Ein Franken drissig!»

Die Puuren schütteln die Chöpf und sind aber recht froh, kommen die zwei die Gemeinde, und drum sie alle, derart billig.

«Einen Franken drissig!», das Elsie gheit aus allen Wolken und rechnet, was die Rüeben, wo zwei Mäuler mehr fressen, einbringen täten und wievill Holz so ein alter Chnecht wohl am Tag hacken mag, und will, wie sie es auch trüllt, nicht auf einen Gewinn von mehr als einem Rappen im Monet kommen, wenn alles guet geht.

«Die Gant ist geschlossen», heept der Sekretär.

Die Wirtin steht auf und meint, es gäb in der Stube öppis auf den Zahn, gespendet vom Herrn Kaplan in Ermangelung von Verwandten, Schinken und Weissen und Klaren für die Puuren und Leberknödel, Suppe und Bier für die Pächter.

Alles trampt aus dem Raum, nur der Jakob und das Elsie bleiben beim Stadtschreiber. Der Jakob, der Chnecht und der Verdingbueb machen je ein Kreuz ins Buech, und Stadtschreiber und Kaplan unterschreiben.

«Ein Franken drissig!», macht der Jakob zum Elsie auf dem Weg vom Saal in die Stube, den Chnecht hat er in den kleinen Saal zu den anderen Chnechten und Mägden geschickt und den Verdingbueb hinaus zum Warten, «einen Franken drissig! Jeden Monet!»

Es ist wohl, weil der Jakob gerade allen einen Batzen gespart hat, jedenfalls reden ein paar von den anderen Pächtern mit ihm, und die Püürinnen und Pächterinnen lassen das Elsie in Rueh. Wie alle lustiger werden, stibitzt sie aus den halbausgegessenen Suppentellern Leberknödel für den nächsten Tag und wicklet einen nach dem anderen in ein Tuech, und das Tuech kommt tief hinab ins Dekolltee vom Sunntigsstaat.

Es ist schon tunkel, wie der Jakob, wo echli schwankt, den Chnecht aus dem kleinen Saal holt, der schwankt noch echli mehr. Auf dem Heimweg, der Verdingbueb hat nach dem langen Warten in seinem tünnen Schlutten geschlotteret, hat sich der Jakob sogar dem Chnecht untergehakt, und beide haben den Widiwädi Heirassa gesungen, bis alles daheim gewesen ist, das Elsie und der Verdingbueb hinterher. Der hat einmal gemeint, die Herrin schmöcke derart guet nach Suppe, und derbei knurrt ihm der Magen. Aber das Elsie hat nichts dergleichen getan und nur die Arme vor dem Dekolltee mit den versteckten Leberknödeln verschränkt.

Bei der Pacht angelangt, füehrt der Jakob den Chnecht in die einte obere Chammer und meint, ein Bett müess sich der Chnecht halt in den nächsten Tagen nach Feierabig zimmeren, wenn er auf der Allmend ein paar rechte Äste finde. Das Elsie heisst er dem Chnecht zeigen, wo er echli Stroh holen könne, das müess für den Anfang langen. Und dem Verdingbueb könne man echli Stroh neben das Aborthäuschen streuen, das lange im Sommer. Im Winter müess man sich dann öppis anderes überlegen.

Wenn das Elsie gewusst hätte, wofür der Verdingbueb alles herhalten hat müessen beim Müller Ernst und seinen Saufkumpanen, dann wär sie wohl nicht so geizig mit den Leberknödeln gewesen, und es wär wohl später auch nie zu dem verhängnisvollen Gingg gekommen. Wie es dem Gingg auch nicht so leicht gefallen wäre, sich derart wohnlich einzurichten, wenn der Müller Ernst und seine Kumpane nicht amigs nach ausgiebigem Konsum vom Bumbacher-Elixier gebraut aus Bockhornsklee und Frauenmänteli ins Klee geschossen sind wie Böcke und ihnen ein rechtes Horn gewachsen ist und sie gemeint haben, dem Verdingbueb seine Schlutte seig ein hübsches Frauenmänteli, und das gelte es itzt ein paar Mal zu lupfen.

Der Drecksbangert

Den Jakob freut es: Auch wenn der Chnecht zu alt ist zum Bäume fällen, ist er zum brauchen, zum die Baumstämme versägen und zum den Braunen auslehnen holen und einentwäg als Gang-go. Es ist ein anderes Schaffen zu dritt, der Verdingbueb hackt die Äste von den Bäumen und bündlet sie zum Tröchnen, und einmal, wie nach ein paar Wochen alle zum Zmittag vom fast halb gerodeten Feld zurückkommen, langt der Jakob das Elsie um die Hüfte und gibt ihr einen Muntsch und ist auch sonst vill lieber als sonst.

Das Elsie traut sich sogar, einen Nachschlag von der Chohlsuppe zu fassen, und singt an dem Abig und auch an ein paaren danach. Und wenn das Elsie singt, wird es dem Kari, so heisst der

Verdingbueb, nur sagen ihm eben alle nur Verdingbueb oder sogar Bangert, warm ums Herz, und das ist öppis derart Neues für ihn, dass er gar nicht weiss, wie ihm passiert und ihm die Ohren rot werden. Es ist aber bald vorbei mit dem Frieden: Der Jakob kommt an einem Morgen auf die tumme Idee, der Verdingbueb könne ja mit der Milch nach Menzigen, den ganzen Tag Äste hacken seig zu streng, dann seig der Verdingbueb am Nachmittag noch einmal frisch. Das Elsie solle in deren Zeit gescheiter an ihren Hohlsäumen sticken.

Wie sich das Elsie verzweiflet über ihre täglichen vier Räppler getrauet zu sagen, sie gehe aber gern nach Menzigen, meint der Jakob: «Es git kei Bire.» Immerhin lässt er die Fäuste offen.

Das Elsie hockt später beim Misten und Melchen und hat den Chopf nicht bei der Sache und zieht dem Rösli und dem Klärli grob an den Eutern und merkt es erst, wie gar keine Milch mehr in den Chessel sprutzt und das Klärli mit dem einten Hinterbein gegen ihre Hand schlägt. Aber das Elsie muess auch derart überlegen, wie sie jetzt dem Verdingbueb beibringen kann, dem Jakob nur den halben Milchpreis abliefern zu dürfen! Am Schluss denkt sie, wenn der Verdingbueb mit der Milch losgeht, so well sie ihm halt Bescheid sagen, und dass er einen der Räppler für sich behalten dürfe, wenn er nur dem Jakob nüt berichtet. Ein Rappen pro Tag für einen Verdingbueb ganz für sich allein, das muess für so einen auch ein Glück sein, meint das Elsie.

Wie am Vormittag aber der Verdingbueb vom Feld in den Stall zurückschwanzet, ist der Jakob bei ihm und meint, er zeige dem Kari grad selber, wie er das zweijährig, schwierig Tüfeli an den Charren spannen soll, und das Elsie schleicht um die zwei umen und hofft, einen Moment zu finden, wo der Jakob villicht in den Stall geht oder nach draussen, aber nie kommt einer. Der Jakob meint sogar schliesslich, ob das Elsie eigentlich nüt anderes zu tuen heig, als Maulaffen feilzuhalten, und wie weit sie mit dem Zmittag seig, der Chnecht seig in einer halben Stunde da.

Das Elsie luegt in der Küche ständig zum Fenster hinaus, ihre Hände sind füecht, und die Rösti brennt ihr an, aber sie gseht trotzdem keinen Moment, wo der Verdingbueb endlich einmal allein wär. Zum Schluss geht der Jakob sogar noch ein paar Schritte mit dem Verdingbueb mit und kommt derfür bald mit dem Chnecht zurück. Beide schürgen verbrannte Herdöpfelstücke an den Tellerrand und schauflen den Rest in sich hinein, und das Elsie ist so still, dass der Jakob meint, ob ihr öpper über das Grab gelaufen seig, sie seig bleich wie ein Leintuech und sie söll öppis singen.

Das Elsie schüttlet den Chopf und meint, sie heig Halsweh.

Wie der Jakob und der Chnecht wieder aufs Feld ziehen, geht das Elsie in den Chuestall und schlingt ihre Arme um den Hals von ihrem Rösli. Nach einer Weile nimmt sie einen langen Strohhalm in die rechte Hand und langt mit der linken schräg vor sich ins Nüt, klemmt sich das Nüt unter ihr Kinn und streicht mit dem Strohhalm in die Luft, und dann tönt es wie ein Meerbrausen durch den Chuestall in dem elenden Weiler, reisst es einen Schranz in die Wolken über dem Stall, und hinter dem Schranz trüllen sich Fröleins in weissen Musselinkleidern, und das Meer glitzeret, und weiter weg kommt der Kari mit dem Tüfeli und dem Charren und den leeren Milchtansen von Menzigen zurück an dem Feld vorbei, wo der Jakob und der Chnecht am Roden sind, und der Jakob heept und meint, er solle ihm doch grad das Gält geben.

Wie ihm der Verdingbueb die acht Rappen hinhält, da stutzt der Jakob. «Acht? Suscht gits amigs nur vier.»

Der Verdingbueb, trotz der ganzen Zeit beim Müller Ernst wohl im Oberstübli recht hell geblieben, stockt nur einen Wimpernschlag lang und lügt in einer Schnelligkeit, ihn habe das ville Gält für die Milch auch gewunderet, aber es habe eben vill Leute gehabt in der Molkerei und zumal ein rechtes Zeugs gegeben. Ein wildgewordener Esel seig daran schuld gewesen, der habe lautstark und nicht zu bändigen an einem Bürgertöchterlein in einem grauen Kleid quer über den Platz Gefallen gefunden, und das Bürgertöchterlein seig mit lautem Goissen hin und her gesprungen, man habe ihre Strümpfe gesehen und einmal sogar weisse Külotten, und es habe vier gestandene Puuren gebraucht zum den Esel bändigen und das Frölein zu retten.

Item, dem Molkimeister seig das Maul offen gestanden, und darob seigen wohl die Bücher durenand geraten, und er, der Kari, habe noch gedacht, das seig itzt aber vill Gält. Aber – und jetzt luegt er ganz treuherzig – er seig natürlich aufs Maul gehockt. Er habe stattdessen gedacht, der Jakob freue sich sicher über die zuesätzlichen vier Rappen.

«Häsch rächt gmacht, Kari», meint da der Jakob und strubblet dem Verdingbueb einmal durch seinen Schopf, und wie er sein Gältsäckel von der Brust unter seinem Hemd fürenzieht und die acht Rappen schon hineinlegen will, sagt er: «Wart, Kari, da», und gibt dem Verdingbueb einen Rappen zurück. «Für dich. Weil du so eine ehrliche Haut bist, gell.» Und itzt müess schnell das Tüfeli in den Stall kommen und saufen, das sehe ganz ausgetröchnet aus. Der Kari schleicht mit einem schepsen Grinsen ab und freut sich schon auf morn und darauf, dass er luegen well, ob er wohl am nächsten Tag auch acht Räppler bekommt und dem Jakob nur vier geben muess.

Es ist ganz still auf der Pacht, und das Elsie ist nicht zu sehen, bis der Verdingbueb den Stall aufmacht, und da steht das Elsie in ihrem Brausen und Glitzeren und Trüllen, aber der Kari ghört nüt, sondern gseht nur, wie das Elsie mit zuenen Augen mit einem Strohhalm vor ihrem Kinn umenwedlet, als hocke der Bälzlibueb in ihr drin, und dann macht das Klärli «Muh», und das Elsie hört auf mit Brausen und Glitzeren und Trüllen, da steht der Verdingbueb und grinst scheps, das Elsie rüehrt den Strohhalm weg und stürzt auf den Bueb zue und packt ihn an der Schultere.

Ob er dem Jakob schon über den Weg gelaufen seig? Ob er

schon abgerechnet habe? Der Verdingbueb grinst und zuckt mit der anderen Schultere. Wo die vier Rappen seien, die vier Rappen, wo der Jakob nicht braucht und sie aber schon, wo er die vier Rappen heig? Und schüttlet den Verdingbueb, aber der lässt sich nicht aus der Rueh bringen und grinst das Elsie noch dreckiger an und meint, für einen Muntsch jeden Tag sage er dem Jakob nüt, und dann langt ihr der Drecksbangert doch tatsächlich zmittst an die Brust und chlübt ihr in die einte Spitze.

Da verpasst das Elsie dem Bangert eine Flättere, dass er fast umgheit, und einen Schupf hinterher, und wie er schon fast zum Stall herausgefallen ist, holt sie noch mit dem Fuess aus und gibt ihm samt Holzzoggel einen derartigen Gingg zmittst ins Füdli, dass er hochkant zuerst gegen den Stalltürrahmen mit dem alten Loch darin gheit und dann in den Dreck und, so hofft das Elsie, mindestens eine Woche lang nümen recht hocken kann. Packt den Bangert daraufhin an den Füess, das Elsie, und lupft ihn chopfüber und schüttlet ihn, aber da ruglet nur ein einzelner Rappen in den Dreck, und dann klimperet auch nichts mehr. Das Elsie lässt die Beine vom Bueb gheien und meint, wenn er öppis sage, steche sie ihm in der Nacht die Mistgable durch den Hals! Dann ginggt sie ihm nochmals ins Füdli, «furt mit dir!», der Verdingbueb hat einen roten Chopf und schleicht ab mitsamt dem Gingg im Füdli, wo dort hocken bleibt wie Pech, zurück aufs Feld und lässt das Tüfeli angeschirrt samt Charren und allem stehen.

Das ist dem Elsie gleich, aber schlimm ist, wie am Abig der Jakob meint, der Kari habe also einen Nachschlag zum Znacht verdient, und draussen neben dem Abort müess er auch nümen schlafen, sondern das Elsie solle ihm unter dem Herd eine Schlafstatt richten mit echli Stroh, und da grinst der Drecksbangert schon wieder so grusig, und wie der Jakob einmal aufsteht und der Chnecht in seine Schüssel luegt, streckt er dem Elsie sogar die Zunge heraus und rutscht auf seiner Bank umen, weil er sich oben zwar freut, aber unen gnagt der Gingg ihm im Füdli und gnagt sich weiter bis in die Bauchhöhle und flüsteret, dass das Elsie zwar ein schönes Dekolltee habe, sie ihn aber auch um einen Rappen gebracht habe, und dass er, falls das Elsie ihn wieder schüttle, ab dem nächsten Tag ein sicheres Versteck finden müess für die Räppler, die vier, wo itzt wohl jeden Tag kommen.

Der Jenisch

Item, das mit dem Gingg ist eine Weile her. Der Jakob ist nüt schlauer, und der Verdingbueb hat eine Spalte gefunden, in einem Felsbrocken im Wald, da legt er Moos dervor und derhinter glänzen jeden Tag vier Räppler mehr, und das Elsie gseht ihre täglichen vier Rappen nie mehr und weiss nicht aus noch ein, ohne Fidle, ohne Gält und ohne Plan.

Und so wird das Elsie je länger je stiller und mägerliger und ihre Hohlsäume immer krümmer, und singen tuet sie ausser am Morgen im Stall zu den Chüe nie mehr, und so geht auch niemertem mehr das Herz auf. Im Gegenteil, der Gingg lässt den Verdingbueb das Tüfeli auf dem Weg nach Menzigen hauen, und so haut das Tüfeli bald alle zurück, auch das Elsie.

Der Chnecht sagt sowieso nie nichts, und der Jakob ist so schweigsam wie eh und je und flätteret das Elsie all paar Tag rechts und links, und nur zum eigenen Trost singt das Elsie im Stall amigs Lieder von Fernweh und mängisch auch von Heimweh, wenn man denn ein rechtes Daheim hätte, und stellt sich dabei wieder einmal vor, wie all die feinen Herren in einem Salong ergriffen klatschen, weil sie es so schön singt, dass ihr sogar selber das Augenwasser kommt.

Der letzte Ton waberet gerade noch in der Luft – da gheit das Elsie vor Schreck fast vom Melkschemel! Da klatscht wirklich öpper! Da applaudiert einer! Ein Fremder steht da, ein junger, mit einem roten Tuech um den Hals, einem fast genauso roten

Maul, mit cholenrabenschwarzen Augen und Haaren, und derbei hat er eine hellbraune Milchhaut wie pränntë Crème, das hat im Herrenhaus amigs die Köchin gekocht.

Das Elsie wischt sich beim Aufstehen mit dem Rockschoss über das Gesicht und weiss nicht, wohin luegen, da sagt der Jenisch, so ein schönes Lied habe er schon lang nümen gehört, und von so einem schönen Meitli gesungen erst recht nicht. Und ob sie erstens Mistgablen zum Spitzen und Messer zum Schleifen heig und ob er zweitens wohl ein Schluck von dieser Milch haben könne, die sehe sehr rahmig aus, und das seig auch kein Wunder, bei einer derart schönen Chue.

Das Elsie bringt kaum ein Wort heraus und hat füürrote Backen, sie stellt den Milchchessel an die Stallwand, meint, er solle warten, und stürchlet aus dem Stall. Wie das Bisiwetter ramüsiert sie dann in der Küche ein Messer und eine Chelle zusammen und haset zurück.

Er steht underzwüschen neben dem Rösli, krault ihm den Schopf und redt ihm öppis ins Ohr, das Rösli lost andächtig und sabberet sogar derzue.

Das Elsie, Chelle in der einen Hand, Messer in der andern, taucht die Chelle tief in den Chessel, zieht sie voll Milch wieder heraus und sagt: «Da.»

Der Jenisch steht jetzt vill zu nah, das Elsie schnauft ein und hebt die Hand mit dem Messer vor die Brust, aber der Jenisch nimmt nur die Kelle und trinkt, das Elsie gseht seine rote Zunge, und wie er die Kelle endlich absetzt, hat er einen Milchschnauz und macht: «Aah.»

Das Messer gheit dem Elsie aus der Hand. Und dann schleckt sie ihm mit einer schnellen Bewegung rechts und links über dem Maul den Milchschnauz ab. Der Jenisch wiederum packt das Elsie und stösst derbei fast den Milchkessel um, dass echli herausschwappt, und zieht sie rücklings mit, dass beide neben das Rösli ins Stroh gheien.

Das Elsie denkt noch, zum Glück habe sie heute sauber gemistet, und dann denkt sie eine ganze Weile lang gar nichts mehr, sondern gigelet eins, und die Milch sickeret in die Erde, tränkt Erdkrumen und macht ein paar Regenwürmer im Vorbeifliessen ganz betrunken.

Echli später, wie das Elsie mit einem rechten Gutsch Wasser nachhilft, dermit der Jakob später die verschüttete Milch nicht gseht, sickeret diese bis ins Grundwasser und vermischt sich über die nächsten Tage und Wochen mit dem Wasser, wo den Dorfbrunnen speist und die Viehtränken von den umliggenden Höfen, und überhaupt durchdringt sie in dem kleinen Weiler alles, dem Sauschaagg seine beste Sau wirft ein paar Monet später einen ganzen Chnäuel rosarote Säuli, wo putzmunter durenand wuslen und nur ganz selten über ihre unglaublichen sechs Beine stolperen – und das sind ja immerhin zwei Beine zu vill für so ein Säuli.

Aber wundern tuet sich niemert, alle haben so potztusig Ernten gehabt in dem Herbst, so pralle Zwetschgen und Pflaumen, Chriesi gross wie Eier, Eier gross wie Cholräbli und Cholräbli tick wie Chabisköpfe.

Um ordentlich Schnaps zu brennen über den Winter, hat es auch gelangt. Und der säbige Schnaps hat es in sich gehabt, und mehrmals zwei oder sogar drei – oder, heiterer Fahnen!, am End gar vier!, oder fünf! – Dörfler so derart inniglich gewärmt, dass sie Hals über Chopf aus der Wirtschaft heraus und fadengrad in die nächste Heuscheune gestürchlet sind. Zum echli abchüehlen.

Und so haben im nächsten Früehlig die meisten Püürinnen und Mägde genauso ticke Bäuche gehabt wie dem Sauschaagg seine beste Sau, bevor sie die Dutzend Säuli mit den je sechs Beinen geworfen hat.

Da ist der Jenisch schon lang, mönetlang wieder weg gewesen. Aber trotzdem hat das Elsie jeden Morgen gejodlet und gejuchzt. Und wer weiss, ob all die Zwetschgen und Äpfel so gross geworden sind wegen all der verschütteten Milch, oder ob die Säuli aus lauter Freude darüber, dass sich über alles ein Lied schmiegt, grad schon im Sauenbauch zwei extra Beine gesprossen haben. Und ob drum der Schnaps so mehrig ist wie nie und all die Gesichter im Wirtshaus einander lieb und rötschig und immer weicher sind, bis man wieder ins Heu muess zum in einander dreinbeissen.

Sogar der Kaplan Schlumpf mag nümen von der ebigen Verdammnis wettern, sondern lockeret sich den Vattermörder um den Hals, wandlet durch seine Räume im bescheidenen Finsterseer Pfarrhaus. Wenn er dann erst Pfarrer geworden ist in Menzigen …! Und dann erst noch Bischof im Bistum Zug …! Bis der wandelnde Kaplan auf das Hinterteil von der Magd trifft, das ist vom Fischgratparkett aus in die Luft gestreckt und bewegt sich im Bohnertakt hin und her, der schwarze Stoff ist schon ganz abgeschabet und glänzt wie eine Pflaume, und der Kaplan Schlumpf reisst sich den Vattermörder ganz vom Hals und beisst drein.

Wenn sich in dem Winter öpper in den schitteren Weiler verirrt und auch noch aus dem Kutschenfenster geluegt hätte, hätte der sich über den Ortsnamen recht gewunderet, so glasgrüen hat in diesem Winter, wo über allem das Lied vom Elsie und in allem die verschüttete Milch gelegen hat und alle gnueg zum Essen und gnueg zum sich Anschmiegen gehabt haben, der Finstersee aus dem Schnee geleuchtet.

Am schönsten hat das das Elsie gefunden, und drum singt sie nachher ein paar Mönet lang, wievill sie sich zu verzellen gehabt haben nach der Muntscherei, ein ganzes Leben halt, das Elsie verzellt vom Fidlen und von der Musig und vom Balg, und wie der Jakob ihre Fidle vertschutet hat wegen dem Ross, und wie der Jakob entweder nüt sagt oder ebigs von dem Ross verzellt, und wie ihr wegen dem elenden Gaul sogar ihr Zehjen abgefroren ist, weil ein Gaul eben wichtiger ist als dem Elsie ihr Zehjen.

Der Jenisch verzellt wiederum vom Deutschen und vom

Französischen und Italienischen und wie weit er schon gewesen ist, und das Elsie fragt: «Bis Floränz?», aber da verzellt der Jenisch schon von der Feckerchilbi, wo es jedes Jahr Musig gibt, und von Fidlen in der Nacht am Lagerfeuer. Und dann nimmt der Jenisch eine Maulorgel aus der Tasche und maulörgelet eins, und das Elsie singt ein selbst erfundenes Lied derzue und kommt sich vor wie vor hundert Jahren mit dem Frölein Sophie, nur ist es vill lustiger, und der Jenisch spielt wilder, so wild, dass es die zwei halbblutt aus dem Stroh lupft zu einem Ringeltanz, bis sie in einer Gigelei wieder nach hinten umgheien, und dann wird grad nochmal echli gemuntscht.

«Jesses», meint das Elsie, wie die Chilenglocke viertel vor elf herabschallt, «der Bangert kommt grad», und der Jenisch müess sofort seine Hose lupfen und davon.

Da gibt der Jenisch dem Elsie einen letzten Muntsch aufs Maul und meint, er käm am nächsten Tag wieder, und das Elsie soll ihm nur ja nicht öppen verloren gehen, und das Elsie muess schon wieder gigelen und schabt am gleichen Nachmittag ein Loch in die einte Stallmauer zum durenspienzlen, ob öpper den Weg vom Feld herkommt, zum dann morn sicher sein, dass niemert sie und den Jenisch überrascht.

Eine ganze, vill zu kurze Woche lang kommt der Jenisch jeden Morgen und muntscht das Elsie im Stroh und bringt ihr jenische Lieder bei und staunt über dem Elsie seine Lieder, und draussen singen die Amseln mit, und dem Elsie tuet nicht einmal ihr abgefrorener Zehjen weh, wo ihr sonst immer weh tuet, obwohl der Zehjen ja gar nümen daranhängt, und jeden Abig singt das Elsie beim Kochen und beim Znacht.

Der Jakob gibt ihr, wie sie wieder bsunders schön singt, einmal ein Äali. Dem Schangschagg lampen die Schulteren echli weniger. Das Gras schiesst ins Chrut, und das Klärli und das Rösli geben je einen halben Liter mehr Milch als sonst. Und der Kari luegt dem Elsie nümen immer aufs Dekolltee und legt ihr einmal sogar einen Räppler in die Küche und kommt sich derbei sehr nobel vor. Und jeden Morgen wartet das Elsie auf den Jenischen im Stall, bis er kommt und mit ihr gigelet und musiziert und ihr Geschichten verzellt.

Die Geschichte vom ebigen Jenischen

«Jeder Jenisch weiss», meint der Jenisch zum Elsie, «dass man auf Strassen und Wegen – und öppen sogar auf Wildwechseln – vorsichtig auftritt, dermit sie einen nicht mitnehmen. Weg und Pfad sind nämlich ehnder wie ein Fluss, und den befährt man ja auch nicht ohne Rueder, sonst findet man sich am End auf einem Meer, und eine grosse Gräui vertröchnet einem die Augen. Der Uronkel vom Onkel von meiner Grossmutter, der hat nämlich persönlich einen söttigen Mann mit Namen Melschmott gekannt, wo sich derartig verirrt hat, nach Konstantinopel hätt er söllen.»

«Konstantinopel?», fragt das Elsie und macht grosse Augen.

Der Jenisch missversteht sie und meint, he ja, die Stoffe seien denk halt, bis die über die Seidenstrasse in die Seidenstadt Lyon gekommen seien, zu teuer gewesen, als dass sie ein Fecker noch hätte kommissiönlen können.

«Lyon?», macht das Elsie.

«Item, dieser Melschmott ist eben ein Bild von einem Mann gewesen, stark und mit Verstand gesegnet und mit Händen, wo Gält freiwillig daran kleben geblieben ist. Und so ist er mit dem ganzen Gold von der Familie, mit einem Kuss auf der Stirn von seiner Mamme und mit einem Muntsch auf dem Maul von seiner roten Flamme aufgebrochen. Zur Feckerchilbi in einem Jahr hätte er wieder daheim sein sollen, mit Stoffen, wo sich für die ganze Familie in Gold verwandlet hätten, und einen eigenen Scharotl hat er der Flamme versprochen.»

«Scharotl?», meint das Elsie.

He ja, das seig eben Jenisch für den Wagen, wo eine Familie drin wohnt, vom französischen Chariot, und überhaupt tät das Elsie, wenn sie mit ihm mitkäme, noch vill mehr Brocken Jenisch lernen und Französisch und Italienisch auch.

Dem Elsie stockt beim Wort «Italienisch» der Schnauf, aber der Jenisch verzellt schon weiter. «Von Innschbruck und Wien hat die Familie noch Pricht vom Melschmott bekommen, aber aus Wien schon die erste gspässige Geschichte: Der Melschmott seig in einer Feckerspelunke mit einem gfürchigen Mann gesehen worden, einem bleichen, fein angezogenen, mit Zylinder und einem blauen Rock mit schwarzblauen Bluemen darauf, der habe auf den Melschmott eingeredet. Von Fecker zu Fecker wächst der Pricht, bis die Familie in der Schweiz ghört, unheimlich seig der Mann gewesen, weil die Bluemen auf seinem Rock, die heigen blauschillrig geglänzt wie aus Chäfern, und in der Ecke, wo sie gehockt haben, seig es tunkler gewesen als im Rest der Spelunke, und die Winkel seien dort scheps gewesen, als luege man in Wasser, und einer hat überhört, wie der Mann mit dem blauen Rock gesagt hat, er seig ein Händler aus Deutschland, aber wie ein Händler habe der nicht ausgesehen und wie ein Schwab auch nicht, sondern eher als stimme öppis mit seiner Nase nicht, die habe manchmal ausgesehen wie ein Schnabel. Die letzte Nachricht ist dann aus Triest zur Familie gesickeret, da habe einer den Melschmott, wo schon nümen so eine stattliche Erscheinung gewesen seig, hohläugig und abgemageret, mit einem Mann im blauen Rock in einer tunklen Gasse in einem Ecken gesehen, und der Mann heig dem Melschmott drei schwarzrot schillernde Beeri zum Essen gegeben, und wie er das erste geschluckt habe, da seig der Melschmott bleich geworden und habe sich an die Stirn geschlagen und geheult: ‹Es brennt! Es brennt!›, aber der Mann im Rock habe dem Melschmott über die Stirn gefahren, der habe das zweite Beeri gegessen, und da habe er geschrien wie ein Tier, aber mit geschlossenem Maul, als wär's ihm grad zuegewachsen, und was mit dem dritten Beeri war, das hat die Familie nie erfahren, weil den Fecker, wo zuegeluegt hat, ein derartiges Grausen gepackt hat, dass er in die nächste Spelunke gestürchlet ist, zum die Kälte in seiner Brust mit Schnaps abenspüelen. An die Feckerchilbi im nächsten Jahr ist der Melschmott nicht gekommen. Die Mamme hat gebrüelt, und die Flamme auch, und der Ältestenrat hat sich versammlen müessen zum herausfinden, wie man das Gold zurückzahlt.

Erst vill Jahrzehnte später ist ein junger Mann an der Chilbi aufgetaucht, in einem Wagen mit einem prächtigen grauen Ross und einem verzierten Sitzbock und einem Gesicht wie aus Stein, und hat Stoffe ausgepackt, Stoffe, wie sie noch keiner gesehen hat. Bald schon hat die ganze Chilbi rund um seinen Wagen Maulaffen feilgehalten und ‹Aaah!› gemacht. Fein wie Nebelschwaden und flüssig wie ein Schmelzwasserbach im Früehlig und mit Farben, wo man gar nicht richtig sagen konnte, ob der eine Stoff itzt so fein glimmt, dass es einem das Herz zerreisst vor Sehnsucht, oder ob er nicht gebrochen grün einem das Wasser in die Augen treibt, weil man in eine lang vergrümschlete Hoffnung luegt.

Wenn man den Mann gefragt hat, was das öppen für ein Material seig oder was da genau glitzere, hat er Unverständliches gemurmlet wie ‹dreifach gestockte Enttäuschung› oder ‹heimliche Jumpferntränen›, und da ist es den meisten schon kalt ums Herz geworden. Nur die frechsten Händler sind geblieben, und die haben nachher nur Gfürchiges von dem Handel verzellt, dreckbillig seien die Stoffe gewesen, und das bei der Kwalitée, da heig sich schon offenbart, dass öppis nicht stimmen könne.

Nur einer hat sich dann in den Wagen getraut. Nach Pech und Schwefel habe es gestunken, der bleiche Mann habe am Gold gar nicht interessiert getan, stattdessen seig ein Dolch auf dem Tisch gelegen, nebst Feder, Pergament und drei Beeri, und der

Mann habe ihm die ganze Wagenladung versprochen, wenn der Fecker nur in seinem Bluet unterschreibe, es würden auch drei Kreuze langen, und nach jedem Kreuz müess er eins von den drei schwarzroten Beeri essen.

Da hat den muetigen Fecker derart das Grausen gepackt, dass er hintersi aus dem Wagen gestürchlet ist und erst bei der ganzen Stürchlerei gemerkt hat, dass da noch ein anderer Herr am Tisch gesessen hat, einer mit einem blauschwarz schillernden Rock und einem Zylinder und einer scharf geschnittenen Nase, der hat spöttisch zum Händler geschielt. Der wiederum hat ein derartig trauriges ‹Ach!› ausgestossen; dem mutigen Fecker ist trotz all dem Grausen und Stürchlen grad fast das Herz geborsten.

Am nächsten Tag haben alle einen Bogen um den Wagen gemacht, und am dritten Tag schirrt der Händler, ohne ein Wort zu niemertem, sein graues Ross wieder an, steigt auf den Kutschbock und schwingt die Peitsche. Da geht eine Tür von einem Wagen auf, und ein faltiges, gebeugtes Fraueli luegt heraus, eins mit graurot gestriemten Haaren, und luegt den Mann auf dem Kutschbock an und wird ganz bleich, und dann humplet sie auf den Kutschbock zue und schreit: ‹Melschmott! Melschmott!›, mit einer fast schon verträchneten Stimme.

Der Mann macht ‹Brr!› zu seinem Ross und zieht an den Zügeln und luegt die alte Frau an und sagt: ‹Ich kenne dich nicht.›

Da läuft der alten Flamme eine Träne über die Backe.

‹Und einen Melschmott kenne ich auch nicht.›

Sie steigt auf den Bock und gibt dem Händler einen Muntsch, und der luegt sie an und meint: ‹Das erinnert mich an ein Brennen am Maul. Aber dich habe ich noch nie gesehen.› Und trüllt sein junges Gesicht aus Stein der Strasse zue, und die graurote Flamme macht ein Gesicht, als ob sie ganz verlösche, stolperet blind vor Tränen vom Bock und schlägt derbei ein Kreuz.

An die Feckerchilbi ist der Händler mit seinen Stoffen aus Tränen und gestockter Hoffnung und Herzleid nie mehr gekommen», meint der Jenisch zum Elsie, aber bis heute ghöre man alle paar Jahre aus Frankreich und Italien und aus dem Deutschen und Österreichischen Geschichten von einem immerjungen Händler mit einem grauen Ross und wunderschöner, vill zu billiger Ware. Nie schliesse er einen Handel ab, weil jedem, wo muetig gnueg ist, die Feder zu zücken, das Bluet anfange in den Ohren zu brausen, bis er wieder aus dem Wagen stolpere.

Niemert habe den Vertrag je gelesen, und niemert wisse, was der Herr im blauen Rock dem Melschmott genau versprochen habe, aber jede jenische Älteste sage seither jedem, wo auf Handelsreisen gehe, Strassen seien tückische Ströme, und guet tue man daran, zu allen Zeiten genau zu wissen, wofür man wohin gehe, sonst gerate man in eine falsche Strömung, treibt davon und muess ein ebiger Umgänger bleiben, bis der Herr im blauen Rock gnueg von einem hat oder ein anderer Tummer unterschreibt.

«So einen Herrn hätt ich in der Luft verfidlet», meint das Elsie, lacht und muntscht den Jenischen und singt öppis, und er maulörgelet derzue.

Sechs Tag lang ist der Jenisch am Morgen beim Elsie im Stall gewesen.

Am siebten Tag hat der Jenisch das Elsie beim Hereinkommen in den Stall nicht als Erstes an die Wand getruckt, sondern ist nur umengestanden, und wie das Elsie fragt, was denn los seig, meint er: «Morn muess ich furt.»

Das Elsie wird weiss, und dann schlägt sie ihre Arme rund um den Bauch und knickt ein und sagt: «Nei!», das Elsie hockt im Stroh und sagt «Nei, nei, nei!», da ist der Jenisch aber schon bei ihr und meint «Chumm denk mit, chumm mit ...», das Elsie schnauft ein, «... aber nonig itzt», und schon litzt es das Elsie wieder zusammen.

«Schhh, los zue», er habe doch keinen Scharotl, wo sie zu zweit wohnen könnten, er wohne doch noch bei seiner Mamme im

Wagen, das gehe doch nicht, und er habe das schon mit dem Ältestenrat besprochen.

Die hätten zwar lieber gehabt, ihm wär an der nächsten Feckerchilbi dem Stettler seine Tochter ins Aug gestochen, der Stettler habe eben ein Zauberhändli für Chratten zu machen und auch zum sie den Puuren aufschwatzen, und nach Jahrzehnten, in denen seine Chratten in der ganzen Innerschweiz berüehmt geworden seien, auch öppen öppis Gold auf der Seite, und drum habe die ganze Familie gehofft, er mache dem Stettler Mareieli schöne Augen.

Itzt seig es aber guet und abgemacht, alle heigen zusammengelegt, und er ziehe morn mit seiner Mamme ins Deutsche und ins Österreichische zum Handel treiben, und in einem knappen Jahr, sobald er gnueg für einen eigenen Scharotl und einen Esel zusammen habe, komme er das Elsie abholen. Nächsten Früehlig, wenn der Guggu singe, solle sie ihr Bündel anfangen zu packen, und dann käme er bald, und übrigens könnten sie eine so schöne Chue wie das Rösli also auch brauchen.

Aber das Elsie müess wissen, das Leben als Feckerin seig kein Zuckerschleck, und Püürinnen rüehren einem auch einmal einen alten Herdöpfel nach, wenn sie grade nüt brauchen, und da meint das Elsie, das kenne sie denk, sie seig protestantisch in einem katholischen Dorf und wisse gar nicht genau, was überhaupt der Unterschied seig. «Und ist dir schon einmal ein Zehjen abgefroren? Und hast du schon einmal die Nase prochen?»

Da truckt der Jenisch das Elsie echli fester und murmlet in ihre Haare: «Mein einter Onkel, der ist schon vill im Italienischen gewesen und kann das auch schnörren, fast wie ein Einheimischer, und der hat gemeint, in Floränz gäbe es Wollstoffe und Lederwaren, die würden sicher an der Feckerchilbi in Gersau weggehen wie warme Weggli und ...» Da schlingt das Elsie ihre Arme um seinen Hals und ist ganz rötschig im Gesicht und meint: «Sicher? Sicher chunnsch im Früehlig? Versprichs!», und lacht, und der Jenisch lupft sie wieder auf und meint: «Sicher!», und «Versprochen!», und ein Versprechen lange bei so Öppisem aber denk nicht, er habe auch noch ein Pfand. Er packt das Elsie an den Schultern und trüllt sie Richtung Stalltür und legt ihr dann von hinten die Hände über die Augen und sagt: «Fürsi.»

Das Elsie stolperet blind zum Stall hinaus und meint: «Aber der Jakob», und der Jenisch meint: «Schaffen denk auf dem Feld, hab vorher alle gesehen», und «Itzt links», und das Elsie, immer noch blind, trüllt sich, bis der Jenisch meint: «Anhalten», und die Hände von ihren Augen zieht. Das Elsie luegt von aussen an die Stallwand. Am Boden dervor liegt ein verschossenes sametiges Tuech, und blindlackig verkratzt liegt auf dem Tuech –

«Eine Fidle!», schreit das Elsie. «Eine Fidle!»

Natürlich ist so eine Fidle von einem Jenischen nicht das Gleiche wie so eine Herrenhausgeige, vom Bogen steht auch mehr als nur ein Haar ab. Tönen tuet so eine Fidle natürlich auch anders, findet das Elsie, wo sie sofort stimmt und ansetzt, und wie der erste richtige Ton aus dem Körper bricht, so bricht ihr auch grad eine Träne aus dem einten Aug, und sie weiss nicht recht, ob aus Freude oder weil der Ton öppis derart kläglich Zerbrochenes hat.

Schön ist der Ton trotzdem, und das Elsie spielt und denkt, so eine Fidle, das müess wohl echli sein wie ein Herz, wenn so eine Fidle und ein Mensch sich einmal gefunden haben, so richten sie sich aufeinander ein und tönen im Gleichklang, genauso, wie sie und der Jenisch sich gefunden haben. So schön ist der Ton, dass dem Jenischen das Herz fast platzt, und drum geht er, während das Elsie noch spielt, und flüsteret ihr ins Ohr: «Ich versprich's», und das Elsie setzt nicht ab, sondern nickt und lacht und spielt, wie fest sie den Jenischen gern hat und wie sie sich freut, wenn er dann wiederkommt.

Jeden Morgen, wenn alle auf dem Feld sind und das Elsie fertig ist mit den Chüe, spielt sie, Lieder vom Schnauf im Gleichtakt und Lieder von Strassen, wo wieder zu ihr zurückfüehren, und wenn sie fertig ist, versteckt sie die Fidle auf einem Balken unter dem Tach und tuet den ganzen Tag zum Jakob, Chnecht und Verdingbueb, als wär nüt, wochenlang, fast ein ganzes Jahr.

Der Verdingbueb

Seit dem letzten Früehlig, ist dem Kari aufgefallen, macht das Elsie nümen so einen Stein, wenn er amigs die Milch holen kommt. Ganz selten sagt sie itzt sogar seinen Namen, anstatt immer nur «Bueb». Und rote Backen hat sie und einen rötschigen Schimmer auf dem Dekolltee, und es dünkt ihn auch, es beisse und gnage ihn nümen derart in seinem Füdli wie auch schon.

Meistens ghört er das Elsie schon von weitem im Stall singen. Und zwar so, als wär da sonst noch Musig um dem Elsie seine Stimme umen, der Kari denkt amigs, es tönt wie Heimkommen. Ihm wird immer ganz eng oder auch weit in der Brust, und so will der Kari immer mehr ghören – und vor allem wissen –, und drum schleicht er sich immer ganz leise an zum einmal durch ein Loch in der Stallwand spienzlen und zueluegen, was dem Elsie seine Stimm wohl so derart schön macht. Aber immer tuschüst, wenn der Kari beim grossen Stein ist, wird es im Stall ruhig. Der Kari hört dann auch jedes Mal wie abgeschnitten auf mit der Schleicherei und streckt sich und geht mit einem lockeren Schritt auf den Stall zue, wo meistens schon der Charren mit dem angespannten Tüfel dervorsteht. Bis das Elsie, kaum ist der Kari zehn Schritt vor dem Stall, die Türe aufmacht – dann wird es, findet der Kari, immer echli heller – und ohne ein Wort die letzte Schwette Milch in den grossen Chessel auf dem Charren leert. Vill zu schnell macht sie dann immer den Teckel zue, trüllt sich um und geht zurück in den Stall oder ins Haus, zum den Zmittag richten, und den Kari tunkt es, es werde dann immer grad wieder echli tunkler.

Aber öppis bleibt von der Musig in der Luft kleben, und so singt der Kari dem Tüfeli, wo den Charren zieht, meistens auf dem Weg nach Menzigen öppis vor, Lieder, wo ihm sonst nie in den Sinn kämen, Lieder, wie sie seine Mamme ihm villicht einmal vorgesungen hat, derbei kennt er ihr Gesicht gar nicht, wie auch, wenn er auf einem Misthaufen gefunden worden ist, wie ihm das Bumbacher Marie immer gern verzellt hat. Je länger er aber nach Menzigen lauft, desto mehr zwackt und gnagt der Gingg, und ob der Gnagerei vergisst er nach und nach alle Strophen, summt bald nur noch echli Melodien, und bälder gar nichts mehr, bis ihm schliesslich die grusigen Lieder in den Sinn kommen, wo der Müller Ernst und seine Saufkumpane amigs in der Nacht beim Schnaps gegrölt haben. Der Kari weiss dann gar nümen, ob er jetzt meint, das Tüfeli laufe nicht schnell gnueg, auf jeden Fall bricht er eine Ruete ab von einem Haselbusch und fängt an, dem Tüfeli im Takt zum grusigen Lied aufs Füdli zu hauen. Erst in der letzten dreiviertel Stunde auf dem Rückweg hört er wieder auf mit der Fitzerei, weil es dann grad langt, dass die Striemen, wenn er wieder auf der Pacht ankommt, nümen derart frisch wirken.

Den ganzen Sommer und den ganzen Herbst lang schwebt die Musig in der Luft und hockt die Milch im Boden und wohl beides macht, dass die Fische bis auf den Grund vom Finstersee sichtbar sind und die Bohnermagd vom Kaplan aussieht wie eine Pflaume.

Bis nach Zürich und nach Zug bekommt in säbigem Sommer der Sauschaagg Bestellungen für seinen Schinken. Zürich lockeret in diesem Herbst nach fast siebzig Jahren die Bekleidungsvorschriften für die Zünfterinnen. In Zug wunderen sich die Chilengänger; wetteret doch keiner der Pfaffen nach einem derartigen Schinkenzmorgen mehr von der Kanzel über die Protestanten, wo sonst jeden Sunntig in der Hölle schmoren sollen. Stattdessen ist von den Kanzeln vill von der Liebe und von der Verschmelzung mit dem Göttlichen zu ghören, und in den oberen Stöcken von Wirtshäusern um die Chilen umen wird die Verschmelzung mit dem einen oder andern Herrn dann amigs sogar vollzogen.

Der Jakob zählt nümen jeden Abig nur seine Fränkler und Räppler, sondern nimmt amigs ein Stück Holz vom alten Nussbaum, schnitzt daran herum, und bald blähen sich Nüesteren aus dem Holz, wilde Augen und ein geschwungener Hals; flackeret das Feuer in der Kochstelle und gheit der Flammenschein richtig darauf, schnaubt es und stampft und schüttlet den Chopf, und dann macht der Jakob «Ho, ho, mis Rössli!» und lacht. Im November geht er sogar extra nach Menzigen und bringt dem Elsie zwei Paar ticke Wollsocken mit, dermit ihr nicht ein zweiter Zehjen abfriert.

Nur der Kari und sein Gingg, die wissen nicht wie hocken in all dem Frieden von Zürich über Wädiswil, von Menzigen bis nach Zug. Wie auch, sogar im Winter ist das Elsie noch von so einer rötschigen Helle übergossen, und der Gingg im Füdli vom Kari tuet jeden Tag echli aufmüpfiger und stupft und gnagt sich immer tiefer hinein und rumort in der Nacht, dass es den Kari auf seiner Britsche umenrüehrt und er jeden Morgen unleidiger wird vor Müedi und seine Augen immer gesprenkleter werden, und die Haut rundumen ist schon ganz gebläulet. Immer, immer denkt der Kari an das Geheimnis von der Musig im Stall und an das rötschige Dekolltee vom Elsie, den ganzen Herbst und Winter lang.

Bis an einem Märzenmorgen. Gnueg seig also gnueg, und ein Geheimnis seig da zum Aufdecken, meint der Kari, und wer weiss, villicht kommt er ja mit dem zweiten Geheimnis in dem Elsie ihr Dekolltee, wenn es schon mit den Räpplern nicht gegangen ist.

Süferlig, dermit der Chnecht in der Chammer über ihm und

das Elsie und der Jakob in der wärmsten Chammer neben der Chuchi nicht wachen, steht er von seiner Strohbritsche in der Chuchi auf und zündet langsam, dermit es nicht knarrt, an den Gluesen in der Kochstelle einen Span an und damit den Docht vom Öllämpli, und in dem zittrigen Liecht schleicht sich der Kari barfuess über den feuchtkalten Früehligsboden in den Stall.

Dort luegen die Chüe recht blöd. Das Tüfeli macht einen verschreckten Schnauf und truckt sich, so weit wie es geht, hinter dem Klärli an die Stallwand. Aber der Verdingbueb hat nicht im Sinn, das Tüfeli zu hauen, der leuchtet nur gspässig mit dem Öllämpli umenand.

Oben, am offenen Dachbalken, quer darüber liegt öppis hölzig Gedrechsletes, Schneckenförmiges. Der Kari stellt das Öllämpli auf das Fenstersims und stellt den einbeinigen Melchschemel schräg an die Wand. Hätte jetzt das Tüfeli nicht ausgerechnet im tümmsten Moment einen Fladen fallen lassen, so wär villicht alles noch guet ausgegangen: Das Elsie wär schon bald einmal froh geworden, und wer weiss, villicht sogar der Jakob. Aber schüst in dem Moment, wo der Verdingbueb auf dem Melchschemel balanciert und seine Hand den Schneck von der Fidle umlangt, lupft das Tüfeli seinen Schwanz, und der säbige Fladen pflartscht in einer grusigen Lautstärke auf den Stein im Stallgang.

Der Kari verschrickt auf dem einbeinigen, angelehnten Melchschemel, die Fidle fliegt in hohem Bogen hinter dem Tüfeli in den Mist, der Kari reisst im Fallen das Öllämpli mit, und schon brennt echli feuchtes Stroh, und der Kari gellt: «Fürio! Fürio! Fürio!», steht da wie angewachsen und kann gar nümen mit Gellen aufhören.

Das Elsie ist nicht parat

Wenn das Elsie an dem Morgen ganz normal hätte aufstehen dürfen, hätte sie beim Röstibraten zum Zmorgen villicht gemerkt, dass alle ihre Chupferchessi silbrig blinken. Dann hätte das Elsie sich eins denken können und sich gefreut und sich parat gemacht. Ob es jetzt aber wegen dem Gingg ist oder wegen dem Tüfeli oder weil der Verdingbueb «Fürio!» schreit in einer Herrgottsfrüeh, jedenfalls bringt der Tag öppis anderes, als er sollte, und daraus erwächst dann nicht vill Guets.

Item, das Elsie ghört das Geschrei als Erste und secklet nur mit Zoggeln und der Nachtschlutte angetan in den Stall. Dort ist auf den ersten Blick gar nicht alles so schlimm, wie man dem Mordsgeschrei nach meinen könnte: Das Elsie packt mit der Mistgable den brennenden Strohblätz und schleuderet ihn aus der Tür und ist froh, ist so öppis Blöds zum Glück am Morgen früeh, noch vor dem Misten, auf nass verbrunzetem Stroh passiert.

Schüst wo eigentlich schon alles vorbei ist, kommen auch der Chnecht und der Jakob in den Stall geschwanzet wie die alte Fastnacht. Nur der Verdingbueb hält immer noch wie angewurzlet Maulaffen feil. Erst wie der Jakob polteret, was denn los seig, stotteret er echli verstockt, ja, er heig also eben öppis ghört im Stall, drum heig er nachgeluegt, und dann seig ihm eben drum das Öllämpli herabgefallen.

Dem Elsie tunkt's, er seig recht bleich bei der Stotterei und seine Augen flackeren auch immer wieder in einen tunklen Ecken, und wie sie dann in den gleichen Ecken luegt, da steht das Tüfeli mit dem einten Hinterhuf genau quer durch die ganze Fidle, die hat jetzt auf der Hinterseite ein drittes Loch. Und der Schneck ist abgeknellt und hängt am prochnen Steg nur noch an den verhedderen Saiten, und mit jedem Mal, wo das Tüfeli echli sein Bein umenschürgt, verhedderet es sich noch mehr.

«So hör doch mit der Brüelerei auf», meint der Jakob. «Isch ja gar nüt passiert.» Und dann sagt er weiter, wenn itzt einetweg schon alle wach seigen, mache er itzt Milchbrocken, und überhaupt soll das Elsie itzt aufhören zu plärren und stattdessen Eier suechen, er well heute ein Ei für auf die Rösti.

Sagt's und stampft mitsamt dem Chnecht und dem Verdingbueb zurück ins Haus, und weder der Jakob noch der Chnecht luegt in den tunklen Ecken, wo dem Tüfeli sein einter Hinterhuf in der Fidle steckt. Der Verdingbueb luegt beim Herauslaufen nur stur vor sich auf den Boden.

Kaum ist das Elsie wieder allein im Stall, befreit sie das Bein vom Tüfeli von den Resten der Fidle und reisst von der verborstenen Fidle mit einem Ruck die Saiten mitsamt Steg und Schneck ab und legt die schartigen Stück vom gemasereten, nümen ganz glänzigen Holz auf die Seite, das taugt noch zum Anfeuern.

Am verletzten Bein vom Tüfeli vermischt sich die Salbe, wo das Elsie dort einschmiert, mit Schnuder, der läuft dem Elsie aus der Nase und klebt an ihrem Handrücken. Mit einem Schleier vor den Augen suecht das Elsie Eier, schält und brätlet Herdöpfel, und eben wohl wegen säbigem Schleier gseht sie nicht, wie blitzblank komisch silbrig ihre Chupferchessi blinken. Hinter dem Schleier mistet sie, wie der Jakob und der Checht und der Bangert mit Rösti im Bauch auf das Feld sind, den Stall. Und wie sie wie jeden Morgen um neun Uhr dem Klärli sein Euter einfettet, läuft es ihr noch genauso aus Augen und Nase wie am Morgen.

In der Tasche in ihrem Schurz liegt der abgebrochnig Schneck. Zwischenduren steckt das Elsie ihre Hand in die Tasche und fühlt mit den Fingern die glatten, warmen Windungen, und jedesmal, wenn sie an dem versplittereten Ende ankommt, wird der Schleier vor ihren Augen wieder echli ticker, und das Melchen geht echli langsamer, und so ist es zuerst nur ein verschwommenes Bild, wo plötzlich die Stalltür aufgeht und da einer steht.

Da reisst es den Schleier dem Elsie von den Augen, und den Melchschemel reisst es um und sie den Jenischen ins Stroh. Das Elsie gigelet und brüelet gleichzeitig und verzellt in einem Schnauf und ganz durenand. Sie freue sich so, aber sie seig heute nicht parat zum grad mitkommen, aber morgen schon, und die Fidle seig tuschüst heute morgen kaputt gegangen wegen dem Bangert, und das tue ihr so leid, und der Jenisch meint, es pressiere nicht, sie seigen zwei Wochen in der Gegend, und er heig an sie gedacht, das ganze lange Jahr lang. Jeden Morgen vom zehni bis am elfi heig er amigs gemeint, von der Richtung von der Schweiz her eine Melodie zu ghören, und das heig ihm, seit er weggegangen seig, jeden Tag am Herz gezerrt, und ob das Elsie immer noch mitkomme, und ob sie immer noch well das Rösli mitnehmen, und das mit der Fidle seig zwar schon tumm, aber ob sie eigentlich meine, bei ihnen gäb es in der ganzen grossen weiten Sippe nur eine einzige Fidle.

Da bekommt das Elsie den Hitzgi vor lauter Freud und wird daraufherab ganz verkratzt im Stroh und denkt vor lauter Freud am End nicht einmal mehr daran, sich den in Tuech eingeschlagenen Peterliblacken wieder zwischen die Beine zu schürgen.

Der Kari zeigt Herz

Wenn man vom Stall aus, wo das Elsie echli früehner am Morgen immer noch muetterseelenallein am Brüelen ist, zwanzig Minuten lang marschiert, kommt man auf das Feld, wo der ausgelehnte Braune vom Sauschaagg, gefüehrt vom Jakob, einen kleinen Pflueg zieht. Der Pflueg reisst eine Furch in den Boden, und in die Furch legt der Kari Herdöpfel, im Abstand von einem Schritt je einen. Ganz chrumm geht der Kari, der hat nicht nur den schweren Herdöpfelsack auf dem Rücken, das Herz hockt ihm derzue auch wie Blei in der Brust.

Wieso sie überhaupt eine Fidle im Stall versteckt hat, und warum ist das so ein Geheimnis, und vom wem hat sie die wohl? Sicher nicht vom Jakob. Und jetzt ghört er nie mehr dem Elsie seine Musig, dem Kari wird es anders im Magen, und der Chnecht, wo zwei Schritt hinter ihm die Furche mit dem Rechen wieder zueschürgt, fragt ihn schon zum dritten Mal, was ihm heute eigentlich fehle.

Wie es von der Chile im Weiler halb elfi lütet und sich der Kari vom Feld Richtung Stall macht, schleicht er ab wie ein geprügleter Hund und weiss nicht, wie er dem Elsie unter die Augen träten soll.

Aber auf halbem Weg wird es ihm plötzlich leichter, den Chopf lupfen mag er auch wieder, er fängt an zu hüpfen und wunderet sich, warum ihm das nicht schon am Morgen im Stall in den Sinn gekommen ist, der Kari macht im Zweierhüpfschritt einen kleinen Umweg ins Tobel zu seiner Felswand. Dort pickt er an einer trockenen Spalte Moos und Blätter ab und grüblet die zusammenramüsierten Milchrappen von zweieinhalb Jahren heraus. Zwölf Franken und drüundachtzig Rappen, das wird doch wohl noch für eine neue Fidle langen! Zwar, denkt dann der Kari, wie ihm die Batzen an den Fingern zu kleben scheinen, elf wohl auch. Oder zehn. Der Kari knüpft schliesslich ganze sechs Franken süberlich in seinen Schweisslumpen.

Den ganzen restlichen Weg stellt er sich vor, wie er zum verbrüeleten Elsie in den Stall kommt und ihr seine Hand auf die Schultere legt, und dann würd er sie treuherzig anluegen und ihr das Säckli überreichen. Sagen würd er, es tue ihm also schampar leid um die Fidle, er heig halt wellen wissen, was die schön Musig am Morgen amigs seig, drum heig er eben gesuecht, und wenn nicht das Tüfeli so gepflartscht hett, wär die Fidle noch ganz. Zum Schluss würd er sagen: Da, das seig also alles, was er heig, er heig die längste Zeit gespart, und das seig alles für sie, für eine neue Fidle, villicht lange es sogar für eine schönere, die alte seig ja doch recht nütelig und verkratzt gewesen. Das Elsie würd das Säckli aufknüpfen und rot werden vor Freud und sich die verbrüeleten Augen abwischen und ihn, den Kari, ans Dekolltee trucken.

Der Kari würd dann seinen Chopf im Elsie seinem Dekolltee versenken und heisse Ohren bekommen, und das Elsie würd ihm ins Ohr flüsteren, es tue ihr auch leid, wegen dem Gingg dertzumals und auch wegen dem Leberknödel und dass sie nie mit ihm redt und auch sonst alles, und dann würd sie ihm am End villicht sogar einen Muntsch geben. Und vill später, mit der neuen Fidle, würd sie ihm immer ganz allein öppis vorfidlen, wenn der Jakob und der Chnecht auf dem Feld wären, und dann würd es dem Kari auch nümen immer derart im Füdli und in der Bauchhöhle gnagen, dass weiss er ganz genau.

Am Schluss rennt der Kari sogar richtig, bis zu den letzten sieben Chatzensprüng vor dem Stall. Dort bleibt er stehen: Das Tüfeli steht noch gar nicht vor den Milchwagen gespannt! Ihm wirds grad nochmal gschmuch. Das arme Elsie ist sicher vor lauter Brüelen derart nicht fürsigekommen!

Da ghört er das Elsie plötzlich gigelen im Stall. Und itzt lacht noch eine Stimm! Eine tiefe! Eine Männerstimm!

Der Kari schleicht sich an und spienzlet durch ein Loch in der Stallwand.

Das Herz gheit ihm in den Magen. Den Schnauf verschlägt es ihm, und seine Augen gumpen ihm fast aus dem Chopf: Das Elsie liegt da! Im Stroh! Fast blutt! Und erst noch, huerengopfertammisiech, mit einem Zigünerfötzel! Und seine ganze Barschaft hat er der tummen Futz geben wellen!

Und jetzt muess er auch noch ghören, wie das Elsie sagt, der Zigüner müess itzt aber schnell noch helfen fertig melchen, weil bald komme wieder der Tubel von Bangert für die Milch, und morn seig ja der grosse Tag.

Da beisst den Kari der Gingg ins Füdli wie noch nie, der Kari macht mit roten Flecken auf den Backen rechtsumkehrt und secklet den ganzen langen Weg zurück zum Jakob, zum die tumm Sau fadengrad verrätschen.

Der Jakob glaubt zuerst gar nicht, was er ghört. Das Elsie trüllt sich mit einem Zigüner? Aber der Kari ist so vergelsteret, als heig er ein Gspängst gsehen. Und den Jakob selber packt eine Wuet sundergleichen, ihm ist, als hätte er einen Stein verschluckt, einen schartigen.

Er sagt dann aber nur, wenn das Elsie meine, morn seig ein grosser Tag, ja, dann well er dann also schon derfür sorgen. Der Kari solle wieder zu Schnauf kommen und dann brav zurück in den Stall marschieren. Underzwüschen werde die Milch ja wohl parat sein. Nur sich anmerken lassen, das solle er sich rein nüt. Und er söll dem Elsie sägen, sie solle Zmittag richten, für den Kari zum direkt mitbringen, wenn er von Menzigen zurück seig, sie kämen nicht heim, sondern blieben auf dem Feld.

Sowohl der Chnecht wie auch der Braune vom Sauschaagg haben an dem Mittag ungemüetliche Stunden. Der Jakob herrscht den Chnecht ständig an, er sölle fürsimachen und nicht Maulaffen feilhalten und sich seinen Zmittag verdienen, fauler Siech. Derbei hat der Chnecht, wie der Kari so ausser Schnauf verzellt hat, die Herdöpfel extra ganz stumm in die allerhinterste Furche gelegt und so getan, als seig er taub und blöd. Und der Braune vom Sauschaagg zieht und zieht, und doch ginggt ihm der Jakob immer mal wieder mit seinen schweren Schuehn an die Hinterhand.

Ein paar Kilometer weiter tanzt dem Kari sein Haselzweig auf dem Tüfeli seinem Füdli.

Später ist an dem Abig gspässige Stimmung in der Stube. Das Elsie hat rote Backen und verzellt tusig Sachen, vom Rösli und wie sie heute besunders guet gekocht heig, es gäbe also sogar gedörrte Öpfelschnitze und das an einem Werchtag, und den Abigsegen vor dem Znacht singt sie geschlagne drei Mal, weil es «hüt so besunders schön tönt», meint sie.

Es ist dem Elsie auch nicht zu verdenken, dass sie derbei nicht merkt, wie weder der Jakob noch der Chnecht, noch der Verdingbueb vill sagen, gesprächig sind die ja alle nie besunders. Aber wie keiner von denen richtig zuelangt beim Znacht, sondern alle drei nur so in ihren Tellern umenstocheren, das hätte dem Elsie eigentlich auffallen müessen. Dass der Jakob sich nachher in der Chammere grad auf die andere Seite trüllt im Bett, ist auch normal. Aber dass er dann gar nicht grad anfängt zu schnarchen, wie sonst jeden Abig, sondern nur tief schnauft und manchmal echli süfzget, hätte das Elsie eigentlich stutzig machen müessen, und wer echli stutzig ist, ist öppendie echli schlauer, als wer einfach singend in den Tag hinein aufwacht.

Aber das Elsie malt sich stattdessen aus, wie das Leben als Jenische ist, und denkt nicht ans arm sein, arm ist sie ja schon, sondern träumt vom Fidlen und vom Singen und wie alle an der Feckerchilbi tanzen und dem Elsie Batzen zuestecken und vom Znacht an einem Lagerfeuer mit goldigen Funken am Boden und silbrigen Sternen am Himmel und von weiten Strassen, auf denen reist das Elsie weit weg nach Floränz zu goldigen Tächern und auch ans Meer, und zuletzt träumt sie auch echli vom Jenischen mit seinen cholenrabenschwarzen Haaren und weiss, lang wird sie nümen in säbigem Bett schlafen, mit dem schweren Jakob nebendran.

Und da hat sie recht, das Elsie, wo sich so freut wie dertzumals mit dem Frölein Sophie: In dem Bett schläft sie für eine Weile nümen. Auf langen Strassen reist sie auch bald, dadermit hat sie auch recht. Aber ans Meer kommt sie noch lange nicht.

Der letzte Zmorgen

Zum letzten Mal, denkt das Elsie, wie sie am nächsten Morgen im Tunklen aufwacht, und will grad schon wieder zu singen anfangen, das Bett neben ihr ist ja auch leer, und ihr ist das ganz recht. Und was der Jakob in der Herrgottsfrüeh draussen macht, überlegt sie sich nicht einmal halben, ob der öppen schon aufs Feld ist oder den Braunen am Auslehnen, oder ob der Jakob am End villicht nicht ungmerkig ist, aber derfür hätte das Elsie eben einmal richtig mit ihm müessen reden in all den Jahren, und so überlegt sie sich auch nicht, ob er wohl mit langen Schritten rund ums Dorf von Puurenhof zu Puurenhof zieht und Chnechte wachrüttlet und mit Puuren und Pächtern redet, und ein paar meinen, sie kommen, und ein paar meinen, sie wellen später schon bei dem Gfotz aufräumen helfen und derbei eine Mistgable packen. Nur der Sauschaagg meint, er halte sich draus und bekreuzigt sich derbei.

Zum letzten Mal, denkt das Elsie, wie sie in der Küche Äste in die Gluesen bei der Feuerstelle schiebt und den Chessel darüber hänkt, zum letzten Mal Gerstenmues kochen, zum letzten Mal Zmorgen essen mit dem Jakob und dem stillen Chnecht und dem verfigleten Drecksbangert, sollen sie doch selber luegen, wie man mit Nüt einen rechten Brei macht, soll doch dem Jakob sein eigener Zehjen abgfrüren, wenn er ums Verrecken so einen blöden Gaul will und keinen Rappen für rechte Schueh ausgeben.

Einen rechten Zmorgen soll es geben, denkt das Elsie, und sie selber soll einen vollen Magen haben für die Reise, und so rüehrt sie gedörrte Apfelschnitze ins Mues, als wär es Sunntig, und fast die ganze Milch, wo noch da ist, haben der Jakob und der kleine Verdingbuebenseckel halt für ihre Chacheli zu wenig. Je nu.

Zum letzten Mal stellt das Elsie die Chacheli auf den Tisch und will juchzen und jodlen, schwer kommt der Jakob und hockt an den Tisch und sagt nichts, und der Chnecht und der Verdingbueb schleichen durch die Küche zum sich draussen waschen, und die ganze Zeit hockt der Jakob da und stieret vor sich hin und sagt keinen Ton, nicht einmal, wie ihm das Elsie vill zu wenig heisse Milch einschenkt. Ein stummes Breigelöffle ist das an dem säbigen Morgen, nur der Verdingbueb ranggt auf dem Stuehl umen und schielt immer mal wieder auf den Jakob oder auf das Elsie, in deren Brust singt es die ganze Zeit nur: «Zum letzten Mal, zum letzten Mal!»

Endlich zieht die verstockte Gesellschaft ab aufs Feld, das Elsie räumt nicht einmal den Tisch ab, sondern luegt zum Fenster hinaus, bis die drei Pflöck endlich im Wald verschwunden sind, rennt in die Chammere und packt ihre paar Lümpen zusammen, ihre rechten Schueh und die Zoggeln, und der einzige Moment, wo sie nicht singen will, ist, wie das weisse Chräglein anlegt, das wo ihr der Jakob einmal geschenkt hat.

Das Elsie will schon aus der Tür und bleibt dann aber stehen und schaut auf ihr Dekolltee herab, trüllt sich um, zieht das Chrägli wieder ab und derfür das Dekolltee echli weiter herunter und legt das Chrägli zmittst auf dem Jakob sein Kissen. Und dann rennt sie wieder, mit einem Juchzer dermal, rennt in den Stall und mistet und melkt, als wär sie drei Elsies aufs Mal, schliesslich können die Chüe nichts derfür und sollen nicht brüllen mit vollen Eutern, wenn der Verdingbueb kommt.

So ist schon am zähni am Morgen die Milch in den grossen Tansen vor dem Stall für nach Menzigen, und das Elsie vergisst vor lauter Freud ganz, die Chüe im Stall anzubinden, macht die Stalltür zue und lehnt aussen an der Stallwand mit ihrem Bündel am Boden nebendran und singt eins ums ander mal den Widiwädi Heirassa und wartet.

Der Fluech

Die Chilenuhr schlägt viertel vor zähni. Zähni. Viertel nach zähni. Das Elsie singt lauter. Kurz bevor die Uhr halbi elfi schlägt, ghört das Elsie ein Geschrei aus dem Wald und ein Geheep, ein Gejohl, ein richtiges Gebrüll.

Das Elsie hört auf zu singen – und jetzt kommen sie aus dem Wald auf die Pacht zuegelaufen, nicht einer, sondern fünf. Fünf! Gestandene Mannen, der Obstmeier ist darunter und sein Chnecht und der Jenisch in der Mitte, der wird gschleikt, links vom Jakob, rechts vom Obstmeier, derhinter läuft dem Obstmeier sein Chnecht und sticht den Jenischen immer wieder echli mit der Mistgable, und derhinter lauft der Verdingbueb. Weit hintennach, als ob er gar nicht derzuegehört, der Chnecht, der schleicht mehr und luegt auf die roten Flecken am Boden, die stammen von der Nase vom Jenischen in der Mitte, gseht das Elsie und lupft sich die Hand vors Maul und beisst in ihren Finger.

Nicht nur von der Nase, auch vom einen Auge tropft es, und das andere ist zue, das ganze Gesicht vom Jenischen ist scheps, die unteren Zähne passen nümen auf die oberen, und laufen kann er auch fast nümen, jetzt sind alle beim Elsie angekommen, und der Jakob rüehrt das Bündel vor sie hin. Der Jenisch wehrt sich nicht einmal! und fängt sich nicht einmal!, sondern gheit vor dem Elsie in den Staub und bleibt liggen und wimmeret, und das Elsie beisst derart in ihre Hand, dass sie Bluet schmecken müesst, wenn sie denn überhaupt öppis schmecken könnte.

«So einen willsch?», meint der Jakob. «So einen? So nimm ihn!», und packt das Elsie an den Haaren und rüehrt sie zum Jenischen auf den Boden und ginggt dem Jenischen grad noch eins in die Rippli.

«Stah uf, du Fötzel!», brüllt dann der Jakob und ginggt und brüllt, und der Jenisch will auch jedes Mal aufstehen und wird doch immer wieder über den Haufen geginggt, immer echli weiter vom Elsie weg, und wehrt sich nicht, der wehrt sich einfach nicht!

Der Obstmeier und sein Chnecht stehen daneben und grinsen, und der Verdingbueb hat sich schon lang in den Stall vertruckt und spienzlet aus einem Loch in der Stallwand darauf, wie dem Elsie, wie sie auf allen Vieren auf den Stall zuekriecht, weg vom Jakob, die eine Brust fast aus dem Dekolltee gheit, dem Verdingbueb zwickts im Füdli, schon langt er an den Hosenchnopf, da truckt ihn öppis in den Rücken.

Der Kari zieht die Hand aus der Hose und trüllt sich um und macht: «Hee!», und boxt dem Tüfeli in den Bauch, und das macht zwar einen kleinen Wank, aber da hat er schon die Schultere vom Klärli in den Rippen und bekommt keine Luft mehr und kann dagegenboxen, wie er will. Das Klärli steht wie aus Eisen, dem Kari verschlägt es die Luft, und draussen ghört ihn keiner wegen der ganzen Brüllerei vom Jakob. Der Kari wird ganz blau im Gesicht, unter der Chue schlagen seine Beine ins Leere, und auch mit dem Chopf muess er zapplen, und wie sich das Klärli mit einem Ruck wegtrüllt, chrumplet der Kari an der Wand gegen den Boden und will schon aufschnaufen, aber da steht schon das Rösli mit gesenktem Chopf und nimmt den Oberkörper vom Kari zwischen die Hörner und truckt und truckt, dass es oben mit dem letzten Schnauf vom Kari auf Erden endlich auch unten den Gingg wieder aus dem Füdli truckt, aber da ist es für den Kari eben schon zu spät.

Draussen ist indes das Elsie mit Dreck im Gesicht bis fast in den Stall zurückgekrochen, der Obstmeier und sein Chnecht haben brav einen Bogen um sie gemacht und luegen gar nie auf das Elsie, sondern stehen jetzt zwischen dem Elsie und dem Jakob und dem Jenischen und stützen sich auf ihre Mistgablen und luegen zue, wie der Jakob den Lump immer weiter wegginggt.

Das Elsie, immer noch auf allen Vieren, trüllt sich um, hockt auf und lehnt gegen die Stallwand und muess dort schwer schnaufen, der Jenisch und der Jakob sind nur noch Striemen in einer verschwommen Landschaft, Striemen, wo sich immer weiter wegbewegen, bis über die kleine Erhebung über das Hügeli weiter, und auf dem Hügeli richtet sich einer von den Striemen mühsam auf, rot und schwarz ist er und sogar noch als Striemen ganz scheps und schreit: «Elsie!»

Aber das Elsie hockt und lehnt an der Stallwand und macht keinen Wank. Der zweite Striemen zuckt fürsi, und der Rotschwarze verschwindet hinter dem Hügeli und schreit hinter dem Hügeli noch einmal «Elsie! Chum!» füren, und da zuckt es dem Elsie im Oberkörper, aber da trüllt sich der Obstmeier um und grinst und muess seine Mistgablezinggen nur ganz wenig in die Richtung vom Elsie lupfen, schon gheit sie wieder zrugg an die Stallwand.

Noch gseht das Elsie Rot und Schwarz sich hinter dem Hügeli bewegen, dort, wo die grosse Eibe steht und wo der Weg nachher in den Tannenwald füehrt, und bevor die Stämme und Chries den Striemen schlucken, so tönt es ein drittes Mal, aber schon schwächer: «Elsie! So chum doch!»

Der Jakob steht mit geballter Faust vor dem Jenischen und meint: «Isch itzt endlich guet?», und der Jenisch macht einen Schritt zurück und steht unter dem Schatten von der grossen Eibe am Waldrand und wird, so tünkt es den Jakob, zumal ein rechtes Stück grösser und luegt den Jakob auch zum ersten Mal direkt an, aus seinem einen noch offenen schwarzen Schlitz im Gesicht, und der Jakob macht fast einen Schritt zurück, derart scheps und gfürchig gseht das Gesicht vom Jenischen unter der tunklen Eibe aus. Er besinnt sich aber grad und hebt derfür die Faust noch echli höher. Hinten am Stall trüllt das Elsie ihren Blick zum Boden und gseht doch nichts und will aufstehen, und derbei sind ihre Glieder schwer wie Stein, und so bleibt sie halb hocken und halb liggen, an der Stallmauer hinter dem Obstmeier.

Da richtet sich der Jenisch unter der Eibe richtig auf und holt für seinen Fluech richtig Luft, den Jakob friert es, er zieht die Schulteren ein, wie er wie aus tusig Kehlen rund um ihn umen ghört: «Verrecken sollst du an deinem Gaul!», und der Jenisch langt sich mit der einten Hand ans Herz, und am Stall vorne ghört das Elsie ein Knacken aus dem Tannenwald, als würden hundert Chnöchen aufs Mal zerbersten, und dann flüsteret es aus dem Tannenwald bis zum Elsie hin, bis ins Mark wird es ihr kalt, drei Mal: «Holen söll dich einer, weisst nicht wer!», dem Elsie stellen sich die Haare auf ihren Armen und die im Nacken auf, «Suechen söllst du einen, weisst nicht wen!», das Elsie kreuzt ihre Arme vor der Brust und zieht die Schulteren eng, zum sich wärmen, «Finden soll dich keiner, weiss niemert, wo!», und dem Elsie scheint, es chnarze öppis, als würd sich öppis verschieben, das Elsie packt das Grauen, dass sie endlich aufschiesst und rübis stübis nicht zum Jenischen, sondern ganz in den Stall rennt und die Tür hinter sich zueschletzt. Das Elsie gseht den toten Kari nicht, das Elsie gseht nur das Rösli und schlingt ihre Arme um den warmen Chuehals, ganz nah, und truckt ihre Brust an die Schultere von der Chue, und die steht still.

Der Jenisch im Schatten neben der Eibe wird zumal wieder klein und bluetig, und der Jakob schüttlet sich, als käme er aus der Kälte, und sagt: «Pack dich furt, du Fötzel», und droht noch einmal mit der Faust.

Da lässt der Jenisch seine Schulteren wieder lampen und trüllt sich um und hinkt furt, klein und lumpig und langsam.

Wie der Jakob sich nach dem Obstmeier und seinem Chnecht umtrüllt, kommen die ihm schon entgegen, der Obstmeier haut dem Jakob seine Faust auf den Oberarm und meint: «So. Und itzt der Rest von dem Pack», und der Jakob legt ihm die Hand auf die Schultere und sagt: «Bist ein Freund», und zum Chnecht vom

Obstmeier sagt er, er wisse nicht, wo sein eigener lumpiger Chnecht wieder sei, und drum müess itzt eben dem Obstmeier seiner dableiben und auf das Elsie luegen, die söll nicht öppen doch noch ab, und der Chnecht soll das Elsie sonst grad mitnehmen, die Milch müess nämlich nach Menzigen.

Kaum hat sich der Chnecht umgetrüllt und sind der Jakob und der Obstmeier Richtung Dorf verschwunden, zum die andern Puuren und Chnechte holen, flackeret hinter der Eibe ein Schatten, löst sich aus dem Tunklen und waberet dem Wald entlang Richtung Pacht. Die Vögel hören auf zu singen. An einem rotschwarz glänzigen Stück vom geborstenen Herzen vom Jenischen verweilt der Schatten und nimmt es mit. Dem Elsie im Stall schuderet es, sie truckt sich noch näher an den Chuehals, und das Rösli trüllt den Chopf und schleckt dem Elsie mit ihrer langen rauhen Chuezunge von hinten über die Haare und bis über das einte Ohr. Der Schatten, hat er nicht einen Zylinder auf und eine Nase wie ein Schnabel?, der fliesst abwärts, zum einen Schrei aufheben, wo halb verweht noch auf dem Weg von der Eibe zum Stall liegt. Das Rösli tippt seinen Chopf an die Schultere vom Elsie, dass es einen nassen Fleck von der Chuenase gibt, und schnauft warm dem zuckenden Rücken vom Elsie entlang abwärts.

Hinter dem Haus kommt der Schangschagg aus seinem Versteck füren und meint zum Chnecht vom Obstmeier, er well sich schon um das Elsie kümmeren und um die Milch. Der Chnecht vom Obstmeier zuckt mit der Schultere und trollt sich Richtung Wirtshaus. Währenddessen hinkt der zusammengeschlagene Jenisch zu seiner Sippe unten am Schattenloch an der Sihl zurück, dort, wo der Jakob, lang ist es her, das Klärli einmal halbtot hat prügeln müessen.

Im Dorf poltern der Jakob und der Obstmeier an die Wirtshaustür und heepen: «Es gaht los!» Drin werden Träschgläser mit einem Zug geleert und auf den Tisch getätscht, und es heept villstimmig zrugg: «Los gahts!», die Tür zur Wirtschaft wird aufgerissen und chotzt Chnechte und Pächter und Puuren aus, die packen ihre Mist- und Heugablen und krakeelen durenand, als wär Chilbi, und stürmen Richtung Schattenloch an der Sihl hinunter, wo jetzt der Jenisch verschlagen und elend bei den paar lumpigen Scharoteln ankommt, drei magere Gäule und zwei Chüe, an denen man jede Rippe zählen kann, gnagen an Laub und an ein paar Ästen, seine Mamme reisst die Tür auf und luegt in sein ganz schepses Gesicht und schreit: «Jessesmariahilf!» Der Jenisch kann seiner Mamme nicht in die Augen luegen und meint, er heig sie verfluecht. Drümal verflucht heig er sie, sein schönes Elsie, und singen werd sie itzt wohl nie mehr, und es tue ihm so leid, aber da lässt ihn seine Mamme, bluetig wie er ist, schon stehen und wetzt zum Wagen von ihrer Mamme, zur Ältesten, und meint, es brauche sofort einen Ältestenrat, ihr Sohn heig Den Säbigen Mit Den Verträgen losgelassen, und wenn man schnell gnueg seig, könne man villicht verhandlen und mit vill Glück und Geschick das Unheil noch abwenden.

Der Ältestenrat

Der Chnecht macht süferlig die Tür zum Stall auf und verschrickt: Da liegt der Kari, der arme Kari, vertruckt im Ecken, und dem Elsie kommt nichts anderes in den Sinn, als ohne Sinn und Spitz dem Rösli in die Schultere zu schluchzen!

Der Chnecht geht neben dem Verdingbueb in die Knie. Er ächzt echli, wegen seinen alten Knochen, und meint: «Jesses, Kari», und streicht dem Verdingbueben chläbrige Haare aus der Stirn, und das wär itzt im ganzen trurigen Leben vom Kari genau das zweite Mal, wo ihn öpper anlangt, ohne blaue oder weisse Flecken zu hinterlassen, nachdem ihm der Jakob seinerzeit wegen den Räpplern über den Chopf gestrichen hat. Und das ist ja doch ein trauriges Fazit für so ein Leben, wenn einem nur über den Chopf gestrichen worden ist, wenn man öpper beschissen hat oder wenn man tot ist.

Item, dem Kari kann das jetzt gleich sein, der Kari hat kein Leben mehr, nicht wie die Puuren und Pächter und Chnechte auf dem Weg durch den Wald hinab, die sind voller Saft und Schnaps und grölen grusige Lieder und schütteln ihre Mistgablen voll Vorfreud.

Unten an der Sihl wird ein Eibenast sorgfältig auf das hastig geschürte Feuer gelegt, und oben, auf halbem Weg vom Hügeli zu der Pacht, vertunklet sich in dem Moment, wo das Eibenholz unten an der Sihl anfängt zu rauchen, der Schatten und fliesst kehrtum, die Chilenglocke von Finstersee schlägt die Mittagsstunde, und schon beim letzten Glockenschlag waberet der Schatten nicht mehr auf dem Weg zur Pacht, sondern unter dem Eibenrauch halb verdeckt neben einem Scharotl, hinter einem Kreis von alten Jenischen, die sitzen mit bangen Gesichtern um ihr rauchendes Feuer.

Wie der Eibenrauch blauschwarz statt grau in der Luft hängt und sich ein gspässiger Geruch verbreitet – nicht, dass ein einziger es wagen würde, auch nur ein Nasenloch zu verziehen –, steht der Älteste auf und sagt: «Er ist da!», legt ein Pergament auf einen Stein und macht eine einladende Geste Richtung Feuer: «Wir bitten schön.»

Im Stall packt der Chnecht im Stall das Elsie und trüllt sie mit einem Ruck vom Rösli weg, Brüelerei hin oder her. «Der Kari muess weg. Sonst kommt die Obrigkeit, und wer weiss, was dann passiert», aber das Elsie luegt den alten Chnecht nur tumm an, und wie er ihre Schultere loslässt, sinkt sie ganz einfach in die Knie und ins dreckige Stroh und lehnt an der Stallwand und fangt sofort wieder mit der Schluchzerei an.

«Gopferteckel!», meint der Chnecht, trüllt sich um und knielet wieder neben den vertruckten Kari, schlingt seine Arme um den toten Verdingbueb, ächzt beim Aufstehen noch vill mehr und wankt aus dem Stall Richtung Wald, wo er nicht weit hinter der Eibe den Kari zwischen ein paar Büschen ablädt. Er gheit wie ein Sack Herdöpfel, sein Chopf schlägt auf, und dem Chnecht zieht es sein Gesicht zusammen. Er fangt sich aber grad wieder und knellt ein paar Äste von den Bäumen, zum den Kari vorerst wenigstens mit echli Eibenchries zuedecken und schlurpt Richtung Friedhof.

Der Herr im blauen Rock

Unten an der Sihl stehen die Jenischen verhudlet um ihr schmauchiges Eibenastfeuer, der Schatten waberet, und sie ziehen ihre Chöpf ein. Der Jenisch stolperet mit einem Dolch in der Hand aus seinem Scharotl, und seine Mamme jammeret hinter ihm her: «Tues nöd, tues nöd, so nöd!», aber der Jenisch, verschwollen und bluetig, wie er ist, luegt dem Schatten fadengrad ins Gesicht, wenn sein Kiefer nicht derart scheps wäre, würde er wohl fest auf die Zähne beissen, und meint: «Ich unterschreibe. Im Gegenzug für das Elsie», und ist schon derart in Schwaden gehüllt, dass sein rotes Tuch um den Hals aussieht, als wäre es grau. Er ritzt sich in den Arm, einmal für den ersten Fluech, dass ein Bluetstropfen quillt, der Jenisch nimmt die Vogelfeder vom Ältesten und taucht die hornige Spitze in den Tropfen und macht ein Kreuz auf das Pergament.

In Finstersee oben steht der Chnecht auf dem Friedhof und schauflet von Hand staubige Hampfeln geweihter Erde in seine Hosensäcke.

Wie der Jenisch den zweiten Schnitt und das zweite Kreuz gemacht hat, ist unten an der Sihl aus dem Wald eine Grölerei zu hören. Sogar die Mamme vom Jenischen hat aufgehört zu jammeren und krallt sich mit beiden Händen an den Eingang von ihrem Scharotl. Der ganze Rat der Ältesten steht steif im Kreis und schweigt und holt Luft und schnauft nicht mehr aus, und der Chnecht ist in oben in Finstersee mit Hampflen voll geweihter Erde und einer Schaufel in der Hand zurück hinter der Eibe beim toten Kari angelangt und hebt eine erste Schaufel Erde aus, der Jenisch hebt mit der rechten Hand das Messer und sticht sich zum dritten Mal in den linken Arm, das Elsie schuderet oben im Stall zusammen, grau quillt in den Rauchschwaden Bluet aus dem Arm vom Jenischen, aber das dritte Kreuz macht er nümen: Aus dem Wald stürmen jetzt der Obstmeier, der Jakob und die Puuren und Pächter und Chnechte von Finstersee, mit einem See voll Schnaps im finsteren Bluet, sie spiessen als Erstes den Ältesten quer durch den Bauch mit einer Mistgable an eine morsche Bueche, und der Jakob gheit auf die Knie und erbricht sich, der hat auch weniger Schnaps intus, und schreit: «Doch nöd so, nöd so!», und der Schatten waberet fort, Feder und Pergament sind verschwunden mit nur zwei Kreuzen statt drei.

Der Jenisch gheit auf den Bauch, sie fällen Beine mit Beilen und verfötzlen Muskeln mit Sensen, oben am Hügel hinter der grossen Eibe stösst der Chnecht neben dem Kari eine Schaufel in den Boden, der Jakob versuecht, den einen oder anderen festzuhalten, aber sie reissen den Frauen, ob alt oder jung oder Kind, die Blusen auf und die Beine auseinander und brüllen und lachen derbei, bis sich keiner und keine mehr bewegt und keine und keiner mehr schreit, und es geht dem Jakob vill zu lange, bis die Hosen wieder hochgeknöpft und die Mistgablen herausgezogen werden, der Chnecht rüehrt eine Hampfel geweihte Erde aus seinem Hosensack in das Loch neben der grossen Eibe, die ersten kommen halbwegs zur Besinnung und packen sich eine magere Chue oder einen Gaul, der wohl nur zum Metzgen taugt, und schleichen ab, auf den Kari im Graben gheit eine zweite Hampfel geweihte Erde und dann Walderde, und am Schluss schnitzt der Chnecht ein Kreuz ohne Namen in den Eibenstamm und trüllt sich um, zum die Schaufel wieder in der Pacht zu versorgen, und kümmeret sich derbei nicht um das Elsie im Stall, sondern geht direkt ins Wirtshaus, und unten an der Sihl bleibt nach all dem Bösen nur der Jakob zurück, der Jakob und all die Jenischen, wo nur zum Teil noch echli ächzen und sich winden, aber die meisten sind schon still.

Der Jakob zieht die Körper zur Sihl und benetzt chüehl gewordene Lippen mit braunem Wasser. Ausser den Jenischen mit dem roten Tuech, den lässt er liggen, wie er ist. «Jessesmaria, Jessesmaria, Himmelhilf!», murmlet er immerfort, oben in Finstersee fliesst der Schatten Richtung Stall und bleibt dervor hocken, bis er sich um öppis Glänziges im Staub zusammenzieht, eine halb verdunstete Träne, die nimmt er mit und schmiegt sich um den Stall und damit eng um das Elsie und das Rösli.

Das mit dem Wassertröpflen hilft nüt, und so hockt der Jakob am End neben die verfötzelten Körper auf den blutten Boden und legt die Arme um seinen Oberkörper und wiegt sich füren und zurück, bis es tunklet, erst dann fasst der Jakob einen Entschluss und schleicht heimzue. Mit Schlurfschritten, zwei geschlagene Stunden braucht er für den Weg zur Pacht, und dort holt er nur grad die Schaufel und die Stechgable und macht sich grad wieder auf den Weg zrugg zur Sihl.

Das Elsie verreist

Wenn es auch am Anfang amigs scheint, so eine Schluchzerei seig passgenau eisern um einen Brustkorb oder einen Hals geschmiedet, um immer echli enger zu drücken und zu schütteln, ist es damit doch wie mit allen spröden Sachen: Feine Haarrisse lassen am End alles auseinanderbrechen und zu Boden gheien. Und so liegt das Elsie den ganzen Nachmittag und Abig lang neben dem Rösli an die Wand gelehnt im Stroh und stieret an die Wand und gseht doch nüt.

Das Rösli trüllt den Chopf zum Elsie an der Wand und bläst mit nassem Maul warme Luft und echli Sabber auf ihren Chopf. Schritte, wenn der Chnecht öppis holt oder bringt, wohl in den Verschlag nebenan. Dann schlurpt der Chnecht weg, wohl nach Finstersee ins Wirtshaus, wo die Wirtin auch nüt sagt, sondern dem Chnecht stumm einen Träsch vor die Nase stellt und ihm derbei sogar ihre Hand auf die Schultere legt.

Es tunklet. Wieder Schritte, der Jakob, schwer und langsam, der holt wohl auch öppis. Er geht wieder, und die Chilenglocke schlägt, bis nichts mehr singt und nichts mehr krächzt und keine Flügen mehr summen, bloss die Chüe, die sind ungeduldig und muhen, so ohne Znacht und ohne Weidegang, aber das Elsie hockt und lehnt an die Wand und macht keinen Wank, und die Chüe geben schliesslich auf. Ein Streifen Liecht vom Mond gheit durch das einzige Fenster und glüeht dem Elsie ihre Beine herauf und über sie drüber und ennet den Beinen wieder herab und gibt dem Jakob unten an der Sihl gerade gnueg Liecht zum Sehen, dass da einer fehlt, einer ist davongekommen, von all denen, wo da bleich und fast schon ganz steif liggen, den Alten und Kindern und Frauen und jungen Meitli, vierundzwanzig an der Zahl ohne den, der fehlt.

Der mit dem roten Tuech um den Hals, ausgerechnet der fehlt, aber der Jakob bekreuzigt sich einetweg und fängt trotzdem an, die ganze Nacht lang, Blateren gehen bald auf und zeigen rohes Fleisch und Bluet, aber der Jakob gräbt und schauflet, bis der Mond untergeht und das Elsie an der Wand herabrutscht und ihren Chopf aufs Stroh legt. Das Liecht verschwindet und schleicht sich zurück, wo der Jakob grad probiert, die Kleider oder Lümpen der Frauen und der kleinen Meitli zu richten, bevor er sie in die Gruebe schleikt, schwierig, wenn alle so steif und schwer liggen und nicht nur die Lümpen derart verfötzelt sind.

Nebeneinander will der Jakob sie in den Graben legen, Kinder neben die Frauen, villicht liegt ja dann eins neben seiner Muetter. Aber der Graben ist zu kurz, da hätte mehr als nur einer eine Nacht lang schauflen müessen, und am Schluss packt der Jakob die Alten an den Füess und schleikt sie oben drüber, und erst, wie er im Graben auf ein Kind stehen muess, dermit er einen Alten oben drüberziehen kann, lupft es ihn wieder, und er muess sich abtrüllen und schafft es grad noch, neben die Grube und nicht hinein und auf einen Körper zu chotzen.

Das Rösli und das Klärli brüllen, und das Elsie wacht auf, in einer Herrgottsfrüeh, und weiss einen Moment lang gar nicht, wo sie ist, bis ihr alles in den Sinn kommt, der Jenisch und der Jakob mit dem Obstmeier und der Chnecht, und da lupft sich das Elsie trotz allem aus dem Stroh hoch und meint: «Jessesgott!, Rösli, Klärli, Tüfeli», und es tue ihr so leid. Sie holt frisches Heu und Stroh aus dem Tenn und mistet vill schneller, als der Jakob unten an der Sihl Erde zrugg in den Graben schauflet, obwohl er sich jetzt, wo es wieder hell ist, alle Müeh gibt, schnell zu sein. Es könnte ja einer kommen. Es kommt aber keiner.

Das Elsie stellt das Tüfeli auf die Wiese neben dem Stall und fängt an, das Klärli zu melken, schnell, das Rösli brüllt immer noch. Die Milch hat nicht ganz Platz in der zweiten Tanse, beide stehen seit gestern Morgen noch voller Milch neben dem Stall, so dass das Elsie eine dritte holen muess, und wie das Elsie das Klärli endlich auf die Wiese stellen kann und dem Rösli sein Euter einfettet, so muess sie zweimal luegen: Grau spritzt die Milch vom Rösli seinem Euter im düstern Liecht in das Chessi, als hätte öpper Chole oder Pech unter die Milch gerüehrt, aber wie das Elsie einen Finger voll herauszieht und an die Nase hält und dann ins Maul steckt, so hat die Milch keinen anderen Gout als normale Röslimilch, nur dass es dem Elsie noch vill kälter und ungmüetlicher wird im Bauch als vorher schon. Und derart vill Milch hat das Rösli heute Morgen, sogar in der dritten Tanse hat nicht alles Platz, das Elsie melkt und melkt, die dritte Tanse ist schon voll bis zum Rand, und zum Glück gseht die Milch draussen im Tagesliecht nicht derart grau aus, man gseht es nur, wenn der andere Tansenteckel auch offen ist und man mit den Augen direktement von der weissen Klärlimilch zu der grauen Röslimilch hin und her wechslet.

Dass es eigentlich nichts mehr ausmacht, ob die Milch in Menzigen zu verkaufen ist oder nicht, und ob der Jakob oder der Bangert dann einen oder zwei Räppler mehr im Sack haben, das fällt dem Elsie gar nicht ein, Milch ist Milch und kostbar, und so überlegt sie sich, was sie mit dem ganzen vorigen Chessel voll grauer Röslimilch machen soll. Das Elsie luegt aus dem Stall, ob sich auf dem Hof öpper bewegt, aber da ist immer noch niemert, und so stellt das Elsie zuletzt auch noch das Rösli auf die Wiese und hockt sich im Stall auf den Melchschemel und lupft den Chessel an ihr Maul und trinkt und trinkt, Liter um Liter in langen Zügen, und je mehr sie trinkt, desto grösseren Durst hat sie und merkt nicht, wie sich der Schatten löst und vor das Stallfenster zieht und das Stück vom verfötzleten Herzen und den Schrei und die halbverdunstete Träne vor das Fenster legt, der Stalltürrahmen steht plötzlich in einem schepsen Winkel, bis der Schatten in das Loch im Türrahmen hockt.

Wie das Elsie die ganze graue Milch bis auf den letzten Tropfen ausgetrunken hat, gseht sie auf dem Fenstersims drei schimmrige Beeren liggen, rot und schwarz, das Elsie nimmt eins in die Hand. Das Elsie macht das Maul auf und weiss genau, was Eibenbeeren mit einem anstellen, der Schatten fliesst aus dem Loch, und dem Elsie ist es, als würde sie von Bluementrieben umrankt, Heliotrop und schwarzer Holunder und Bilsen, das Elsie schluckt und vergisst: den Diräkter und ticke weisse Bäuche und Schnauf wie Blei und auch die Bernsteinaugen vom Frölein Sophie und den Zürisee, und im Stall wird es echli tunkler und echli grauer, aber das Elsie fühlt sich recht leicht und sperrt ihr Maul gleich wieder auf; sie hält schon die nächste Beere in den Fingern, die leuchtet noch vill roter als die letzte, und das Elsie schluckt und vergisst: den Milchschnauz vom Jenischen und seine rote Zunge und seine schwarzen Haare und die Faust vom Jakob und wie er sie aus dem Stall vom Herrenhaus hoch in seine Chammer getragen hat und wie fest er ein Ross haben will. Und wie die dritte rote Beere, wo jetzt ein Herr in seinen Fingern hält, den ganzen leeren Stall erleuchtet, ist da sonst gar nichts Farbiges mehr, um das Elsie flatteret es wie von Flügeln, der Herr hat eine lange, spitzige Nase, das Elsie schluckt und weiss nicht mehr, wie das warme Holz von ihrer Fidle ausgseht oder wie Musig tönt oder wie eine Saite unter einem Bogen vibriert, und vergisst das Meer, goldige Tächer und Floränz, und der Herr mit den Flügeln stösst die Stalltür auf und lupft seinen Zylinder, aber nur einen Millimeter hoch, und lächelt, wie man nur unter einer so langen, spitzigen Nase lächlen kann.

Das Elsie hockt sich hin und lässt von der ganzen grauen Milch in ihrem Bauch in einem rechten Bogen einen Brunz. Der hat sich gewaschen, der langt bis an die Wand, wo der verschlarggte Gingg trocknet, und so weicht der Brunz den auf und schäumt sich mit ihm durch den ganzen Stallgang und versickeret im Boden, bis das Elsie ihre Külotten wieder hochzieht und ihren Rock darüber und sich umtrüllt. Vor dem Elsie erstreckt sich eine graue Strasse unter einem schieferfarbigen Himmel, und das Elsie weiss nümm, dass sie öppis suecht, und schon gar nümm, was, und macht einen Schritt auf die graue Strasse zue und noch einen, und schon ist sie über dem Hügeli, und da steht die grosse siebenstämmige Eibe mit leuchtend roten Beeren. Derhinter geht ein Weg auf, an den kann sich das Elsie gar nicht erinnern. Sie macht noch einen Schritt.

III

Glänzige Rösser und tunkle Eibenwälder

Jakobs Ross

Langweiliger Trott. Riemen scheuern. Ziehen. Rechts, links, schwarz. Dervor Weg, staubig. Summen am Kopf. Eisen im Maul. «Ho!» im Ohr. Halt. Gestampfte Erde. Ein Bretterverschlag. Darin zwei Chüe. Zwei kurze Pfosten, darauf ein Querbalken. Strick. Den schlingt der Mann über den Balken.

«Söpheli! Chnecht! So chömed! So lueged!» Ein Meitli stürmt aus dem Haus, pring und mit fast weissen Haaren und so bleich, der Dreck im Gesicht scheint wie angemalt – und bleibt stehen, wie vom Blitz getroffen.

Hinter dem Bretterverschlag schlumpft ein türres Manndli füren, das wird vor lauter Luegen grad noch langsamer: «Der isch denn schön!»

«Gäll!» Das seig itzt eben ein Vollbluet, das hätte der Schangschagg nicht gedacht, dass er seiner Lebtig noch so eins gseht! Und erst drü! Und dann: «Hoo, ruhig!», und: «Lueg, wie das Fell glänzt! Söphe, willst du den Hals streichlen?» Das Meitli wird hochgelupft. Graue Augen hat sie, als ob darin ein Nebel schweben würd.

Der Jakob sagt: «Ross, Söphe, das ist ein Ross, und ein bsunders schönes noch derzue, sag doch einmal: ‹Ross›!» Aber das Meitli streicht nur mit einer Hand über den Hals. Der Jakob meint: «Das muess auch das Elsie gseh!»

Die Söphe luegt jetzt zum Haus. Dort bleibt alles still. Und der Schangschagg, der luegt auch nümen auf das Ross, sondern auf den Boden, aber der Jakob ist schon in der Tür verschwunden und kommt mit einem Strich in der Landschaft zurück, den schiebt er vor sich her, weil freiwillig macht der keinen Schritt. Stecklige Beine wie getörrte Binsen und ein mägerliges Gesicht, wo nienets recht hinluegt. «Elsie, lueg! Das Ross isch da! Elsie!» Und echli später leiser: «So lueg doch.»

Aber der Strich steht nur mit lampigen Schultern da und tuet keinen Wank, eine lumpige junge Frau mit halboffenen hellblauen Augen, die luegen auf Nüesteren, Hals und Mähne und sehen doch nüt Rechts.

Der Jakob löst den Strick. «Chum.» Zug nach vorn am Genick. «Brav.» Ein Weg aus gestampfter Erde. Bis an ein lottriges Gatter. Genick frei! Kopf hoch, Hufe in die Luft! Hag im Weg. Halt! Ausser dem Hag: Gras, schütter. Staub. Mücken. Rechts und links, weit hinter dem Hag kühler Wald, moosgrün, tannengrün, frühlings-, herbst- und sommergrün. Einen Bissen Gras. Mücken, Hitze.

Der Jakob hat sich schon lang Richtung Wirtshaus getrüllt, zum auf das Ross anstossen. Sechs Jahre lang Sparen, und itzt hat er endlich sein Ross heimgebracht, quer durch das Dorf ist er gelaufen, aufrecht und bsunders langsam. Nur wie er das Ross an der grossen Eibe vorbeigeführt hat, hat er ein gspässiges Gefühl gehabt. Ihm ist nicht nur der Jenisch mit seinem Fluech in den Sinn gekommen, sondern auch, wie er vor langer Zeit im Herrenhaus im Spiegel in ein totes Auge gluegt hat.

Aber jetzt ist sicher das ganze Dorf schon versammlet und werweisst, was der Jakob bezahlt hat, einer wird ihm wohl einen Schoppen ausgeben. Der Obstmeier würd garantiert, aber von dem nimmt der Jakob nüt an. Überhaupt hat sich der Jakob fast zwei Jahre lang nach der schlimmen Nacht kaum mehr im Dorf blicken lassen. Schön auf seiner Pacht ist er hocken geblieben und hat den Chnecht geschickt, wenn er öppis gebraucht hat.

Aber gekommen ist nie niemert für die Jenischen und gefragt hat auch nie keiner, und die einzigen Ausflüge, wo der Jakob macht, sind alle paar Wochen an die Sihl. Dort gseht man gopferteckel nüt. Schösslinge rollen sich aus dem darübergescharrten Laub, und echli später wogt ein Meer von Farenstengeln um einen, wenn man sich anenhockt. Wenn er seine Augen zu lang ausruebet, schlingen sich die Farenstengel um seine Beine, gar nicht grüenweich, sondern spitzig und silbrig und wie aus Metall, rote Flecken sprützen in das grüene Meer, dass man vertrinkt und mit einem Goiss aufwacht, und dann hüetet sich der Jakob bei seinem nächsten Bsuech, zu lange an den Baumstamm gelehnt zu verweilen, und fährt stattdessen mit seinem Finger den Kreuzen nach, wo er hineingeschnitzt hat. Der Jakob wunderet sich jedes Mal, wie es so still sein kann, und wo wohl all die Scharotl anen sind, wo er in der schlimmen Nacht hat stehen lassen.

Item, wohl manch ein Finsterseer hat einen rechten Batzen verdient und nicht mit der Wimper gezuckt, wie er ein paar Mönet später im entfernten Zug oder sogar in Einsiedeln am nächsten Herbstmarkt einen anderen Finsterseer gesehen hat, wo auch per Zuefall einen Charren zu verkaufen gehabt hat. Aber sonst haben die Finsterseer wenig miteinander zu tuen gehabt für fast ein ganzes Jahr. Sogar nach der Chile sind amigs alle auseinandergesprützt. Die Püürinnen und Mägde haben sich am Anfang noch gewundert, warum man nie mehr stehen bleibt auf einen Schwatz, aber so bös sind die Blicke von den Puuren und den Chnechten gewesen, die Weiber söllen fürsimachen, dass es kaum einer in den Sinn gekommen ist, sich mit einem Gegigele oder einem freimüetigen Blick aufzulehnen.

Aber man sollte itzt nicht denken, die Finsterseer wären im Winter wenigstens wegen den Zuestüpfen von den Scharotln gueter Dinge gewesen. Am schlechten Gewissen kann das nicht gelegen haben, schliesslich hat auch im Wirtshaus nie niemert über nüt geredet. Im Gegenteil, der Schangschagg hat ein paarmal zum Jakob gewundert, warum niemert mehr je im Wirtshaus ist. Der Jakob hat öppis in seinen Bart gemurmlet, und dem Schangschagg ist es recht gewesen, dann hat er nämlich die Wirtin für sich gehabt. Auch wenn sie nur jammeret, dass die Geschäfte nicht recht laufen.

Und da ist sie nicht die einzige gewesen, villicht hat den Finsterseern nüt so recht gelingen wellen, weil das Wasser vom Finstersee nach säbigem Sommer derart brackig geworden ist, sogar das Wasser vom Dorfbrunnen hat nach durengheiter Milch und Brunz geschmöckt, und genau wie sich ein Gingg in ein Füdli gnagen kann, so gibt es Gerüche, wo so lange chläben bleiben, dass einer nümen weiss, wie richtig Schnauf holen, ohne dass ihm jeder Atemzug enger in der Brust hockt, weil er derart befingeret und verdreckt worden ist, und so einer sich fragen muess, warum nicht einmal frisches Brot so schmöckt wie früehner.

Die Mägde und Püürinnen haben sogar angefangen, das Wasser abzukochen, und trotzdem ist ihnen ständig das Augenwasser wegen Nüt zuvorderst gestanden. Schlimmer noch, wenn sie öppis Nettes haben sagen wellen, ist ihnen nur Gräui aus dem Maul gebrochen, und so hat mehr als eine einen ticken Zinggen bekommen, vor allem die Magd vom Kaplan Schlumpf. Deren ihr glänziges Hinterteil interessiert den Kapan nümen, stattdessen ist ihr öppendie ein Auge schwarzblau tick wie eine Pflaume.

Nicht dass die dieses Jahr wieder besunders gross wären, im Gegenteil, die Pflaumen sind kümmerlich wie Heidelbeeri, und die Chabischöpfe klein wie Röslichöhl, und die Herdöpfel sind kaum von Chiselsteinen zu unterscheiden, und ein paar rechte Chüe sind verräblet, nachdem sie vorher gräuliche Milch gegeben haben.

Und die Milch hat es auch in sich gehabt! In Zug, zum Beispiel, hat eine feine Hochzeitsgesellschaft im Hotel Zürcherhof von den kleinen grauen Menziger Chäslaiben aus der Finsterseer Milch gegessen. Beim ersten Bissen hat der Bräutigam scheps gluegt, beim zweiten ist er bleich geworden, und beim dritten hat er das Chäsmesser gepackt, die Braut angeheept, sie solle den Trauzeugen nicht so anstieren, und ihr das Chäsmesser zmittst in die Hand gesteckt. Den Brautjumpfern ist es obsi gekommen, der Trauzeuge hat sich mit einem Kerzenständer auf den Bräutigam gestürzt, und der alte Brautvatter hat vor lauter Schreck einen Brunz lassen müessen, den hat aber in all der Kommotion zuerst niemert bemerkt. Erst wie sich der Brunz null komma nüt durch das Parkett und die Sandsteinmauer herab bis in den Hang aus Seekreide gefressen hat, da hat es mitten in die tobende Gesellschaft einen Groll getan. Der Bräutigam hat kurz innegehalten und dann dem Trauzeugen eine Terrine über den Chopf gezogen, und ein solches Gestampfe und Getunners war es in dem Festsaal, dass die Stadt Zug es bald leid gewesen ist und nach einem zweiten Grollen die verbrunzte Seekreide an ihrem Ufer einfach aufgegeben und abgeschüttelt hat, wie eine Chue eine Flüge. Der See hat mitgeholfen, das Maul aufgesperrt und den Zürcherhof samt dreissig Herrenhäusern ohne umenzuluegen verschluckt. Und wenn man heutzutags die Zuger Fischer fragt, warum sie in stillen Nächten ungern hinausfahren, meinen sie, die Gesellschaft heig wohl hundertfünfzig Jahre später noch nicht gemerkt, dass sie samt und sonders vertrunken ist und zwanzig Meter Wasser über ihren Köpfen truckt. Man ghöre amigs aus dem See immer noch die Braut goissen.

Item, solche und andere Geschichten sind rund um Finstersee und Menzigen nach dem säbigen Sommer noch und nöcher passiert. Und mit so einer schitteren Ernte und so bitterem Augenwasser, wo ständig tröpflet, wunderet es nicht, dass auch die reicheren Puuren in Finstersee den Gürtel enger schnallen müessen, sogar der Obstmeier ist fast verlumpet. Nur der Sauschaagg ist unbeschadet durch das böse Jahr und das nächste gekommen.

Der Eibenwald

Was mit dem Elsie ist, vor allem die ersten paar Monate nach dem schlimmen Tag, darüber haben sich nicht nur der Jakob und der Chnecht den Chopf zerbrochen. Das Elsie ist eben lange nur im Stall beim Rösli gehockt und hat nüt mehr gesagt und auch kaum mehr einen Wank getan. Sogar der Kaplan – wo denn öppen nicht für Protestanten zueständig ist! – ist gekommen, aber erst, wie der Jakob gedroht hat, sonst hole er den Oberpfaffen aus Menzigen. Das hat der Kaplan dann nicht gewollt, dass bekannt würd, öppis seig faul in seiner Gemeinde. Wie er am Stalltürrahmen vorbeigekommen ist, wo es immer noch schwarz unter dem Bannloch abenschlirgget, ist er fast gestürchlet. Aber dann hat ihm der Jakob nach langem Umennestlen ein paar Batzen in die Hand getruckt, und der Kaplan hat eine Bibel aufgeschlagen und lateinisch gemurmlet.

Es hat nüt genützt, das Elsie hat nur dagelegen mit ihrem mageren Gesicht, in dem blitzen keine blauen Augen mehr, die luegen stumpf an die Wand, und derbei murmlet sie ständig öppis wie: «Woischer, woisches, woischwas, wo», und nestlet ihre Hände im Schoss umen, als würd sie auch da öppis suechen. Nicht einmal, wie der Kaplan ein Gütterli mit Weihwasser über sie geleert hat, hat das Elsie gezuckt, und der Kaplan hat gemeint, der Bälzlibueb heig seine Finger wohl nicht im Spiel, sonst wär itzt öppis passiert. Aber villicht stelle sich der Effekt ja noch ein. Und wo eigentlich der Verdingbalg seig, den habe er schon lange nümen gesehen. «Ehm», meint da der Jakob und muess überlegen, bis ihn eine Eingebung rettet: «Wohl mit dem Zigeunerpack mit», sie seigen am Warten, ob er wohl zurückkäme. Da zieht der Kaplan einen Stein und meint, das hätte der Jakob müessen melden, und er werd das Kostgält anpassen lassen.

Wie der Jakob am säbigen Abig gemeint hat, villicht habe es ja doch genützt, hat er wieder einmal probiert, das Elsie aus dem

Stall zu tragen. Aber in der Stube hat das Elsie wieder derart zu goissen angefangen und um sich geschlagen, dass der Jakob wieder umgekehrt ist. Ganz aufgehört zu wimmeren hat sie wie immer erst, wie sie wieder neben dem Verschlag vom Rösli auf echli Stroh zu liggen gekommen ist. Der Jakob hat geseufzget und ist Wasser warm machen gegangen, wie jeden Abig, und wie jeden Abig kommt er mit einem Chessel und einem Lumpen in den Stall und wäscht dem Elsie zuerst das Gesicht, und dann zieht er ihr den Schlutten über den Chopf und wäscht ihr die Glieder und findet nicht zum ersten Mal, das Elsie heig, so pring sie auch ist, doch einen recht aufgeblähten Bauch, und zieht ihr ein Nachtgwand an. Wenn der Jakob dann noch das Stroh und die Läuse aus ihren Haaren gebürstet hat, kommt wie jeden Abig der Chnecht mit einem Schüsseli mit Griess oder Brei. Immerhin geht das Essen einfach, weil das Elsie, sobald sie einen Löffel vor der Nase hat, brav das Maul aufmacht und schluckt, aber ohne dass sie je luegen würd, was da auf dem Löffel liegt.

Vill geredet ist zwischen dem Jakob und dem Chnecht ja noch nie worden, aber jetzt geht das Melken und Pflüegen und Herdöpflen und Milch bringen fast ganz ohne Worte. Wie nämlich der Jakob nach dem schlimmen Tag heimgekrochen ist – es hat, nachdem er den Graben an der Sihl fertig zugeschauflet hat, grad gegraut –, hat er den Chnecht in der Chuchi angetroffen, mit Augenwasser und einer halbleeren Flasche Bätziwasser vor sich. Und statt jetzt den Chnecht zu fragen, ob es öppen noch gehe, an einem Werchtag, hat sich der Jakob, voller Erde und Bluet, ein Chacheli gegriffen, sich derzue gehockt, eingeschenkt, das Chacheli in einem Zug geleert, und der Chnecht ist aufgestanden und hat zuerst geschwankt und sich am Tisch festgehalten und dann gesagt: «Chum.»

Der Chnecht hat den Jakob über das Wegli bis über das Hügeli, wo der Wald anfangt, geführt und hinter der Eibe auf das Kreuz gezeigt, wo er in den einen Eibenstamm geschnitzt hat, und der Jakob hat sich schon wieder bekreuzigt: «Der Kari also auch», und dann sind die zwei umgekehrt, zum den Rest vom Bätziwasser leeren.

Der Jakob ist mit tummem Chopf aufgewacht, wie das Klärli und das Rösli gebrüllt haben. Der Chnecht hat türr ausgesehen, Chopf auf dem Tisch, mit offenem Maul, von dem läuft ein Speuzfaden, da hat der Jakob ihn auf dem Tisch seinen Rausch ausschlafen lassen.

Erst wie er mit dem Klärli fertig gewesen ist und um den Verschlag zum Rösli gelaufen ist, hat er gesehen, dass da das Elsie liegt und vor sich hin stieret. Da nützt weder Schüttlen noch Hauen.

Nur wenn man das Elsie dem Rösli neben den Hals hält und das den Chopf trüllt und ein, zwei Mal dem Elsie über die Backe schleckt, scheint es öppendie, als würden dem Elsie ihre Augen echli näher luegen als immer nur auf einen staubigen Weg vor ihren Füessen und rechts und links auf Eiben, wo derart miteinander verwachsen sind, als stünden sie schon tusig Jahre so verrankt, dass kaum ein Liechtstrahl duren mag.

Eben, meint der Chnecht später an dem Nachmittag zum Jakob, schon wie der Kari tot im Stall gelegen seig, seig das Elsie so tumm gewesen. Der Jakob nickt, und der Chnecht meint, er hole auf dem Rückweg die Lina, und spannt dann ohne ein weiteres Wort das Tüfeli vor den Charren.

Die Lina hat zuerst gar nicht in den Stall hinein wellen. Der Türrahmen wachse ganz vertrüllt, und wie es wie Pech und Schwefel aus dem Loch da heraussaufe, gsehe auch niemert?, und weiteres gspässiges Zeug. Erst wie sie sich von Chopf bis Fuess mit Salbei eingerieben hat, hat sie gemeint, itzt gehe es. Im Stall hat die Lina Chrüter angezündet und gemurmlet, und wie sie sich wieder zum Elsie umgetrüllt hat, hat sie gegoisst, dem Elsie das Maul aufgerissen und an ihrer Zunge geschränzt, bis der Jakob sie trotz ihrem Alter grob aus dem Stall rüehrt. Ob der Bälzlibueb in sie gefahren seig?

Die alte Lina ist vor dem Stall auf dem Rücken gelegen und hat zuerst ihren Schnauf gesammlet. Dann hat sie sich über die Augen gestrichen und gemurmlet, das Elsie seig von den Füess bis ganz zum Chopf von einer Eibe durchwachsen, drum könne man sie nicht aus dem Stall nehmen, ob das niemert gsehe? Und der tickste Ast, der breche doch dem Elsie aus dem Maul, und drum könne sie nüt reden, und das Elsie bekäme keine Luft, so wie sich ihr die Äste aus Maul und Nase zwängen. Und dann ist die Lina aufgestanden, hat ihr Räuchergefäss liggen lassen und ist auf ihren Hügel zurückgeweidlet.

Der Chnecht und der Jakob haben der Lina nachgeluegt, bis sich der Chnecht zum Jakob getrüllt und einen Vogel gezeigt und echli gepfiffen hat. Einen Moment hat der Chnecht dann dem Jakob die Hand auf die Schultere gelegt, bevor er warmes Wasser richten gegangen ist. Das hat er später dem Jakob samt einer Nachtschlutte und einen Waschlumpen gebracht und nach einer Zeit noch einen warmen Griessbrei und einen Löffel. Der Jakob hat genickt, und so ist es dann geblieben, die nächsten Wochen, bis eben der Herr Kaplan auch noch gekommen ist. Am Schluss hat dieser gemeint, was er noch gsehe, seig, das Elsie in die Landerziehungsanstalt zu bringen. Aber weil sie ja wohl dort nicht öppen einfach aus dem Nüt zu schaffen anfange, werde das wohl teuer, es seig wohl besser, sie halt in Gottsnamen durenzufüetteren. Villicht werd sie ja am End wieder normal.

Der Jakob hat genickt und an dem Abig wieder wortlos das Elsie gewaschen und ihr sogar echli über die Stirn gestrichen und gesagt: «Mis Vögeli», da ist ihm halb das Augenwasser gekommen. Später hat er sich an den Tisch gehockt, mit ein paar Strohhalmen, und der Chnecht hat ihn gehört murmlen und Halme umenschieben und rechnen und seufzgen und sagen: «O je», und: «Das rechnet einfach nöd, mit dem Essen! Und schafft nüt!»

Der Kaplan hätte wohl auch nicht nachgefragt, wenn das Elsie samt ihrem geschwollenen Bauch einfach verräblet wär. Aber zum Glück ist dem Chnecht im letzten Moment ein Geistesblitz gekommen. An einem Morgen, nachdem der Jakob zum dritten Mal am Abig vorher gerechnet und geseufzget hat, hat der Chnecht wie immer nach dem Melken und dem Elsie seinen Nachttopf leeren die Chüe auf die Weid gestellt, zum in Rueh misten. Und wie er im Verschlag vom Rösli verbrunzetes Stroh herausgeheblet hat, hat er versonnen auf das Elsie geluegt, wie sich ihre Händ immer bewegen. Da ist dem Chnecht in den Sinn gekommen, dass die villicht öppis machen wellen, und so hat er das Elsie aufgelupft und sie zuerst in das saubere Stroh im Rösliverschlag gelupft und dann das alte Stroh, wo das Elsie darauf geschlafen hat, weggegablet und sauberes hingezettet. Und dann hat der Chnecht die dreckige Wand derhinter angeluegt, einen Streifen vom Stroh wieder weggeschauflet und ist warmes Wasser holen gegangen, zum die Wand herunterzuwaschen. Wie alles wieder trocken gewesen ist, hat der Chnecht ein Leintuech geholt und so über das Stroh eingeschlagen, dass kein Hälmli mehr darunter herfürenluegt. Halb an die saubere Wand hat der Chnecht dann das Elsie gesetzt. Der Chnecht ist zurück ins Haus gegangen, hat sich die Ärmel von seiner Schlutte zurückgelitzt und die Hände gewaschen, sogar mit der Sunntigsseife. Und dann hat er mit weit ausgestreckten Armen, dermit das Tuech nicht auf seine dreckigen Ärmel gheit, dem Elsie seine Stickerei in den Chuestall gebracht, samt Nadel mit eingefädletem Garn, und hat dem Elsie eine Hand auf den Stoff gelegt und die Nadel in die andere getruckt.

Das Elsie hat zwar immer noch stier geradeaus an die Wand geluegt, aber die linke Hand schlägt das Tuech auf, und die andere fängt an, die Nadel durch den Stoff zu ziehen, und der Chnecht nickt, und wie der Jakob Punkt mit dem Neunuhrglockenschlag mit einer Schlutte über dem Arm und einem Chacheli voll Rösti in den Stall kommt, so hat das Elsie zwar keine

Hohlsäume gemacht, aber derfür Nadeln gestickt, wohl von einem Baum, geht da nicht verschlungen ein Weg duren, und luegt nicht derhinter öppis füren, wo man nicht recht erkennt?

Der Jakob seufzget an dem Tag nümen und lässt die Halme bleiben, und dem Chnecht wird auch echli leichter ums Herz. Ein paar Wochen später gibt der Jakob in Menzingen einem Händler ein fertig besticktes Stück Stoff mit einem Eibenwald darauf in Kommission. Der Wald tunkt den Jakob zwar tüster, aber wenn man lange darauf luegt, so fangen die Nadeln an, sich zu bewegen, und je länger man luegt, desto schwieriger wird es, seinen Blick zu lösen, weil da doch hinter jeder Wegbiegung ein Versprechen liegt.

Item, der Kommissiönler in Menzingen hat gemeint, schön, zuerst müess man das Tuech aber drei Wochen lang lüften und derneben Wacholderkraut verbrennen, wegen dem Chuegeruch. So hat das Elsie wieder ein paar Wochen Galgenfrist gehabt.

Ganz gebesseret hat es, wo der Kommissiönler einen Monet später in Menzingen zum Jakob meint, ob er noch mehr von der gleichen Stickerin habe? Er seig drum mit seiner Ware und mit dem Tuech am Samschtig bis nach Zürich auf den Markt gefahren, und kaum hätte er das Tuech ausgebreitet, so heigen zwei Bürgerstöchter angefangen, sich darum zu streiten. Bis die einte einen rechten Batzen auf den Tisch grüehrt, der anderen das Tuech aus den Händen gerissen heig und weggerannt seig wie das Bisiwetter! Die andere hinterher, und die seig aber dieseren nicht nachgekommen. Derfür seig sie echli später wieder vertschuderet vor seinem Stand gestanden. Von seinen anderen Waren habe sie atoupri nüt kaufen wellen, sie habe nur wissen wellen, ob es noch mehr gäbe von der gleichen Stickerin? Ein Frölein Anna Pestalozzi seig es, die hürate in drei Monet, und zwar einen Melchior Römer, und der, müess der Jakob wissen, seig schon in jungen Jahren Stadtrat und erst noch der erste Mann bei der Zürcher Polizei, und ob der Jakob eine Stickerei für ein Hochzeitskleid liefern könne? In silber und grüen auf weisser Musseline?

Der Jakob meint, er müess luegen, und nimmt aber das vom Krämer schon paratgelegte süferlig verpackte spinnwebentünne Silbergarn und die zwei Musselinbahnen mit. Und wie er dem Elsie in ihrem von jetzt an peinlich sauber gehaltenen Verschlag Tuech und Stickrahmen in die einte Hand truckt und die eingefädlete Nadel in die andere, so fängt das Elsie, ohne ihren Blick von der Wand zu lösen, wie ein Maschineli an zu stichlen.

So dicht ist nach ein paar Wochen die silbriggrüene Stickerei, dass die verwachsenen Eibenwälder darauf fast grau schillern, und der Krämer gibt dem Jakob einen ganzen Silberfranken und meint noch eine Woche später, das Frölein Pestalozzi habe also hell aufgelacht an seinem Stand und die Stoffbahnen an ihren Busen truckt und sich ein paarmal dermit getrüllt, und nachher habe sie sich nicht sattluegen können an den verschlungenen Bäumen und seig mit den Fingern den Wegen entlanggefahren und habe sogar ihn, den Krämer, gefragt, was er denn hinter den Wegen da sehe, ob da nicht öppen villicht eine ferne Stadt auszumachen seig? Oder hinter diesen dichten Ästen da, hinter den Flechten, blitzen da nicht die Umrisse von einer feinen Gesellschaft duren, eine Gesellschaft, wo sich auf einer Lichtung niedergelassen hat? Mit feinen Bürgersmeitli, wo in Musselintüechern tanzen? Oder stehe da nicht eine Fidle hinter dem einten Stamm? Da, halb versteckt an einen moosigen Strunk gelehnt? Oder nein, ob das nicht doch öppen ein grosser ticker Frosch seig, und hat der nicht einen grusigen weissen Bauch? Ah nein, zum Glück doch nicht, dass seig ja doch eher ein Ross, das öppis fresse? Einen Ast? Und so habe das Frölein gewerweisst, eine geschlagene halbe Stunde lang habe sie ihn aufgehalten, und der Krämer habe nur Stiche, wo einen Wald zeigen, gesehen. Der Jakob soll nur immer bringen, was er habe.

Es geht dann mehr als einen Monet, bis das bald darauf folgende Stadtgespräch bis zum Jakob nach Finstersee gewachsen ist; nämlich die Geschichte von der Hochzeit vom Frölein Anna Pestalozzi mit dem Stadtrat Melchior Römer.

Hochzeiten, Frösche und Gräben

Schon vor dem Weg zur Chile seig die Braut nümen zu finden gewesen. Bis ein Zimmermeitli das Frölein wie versteineret in einem Kellergewölbe wiedergefunden hat, in ihrer ganzen bestickten Brautstatt. Erst wie der alte Pestalozzi geholt worden ist und der vor der versammleten Dienerschaft dem Frölein eins geflätteret hat, habe es sich verwunderet umgeluegt und gefragt, wie es itzt plötzlich von dem alten Wald in den Keller gekommen seig? Da heigen schon die Glocken geläutet, und das Frölein heig gesagt: «Jesses Maria», und seig nach draussen in die Kutsche gerannt, der Vatter hinterher, innen drin haben schon die Brautjumpferen gewartet. Der Kutscher hat mit der Peitsche gechlöpft, und dann haben sie es im gestreckten Galopp grad noch bis zum letzten Glockenschlag vor das Grossmünster geschafft.

Im Zunfthaus zur Gerwe an der Hirschengasse seig die Hochzeitsgesellschaft dann bewirtet worden. Und wo die frischgebackene Frau Römer echli verwirrliche Conversation gemacht habe und sich manchmal umgetrüllt und auf einen Vorhang gezeigt und laut zu ihrem frisch angetrauten Herrn Stadtrat gesagt hat: «Mich wunderet, was wohl hinter dieser langen weissen Flechte versteckt ist?», so hat das die Festgesellschaft dem impressionablen Geist der jungen Dame zugeschrieben, wo wohl allzu vill Novellen gelesen heig. Und man heig sich bald darauf geeinigt, dass das Füehren von einem rechten Haushalt wohl keine Zeit für derartigen Müessiggang mehr lassen würd.

Zum nächsten Zwischenfall ist es gekommen, wie der Bräutigam seine Braut am Abig zu den Feierlichkeiten in ihrem neuen Haushalt in seinem nahen Haus an der Trülle heig füehren wellen, das gesamte Polizeikorps seig mit Nägeli in den Chnopflöchern von den Uniformen entlang dem Fröschengraben Spalier gestanden. Die neue Frau Römer habe einen einzigen Blick auf den Fröschengraben geworfen, dort einen Frosch gumpen gesehen und tuschüst angefangen zu goissen wie am Spiess, öppis von bleichen Froschbäuchen, die täten auf ihr hocken und sie vertrucken, und es schmöcke nach heissem Blei, und sie habe geschrien: «Nein! Der Frosch! Nicht der Frosch!» Wie eine Webstüblerin habe sich die Frau Römer aufgefüehrt, und das Polizeikorps seig dagestanden wie bestellt und nicht abgeholt. Erst wie der Herr Stadtrat es aufgegeben und seine neue Frau halt über den Rennweg zu ihrem Haus gefüehrt habe, sei sie ruhiger geworden. Und dann im Haus zur Trülle habe der Herr Stadtrat mit seiner Frau, man stelle sich vor, durch den Dienstboteneingang gehen müessen! Der Haupteingang ist eben gegen den Fröschengraben gelegen, und dort heig sich die neue Frau Römer atupri geweigeret entlangzugehen. Ein Geschrei «Nicht, der Frosch!» und «Iiih, der weisse Bauch» habe es in der Nacht noch einmal gegeben, innerhalb der ganzen Stadtmauern habe man es gehört.

Bis hierhin hat der Krämer dem Jakob von der Hochzeit vom Herrn Stadtrat Römer mit dem Frölein Anna Pestalozzi verzellt. Was natürlich nicht bis nach Finstersee gelangt, aber trotzdem interessant ist: Der Herr Stadtrat hat schon am nächsten Tag, recht übernächtigt und unzufrieden hat er ausgesehen, seinen Freund, den Stadtingenieur Arnold Bürkli, herbeizitiert. Guet zwei Jahre später, nach langem Planen und Beraten und Bewilligungen einholen, ist der Fröschengraben aufgeschüttet worden, und wieder guet zwei Jahre und neun Mönet nach der Hochzeit hat dann der Herr Stadtrat endlich den ersten Nachwuchs im Haus zur Trülle begrüessen dürfen.

Der ticke Bauch

Der Jakob geht ob dem ticken Bauch erst, wo dem Elsie einmal der Zmorgen obsi kommt, ein Liecht auf: «Verreckt am Schatten!» Itzt müesse in Gottsnamen die Lina noch einmal luegen. Der Jakob lässt die Chüe ungemolken hocken, dass der Chnecht bald ob der Brüllerei vom Feld weidlet. Da ist der Jakob schon lang bei der Lina, und die willigt nach langem Hin und Her ein.

Der Jakob und der Chnecht müessen sich umtrüllen und ghören die Lina hantieren und das Elsie murmlen, bis die Lina meint, sie könnten sich wieder umtrüllen. Es gäbe wohl ein Meitli, wohl öppen in vier Mönet.

«Verreckt», meint der Jakob schon wieder, und der Chnecht sagt nüt und zieht die Schultern ein, und dann trüllt sich der Jakob um und ginggt an den Türrahmen vom Stall und schreit: «Huerenseckel, verfötzleter», und packt das Elsie, wo immer noch tumm vor dem Stall am Boden liegt und lupft sie auf und rüehrt sie grob in ihren Verschlag im Stall, neben die halbfertig Stickerei von öppisem, was ausgseht wie hinter Eibenästen fürenluegende Vogelflügel.

Die Lina soll das nicht öppen im Dorf verzellen!, meint der Jakob, und wie die Lina daraufhin eine Hand ausstreckt, fluecht er und hänkt ihr all Schlötterlig an und truckt ihr dann aber doch nach langem im Brustsäckel Grüblen einen Räppler in die Finger.

Wenn so ein Bauch wächst und öppis darin anfängt umenzugingen, und wenn später so eine junge Frau nicht mehr weiss, wie liggen, weil immer der Bauch im Weg ist, und spätestens wenn es anfängt, mit Chrämpfen weh zu tuen, würde man meinen, dass eine jede aus so einer Umnachtung verwachen und gottsjämmerlig heulen und stöhnen würde. Und das Elsie hat ja auch Chrämpf und schreit und weiss nicht, wie ihr passiert, aber eben hockt ihr immer der vefötzlete Schrei im Hals, und drum sagt das Elsie nüt, und eine halbverdunstete Träne klebt ihr in den Augen, drum gseht das Elsie nur einen tunklen Wald, und in der Brust hockt ihr am schwersten das Stück vom verborstenen Herz, und so hockt das Elsie zwischen grauen Stämmen und Flechten, da kann sie um Hilfe rüefen, so lang sie will. Nur ab und zue gseht das Elsie hinter einem Stamm eine lange Nase oder einen Schnabel und schleikt sich derzue, aber dann ist es jedes Mal nur eine besunders alte Flechte gewesen.

Der Jakob hat den Chnecht, wie es so weit gewesen ist, zur Lina geschickt und hat einetweg gemeint, vill anders als bei einem Ross und bei einer Chue könne das wohl nicht vonstatten gehen. Das Elsie kommt kaum mehr fürsi, derart tuen ihr Kreuz und Füdli weh, sie kauert sich über ein Moosbeet, und es muess wohl angefangen haben zu regnen, das Elsie ist bachnass, und dann reisst es sie abenand, bis das Elsie nümen weiss, wo oben und unen ist, und wie es ihr Füdli verreisst, verreisst es sogar den Himmel. Für einen Moment gseht das Elsie derhinter einen Mann und weiss: Der Jakob, der Jakob und das Rösli, und derhinter das Klärli, und ein bluetiges Öppis, mitsamt einem Beeri oder dem fast verwehten Schrei vom Jenischen ist ihr das herausgerutscht, das bluetige Öppis luegt ihr blind und grau in die Augen, das Elsie luegt zrugg und schreit nach dem Frölein Sophie und verliert die Besinnung.

Und der Jakob hockt blöd da, mit dem bluetigen Öppis in den Fingern, das müesste doch schreien, weiss wie Milch ist es unter all dem Bluet. Der Jakob hat schon lang gerechnet, dass das nicht lohnt, und packt das bluetige Öppis von dem jenischen Fötzel rund ums Kinn und will schon trüllen, sogar, wie noch die Nabelschnuer zwischen den Beinen vom Elsie lampet.

Aber da tüpfen die Augen von dem Öppis hellgrau die vom Jakob, und der trüllt nicht, sondern lockeret seinen Griff, und dann kommt ihm das Augenwasser, und er streicht über die verschmierte kleine Backe und schürgt dem Elsie ihre bluetigen

Beine zusammen und zieht ihr Gwand darüber, so weit das mit der immer noch klebenden, blauen ticken Schnuer überhaupt geht, und hockt sich mit dem stummen Bündel neben sie.

Der Jakob legt sogar einen Arm um dem Elsie seine Schulteren und hockt da, bis er laut sagt: «Also guet. Demfall. Sophie. Söphe. Söpheli», und dann legt er das blutte Bündel dem Elsie an die Brust und hält es dort still, und das Söpheli fängt stumm und still an zu saugen, bis es einschläft und der Jakob das Bündeli samt Bluet und Gschmier zu sich in den Mantel packt und meint: «Weisch, Söpheli, wenn erst das Ross kommt, weisch, ein rechtes Ross, nöd so ein Ackergaul wie der vom Sauschaagg, und wenn erst die erste Lieferung gefahren ist, dann bekommst du ein Chrägli aus Sankt Galler Spitze und kannst die teuren Stickereien vom Elsie grad selber anlegen. Kutschieren lernst du auch, und das Ross, das hat dann ein ganz glänziges Fell, und wenn es auf der Weide steht, gseht man jeden Muskel, und wenn es den Chopf lupft oder senkt, gseht das aus wie der Hals von einem Schwan, und wenn wir im Dorf vorbeigehen, lupfen die Leute den Huet, bald gibt es ein zweites Ross, und am End kaufen wir uns einen Hof, du und ich, gross wie früehner der Bostadel, und dann fahren wir vierspännig in einer Kutsche bis nach Zürich.»

Und dann nimmt der Jakob zuerst selber einen grossen Schluck aus der Flasche mit dem Franzbranntwein, bis er einen grossen Gutsch über ein Stück Hanfschnuer leert und mit diesem über dem Bauchnabel vom bluetigen Söpheli einen engen Chnopf in die ticke, blaue Nabelschnuer macht. Dann nimmt er ein Messer und zieht oberhalb vom Chnopf einen Schnitt.

Zum Glück ist das einer von den letzten einigermassen warmen Tagen anfangs November gewesen, und geregnet hat es auch nicht, so dass der Jakob, wie der Chnecht mit der Lina gekommen ist, das Elsie dann bald auf ein Tuech vor dem Stall auf die Wiese gelegt hat – die Lina hat sich geweigert, auch nur in die Nähe von dem Stall zu luegen, geschweige denn einen Fuess da drein zu setzen. Der Chnecht müess heiss Wasser richten und sonst im Haus bleiben, und er könne das bluetig Balg mitnehmen und waschen, für das seig es sowieso unter dem Jakob seinem Mantel zu kalt, und dann hat die Lina gemeint, der Rest vom bluetigen Gschlüder gehöre mitsamt dem dreckigen Stroh verbrannt, und der Jakob gehöre itzt umgetrüllt.

Er hat dann nur noch gesehen, wie sie eine Nadel und einen Seidenfaden fürengekramt und neben die Schüssel mit dem heissen Wasser auf ein sauberes Tuech gelegt hat. Wie das Elsie bei der Näherei wieder zur Besinnung kommt und anfängt zu schreien, so ist der Jakob fast froh. Immerhin schreit das Elsie und ist nicht die ganze Zeit blöd am Murmlen. Und das Elsie, wo jetzt nur noch zwei von den fauligen Beeri in sich hat, gseht wirklich nicht nur Eibenwald, sondern dervor die Lina und die Wiese und den Jakob wie hinter einem tünnen Schleier, und jedes Mal, wenn die Lina sticht, verblasst der Wald derhinter.

Wie die Lina den Jakob geheissen hat, sich wieder umzutrüllen, hat das Elsie schon einen Verband wie Windlen zwischen den Beinen gehabt, und die Lina hat gemeint, sie käme in zwei Wochen, zum die Fäden ziehen, und das Elsie gehöre für mindestens fünf Wochen jeden Tag frisch verbunden, so, und die Verbände gehören jeden Tag von einem Viertelstundenglockenschlag bis zum nächsten lang ausgekocht, und beim Wechslen solle der Jakob nicht öppen beim täglichen Gutsch Branntwein zwischen die Beine sparen, so.

Wenn der Jakob dem Elsie jetzt auch ein sauberes Bett mit neuem Stroh in seiner Chammere richtet und das Elsie nümen ebigs nur im Stall liegt, sondern wieder im Haus am Stickrahmen umensticht und das ebige Gemurmle aufhört, so ist das Elsie doch nie mehr so wie früehner, sondern sagt nüt und singt nie und verrichtet kaum ein Tagwerk ausser sticken. Und derbei stiert sie wie immer durch die Wand, der Jakob kann schüttlen, wie er will.

Der Jakob und der Chnecht hätten wohl beim besten Willen nie herausgefunden, dass dem Elsie zwei Beeri in der Brust faulen und das Elsie drum die Welt nur gseht, als wär sie ein tünner Schleier und derhinter nüt als ebiggleiche tunkle Baumstämme mit grauen Flechten. Und es ist eben eine Gemeinheit sondergleichen, geht es in der Welt so zue und her, dass wenn einer sich in einem tunklen Wald unter einem grauen Himmel verlaufen hat und selber inwendig schon ganz grau geworden ist, dass der dann von allen einfach liggen gelassen wird.

Die Linien im Finstersee

Wo der Chnecht mit dem gebadeten und in ein Tüechli gewickleten Söpheli auf dem Arm wieder aus der Tür gekommen ist, grad wie die Lina fertig gewesen ist mit Nähen, hat sie sich schon wieder bekreuzigt: «Himmelhilfmaria», das Chind heig ja gar kein rechtes Maul, sondern nur ein Beeri, genauso eins, wie dem Elsie rechts und links vor den Augen hänken, ob das wieder niemert gsähe? Und dann sprengt sie ein paar Tropfen aus einem Gütterli Weihwasser auf das Chind, aber das Söpheli hat nur ein paarmal ihre hellgrauen Augen auf und zue gemacht. Die Lina ist abgeschlichen, und der Chnecht hat wieder einen Vogel hinter ihr her gezeigt, auch wenn es ihm gschmuch gewesen ist, und der Jakob hat mit der Schultere gezuckt.

Am Anfang haben es der Checht und der Jakob angenehm gefunden, wie das Balg nie schreit, sondern, wenn man es auflupft, mit diesen hellgrauen Schleieraugen durch einen durenluegt, als wäre man nicht ganz da.

Nicht einmal, wie der Jakob einmal einen ganzen Morgen lang vergessen hat, das Söpheli an die Brust zu hänken, hat das Balg geschrien, und das hat den Jakob dann doch gspässig getunkt. Und nach öppen einem Jahr oder zwei ist dem Jakob und dem Chnecht dann endgültig aufgefallen, dass die Söphe zwar alles anluegt mit ihrem gräutschigen Blick, aber nie öppis sagt.

So nimmt jetzt jeden Abig entweder der Chnecht oder der Jakob die Söphe auf den Schoss oder bindet sie sich auf den Rücken, je nach dem, was es noch zu machen gibt, und dann verzellt der Jakob von Rössern; söttigen, wo aus dem Norden kommen, grosse, schwarze, wo so vill ziehen mögen wie keine anderen, aber derart vill fressen, dass es nur für eine Brauerei oder ein feines Bestattungsunternehmen lohnt. Und aus Ländern, wo fast nüt wachst, stammen nervöse, wo aussehen, als wären sie aus Sand gebacken, nur Sehnen und ein ganz tünnes Fell heigen die, Hälse wie Schwäne und Nüesteren rot und gross wie je ein Herz von einer Gans. Renner seigen die und könnten, wenn es müess, vierzig Tage ohne Wasser in der Wüesti durenhalten. Wenn so einem Wüestenkönig ein Ross zu verräblen droht, weil die Reise einundvierzig Tage ginge, so lasse er lieber einen von seinen villnen Söhnen schröpfen und gäbe dem Ross das Bluet zu saufen, als dass er das Ross abtue.

Und so Rösser seigen immer wieder einmal von habigen Leuten zu uns gebracht worden, zum die faulen Freiberger chlöpfiger zu machen, und je nach dem, wie vill von so einem Wüestenross in so einer Mischung seig, renommiere so ein Ross dann mehr oder weniger und halte den Schweif gestellt und sein Fell glänze anders, und es seig eben die richtige Mischung mit so einem Schweizer Gaul, mindestens drei Generationen müess so ein Wüestenross zrugg sein, sonst seigen das böse Cheiben, und so ein Ross seig es eben, eins mit dem starken Magen von einem Freiberger, wo trotzdem den Hals hoch hält und glänzt und mit den Hufen tanzt, als stünde es auf Luft, eben so eins seig es, wo er darauf spare, für sie und für ihn.

Wenn die Söphe dem Chnecht auf den Knien hockt, so weiss dieser amigs am Anfang nicht vill zu verzellen, bis die Söphe ihn anluegt, dass ihm ist, als wär öppis, wo er derhinterkommen müess, und dann fängt der Chnecht an zu verzellen, wie er bei der Eibe ein Grab hat schauflen müessen, für einen Bueb, den heig er gekannt, seit er so klein gewesen seig wie die Söphe, und verdient habe der das nicht, weil der seiner Lebtig nüt anderes gekannt habe als Schaffen, und dann verzellt der Chnecht von bösen Leuten und davon, dass die Söphe nie, nie zu dem alten Bumbacherguet gehen soll, auch wenn da alle tot seigen, seig das kein gueter Ort, und wie er seither immer den Geruch von Eibennadeln in der Nase heig und er nüt, nüt habe machen können zum dertzumals dem Kari helfen. Und dann bindet er sich die Söphe auf den Rücken und geht den Weg entlang über das Hügeli und leert dort, wo ein chrummes Kreuz schnitzt ist, einen Schluck Bätziwasser an den Eibenstamm. Und es tunkt ihn recht gspürig vom kleinen Söpheli, wie es sich jedesmal windet auf seinem Rücken, sobald der Schatten von der Eibe sichtbar wird.

In den Stall geht das Söpheli auch gar nicht gern, da muess man sie fest an der Hand nehmen, an der rechten, weil an der linken müesst das Söpheli am Rahmen mit Loch und Schlirgg vorbei, und da wehrt sie sich. Im Stall selber truckt sich das Söpheli dann, sobald es laufen kann, möglichst schnell in die Ecke, wo am weitesten vom Rahmen entfernt ist. Sobald sie wieder an der Sonne ist, verzieht sie stumm das Gesicht, dass der Jakob ein Einsehen hat und meint, bis die Söphe echli älter seig und man ihr das Melken beibringen könne, müess sie nümen in den Stall.

Derfür fängt sie bald an, dervor zu hocken, vor allem bei trockenem Wetter, mit einem Steckli. Sie zieht Linien in den Staub. Es dauert, bis der Jakob merkt, dass da ein Ross vor dem Stall im Staub liegt, also eigentlich gseht man nur Rumpf und zwei Vorderbeine, die strecken sich in die Luft, die Nüesteren sind gebläht und der Hals gereckt wie der von einem Schwan.

«So geht das Hinterteil, Söphe», meint der Jakob und zeichnet eine Kruppe und zwei Beine. Der Jakob zeichnet aber nicht derart guet, und so wirkt das Ross alsbald geknickt, und die Nüesteren so, als würd das Ross im Todeskampf wiehern. Dem Jakob wird gschmuch, er verwischt die ganze Zeichnerei mit seinem Absatz. Das macht aber der Söphe nüt, der Jakob und der Chnecht finden bei trockenem Wetter fast jeden Tag Zeichnungen vor dem Stall oder wo sich sonst eine staubige Fläche bietet.

Chüe zeichnet das Söpheli immer wieder und öppendie einen Bueb derzwischen, da weiss man nicht, ob der die Chüe haut oder von ihnen vertruckt wird. Und Wälder, mit knorrigen Baumstämmen und mit Flechten, die sehen aus wie versteinerete Bärte von Gesichtern, wo schon hundert Jahre darauf warten, dass sie öpper aus diesen Bäumen befreit.

Und jetzt muess man dem Jakob öppis zuguet halten: So verbissen der auch spart und ihm lieber ein Zahn ausgheit und dem Chnecht zwei, als dass er einen neuen Topf Sauerkraut kaufen würd im Winter, so wird es ihm doch anders ums Herz, wenn er dem Söpheli zueluegt, wie sie ebigs Linien zieht, wo der nächste Windstoss grad wieder verwischt. Und so bringt der Jakob, an einem Tag, wo er von Menzigen zurückkommt, dem Söpheli einen richtigen Graphitstift mit und ein Messerli, zum den anspitzen, und dann bekommt das Söpheli das tünne Papier, wo die Musseline für das Elsie darin eingewicklet gewesen ist, darauf zeichnet sie Vogelflügel und einen Mann in einem fremdartigen Sunntigsstaat und mit langer Nase, der luegt scheps in einem armseligen Stall hinter einer Chue füren, wo recht dem Rösli gleicht.

Es geht dann fast sieben Wochen, bis das Elsie wieder einen Eibenwald zusammengestickt hat, und noch eine Woche zum den Stoff auslüften, und drum insgesamt fast acht Wochen, bis der Jakob den Stoff vom Elsie wieder in das Papier mit der Zeichnung vom Söpheli darauf einwicklet und nach Menzigen zum Krämer geht und dem Söpheli endlich ein neues Papier mitbringen kann.

Und wie der Jakob dann wieder nach öppen zwei Mönet zum nächsten Mal zurückkommt, so meint er zum Chnecht, das Balg könnte sich wie das Elsie am End doch noch lohnen oder immerhin öppis an ihre Kost verdienen: Der Krämer habe nämlich verzellt, er heig das letzte Mal nach dem Jakob grad ein paar Leute aufs Mal in seinem Laden gehabt, und der Stoff seig noch dagelegen, im Papier mit der Zeichnung eingeschlagen. Und da habe die erste Kundin gemeint, wieso sie nicht auch so ein gezeichnetes Einpackpapier haben könne, und die zweite habe gemeint, ja, das Motiv seig zwar gspässig, aber die Chue sehr schön getroffen, auch wenn der Mann mit dem Schnabel gfürchig luege, und sie well auch eins. Und itzt habe der Krämer gemeint, er well das reproduzieren, und wenn eine Kundin dann ein bedrucktes Einwickelpaper well, so schlage er einen Rappen drauf, und pro zehn verkaufter Einwickelpapiere könne der Jakob einen Räppler haben, und da habe der Jakob gemeint: «Pro fünf einen!», und eingeschlagen.

Und so hilft nicht nur die Söphe an ihre Kost, es verbreitet sich auch das Gesicht vom Mann mit den Vogelflügeln über die nächsten paar Jahre stetig in der Gegend, genau wie die Zeichnung, wo das Söpheli als nächstes macht, nämlich die von der Frau, wo ein Baum hindurengewachsen ist.

Das Söpheli ist, je älter sie wird, trotz dass sie nüt sagt, bei den Finsterseern nicht leid gelitten. Im Gegenteil, der Sauschaagg ist sogar einmal mit einem Schnäfel Speck auf die Pacht gekommen und hat gemeint, das Söpheli seig ihm jederzeit willkommen, die letzten drei Tage seig sie nämlich bei seiner besten Sau gehockt, die seig numen mehr röchlend umengelegen, und er habe schon Angst gehabt, er müess sie abtun, und heute Morgen habe er die Söphe beobachtet, wie sie der Sau öppis aus der Klaue gegrüblet heig, und itzt seig die Sau schon weniger am Röchlen.

Auf die Leutsch geht die Söphe aber nicht nur in fremde Höfe – nur zum Obstmeier darf sie nicht, das hat der Jakob ihr eingebläut –, amigs hockt sie auch einfach mit einem Stecken in der Hand am Finstersee.

Schlimm wäre gewesen, hätten sich die Finsterseer in den Chopf gesetzt, das stumme Balg mit dem gspässigen Blick wirke einen Hexenzauber am See, und das Wasser werd sicher wieder schlecht. Aber die Dörfler lassen die Söphe am Finstersee stehen, und was sie dort macht, ist weder tumm noch ein Zauber, sie steht nämlich immer nur am See, wenn sie kein frisches Papier hat und wenn nach einem Regen keine staubige Fläche zu finden ist, zum mit einem Stecken dreinzeichnen, und zeichnet stattdessen auf das Wasser.

Und so versinken bald der Eibenwald, wo durch eine Frau duren wächst, und Chüe mit weichem Schnauf und immer wieder ein Mann mit einem Zylinder und einem Schnabel statt einer Nase in unsichtbaren Linien im Finstersee und bleiben dort nicht hocken, säbige Linien, sondern zwängen sich durch Chieselsteine bis in die Sihl, wo sie wohl dureinandgefötzlet werden, und treiben bis in die Aare und zeigen villicht beim Vorbeifliessen einem aufmerksamen Beobachter einen Vogelflügel oder werden von einer Fabrik hereingesogen oder landen in einem Viehmagen oder bilden in einem Strudel das Abbild von einer Wurzel, wo sich in eine pringe Frau verwandlet, und kringlen sich bis in den Rhein hinab und noch weiter.

Ennet dem Hag ist es grüener

Das glänzige Ross vom Jakob, wo nach so villnen Jahren endlich auf seiner türren Wiese steht, hat sich getrüllt und zwei Maul voll trockenes Gras gefressen und mit dem Schweif gegen ein paar Bremen geschlagen. Die hocken immer genau dort zwischen die Hinterbeine, wo es mit dem Schweif nicht hinkommt. Nicht einmal Buckeln hilft. Es ist heiss, Flügen wollen ihm in die Augen kriechen. Das Ross schüttlet ein paarmal nervös den Chopf und trabt Runden auf der kleinen Wiese, immer dem Hag entlang, und sobald es stehen bleibt, sticht und summt das wieder, und ist denn da sonst nienets kein anderes Ross mehr, ist es wirklich ganz allein? Das Ross wieheret, das Ross kann kaum mehr aufhören mit dem Wiehern und lupft derzwüschen immer wieder seinen Hals, zum so hoch wie möglich luegen, aber da ist nur die türre Wiese und links und rechts und derhinter Wald und vor ihm das Gatter und eine elende Hütte. Auf dem Hals vom Ross machen sich nasse Flecken breit.

Und dann bleibt es bocksteif stehen. Da stimmt ein Winkel nicht hinter dem Bretterverschlag. Da hockt ein Schatten zwischen verwitterten angelehnten Brettern und einer unbenutzten Mistkarre. Das Ross spitzt die Ohren nach vorn und luegt und luegt und hat schon lang vergessen zu wiehern. Steht da nicht ein Mann? Mit einem blauen Rock? Der hebt eine Hand, und wo vorher Summen im Ohr war, singt jetzt kein Vogel mehr, und nichts raschelt, dabei bewegt sich der Mann im schattenblauen Rock doch vorwärts, und da sieht das Ross, dass da Blumen blüehen auf dem Revers, und ist nicht das Gras grüener und saftiger, wo der Fuess von dem Mann gerade hingetrampet ist, oder ist das überhaupt ein Fuess? Und steht der Mann jetzt nicht plötzlich innerhalb vom Hag und hat doch das Gatter gar nicht bewegt? Und streicht dem Ross über die Ohren, und dem ist, als fliesse Wasser über seinen Hals, sanft und kühl, und überhaupt ist nichts mehr staubig und heiss. Und dann füllt etwas das Ohr vom Ross, es hört jetzt im Wald Bäume singen, Wasser rauscht in den Stämmen, es sickeret hellgrün, sommergrün, saftgrün, Lichterbänder glühen auf Moos, rote Beeren platzen und tropfen Saft ins Maul, und das mahlt bald schon langsamer. Weissgrüner Schaum flockt auf den Boden, ein Flackern läuft über das Fell. Der Hals ist feucht und glänzt nicht mehr, auch die Flanke nicht, das Flackern wird zum Zittern, der Waldboden liegt immer näher beim Auge, die Knie knicken, alles kippt; der grüne Waldboden auf der einen Seite derart nah, dass er schwarz wirkt, und vor dem anderen Auge: Der Baum mit den harzigen, weichen Nadeln, der Baum mit den roten Beeren, der wächst, wächst bis in den Himmel, bis er ihn ausfüllt und alles Licht schluckt und hinter ihm nur noch eine grosse Gräue hockt.

Der Jakob kommt zu spät

Der Jakob, aus dem Wirtshaus zrugg, steht weit hinter der Pacht am stotzigen Hang und zieht die Sense durch türres Herbstgras, ein Zug, Halme fallen, ein Schritt, ein Zug, Halme fallen, ein Schritt. Am Hang daneben steht der Chnecht und tuet das Gleiche. Die zwei stehen zu weit auseinander, zum beim Schaffen zu reden, aber das täten sie ja auch nebeneinander nicht.

Wie sein Fell schimmeret! Und wie schön er sich bewegt, sein Herrenross, kein so ein Ackergschwür wie sonst im Dorf. Und das nächste Mal, wenn öpper hüratet oder stirbt, beim Vatter von der Krämerin ist es ja hoffentlich bald so weit, kommt sicher der Kaplan persönlich zum Jakob auf die Pacht und fragt, ob er das Ross mit dem schimmrigen Fell vertlehnen würde, für die Hochzeitskutsche oder den Leichenwagen, das würd eben schon mehr hermachen als dem Sauschaagg sein ticker Brauner. Der Jakob würd zuerst nur sagen, er müess es sich überlegen, und so ein Ross fresse ja vill und nur teuren Hafer, und der Kaplan müesst unverrichteter Dinge wieder abziehen, bis dann die Krämerin selber käme oder so ein Brautvatter, mit einem Silberfranken in der Hand, der würd dann feierlich dem Jakob in die Hand getruckt, und der Jakob würd ohne vill Worte nicken, und die Sache wär mit einem Handschlag besiegelt.

Vom ersten Silberfranken kauft der Jakob dann einen neuen Sunntigsstaat, einen schwarzen mitsamt glänzigem Zylinder, der

Chnecht müesst anspannen, und der Jakob würd dann selber den Leichenwagen oder die Braut fahren. Und wenn sie erst bei der Molki immer das schöne Ross sehen, kommen sie bestimmt auch mit Aufträgen von Menzigen, und im Früelig wären gnueg Silberfranken gespart zum in die Stadt fahren und villicht sogar eine eigene Kutsche in Auftrag geben, obwohl: Als Erstes würd der Jakob dem Elsie ein neues Gwand kaufen, eins mit Glarner Spitze, wie schon lang versprochen eins, wie es die habigen Püürinnen tragen. Und villicht würd das Elsie das ja merken und sich freuen und auch einmal wieder öppis sägen und nicht immer nur blöd vor sich hinstieren.

Aber das Elsie hat ja nicht einmal das Ross richtig angeluegt, und jetzt rüehrt der Jakob seine Sense ins Gras und rüeft: «Gopferteckel!», trüllt sich um und marschiert mit langen Schritten zurück zur Pacht. Er stürmt in die Stube und nimmt dem Elsie die ebige Stickerei, dermal mit einer liggenden Tierflanke zwischen zwei Bäumen, aus den Fingern und lupft sie, recht unsanft, in seine Arme und schüttlet sie sogar echli und meint noch einmal: «Elsie!», und: «Es ist sones schöns Ross, mir lueget itzt nomal s'Ross an.»

Und tatsächlich richten sich dem Elsie seine Augen von der Stickerei ab und treffen fast den Blick vom Jakob, und dann sagt das Elsie: «Villicht zieht mich das Ross ja usen.»

Der Jakob freut sich derart, dass das Elsie öppis gesagt hat, auch wenn er mit ihrem Satz nichts anfangen kann, dass er sie an sich truckt und ihr sogar einen Muntsch auf die Backe gibt und so vill Worte aus seinem Maul sprudlen, als wär nach jahrelanger Türre ein Regenguss in ihm abengegangen. «Das Ross zieht ja gar nonig, sondern steht auf der Weide hinter dem Stall, und Elsie, du kannst ihm grad über den Hals streichlen, und grad gsehst du, was für ein schönes weiches Fell das Tier hat, Elsie, und du bekommst endlich dein Gwand, mis Vögeli, und es wird alles besser, habe ich nicht immer versprochen, wie alles besser wird, sobald einmal das Ross da ist?», aber dem Elsie ihr Blick ist schon wieder neblig.

Der Jakob schiebt das Elsie aus der Tür und redet weiter, dass mer jetz öpper seig im Dorf, das Elsie werde es schon gsehn und villicht drum auch wieder echli mehr merken, was passiert um es umen, und villicht die Leute anluegen und auch wieder öppis sagen, das täte sicher auch der Söphe guet, wenn das Elsie es nur einmal anluegen und öppis zu ihr sagen tät. Redet und redet, der Jakob, auch noch, wie er das Gatter aufmacht und das schlurfige Elsie vor sich herschiebt und meint, das seig itzt also eben das Ross, und das Elsie soll doch aufluegen, bitte, nur einmal soll es doch aufluegen, und erst, wie der Jakob derbei selber aufluegt, steht da weit und breit kein Ross.

Der Jakob steht tumm auf dem Blätz Gras und trüllt sich im Kreis und gseht doch nichts ausser der zerbrochenen Querlatte am schiefen Hag und ein paar Hufabdrücke, die zeigen hinter der Latte fadengrad auf das Wegli und das Hügeli und den Wald zue und wohl darüber hinaus. Ghören tuet der Jakob auch auf einmal wie abgeschnitten nichts mehr, da pfutteret kein Vogel, da summt nichts, derfür dröhnt und braust es ihm in den Ohren, so wie es eben dröhnt, wenn einer das Gefühl hat, er müesst jetzt schwanken und am liebsten schwer aufschlagen, dermit dieses ebige ins Bodenlose gheien aufhört.

Der Jakob gheit aber nicht öppen um, stattdessen lässt er das Elsie stehen und heult nach dem Chnecht. Der kommt nicht, wie soll der denn auch wie aus dem Boden gewachsen auf dem Blätz Gras stehen, wenn der doch am Hang oben die Sense zieht und «wieder rein nüt ghört, der schwerhörig Siech!».

«Söphe!» Die steht am Gatter, grauäugig und vertünnt milchbleich. «Hol den Chnecht! Nein, wart, lueg dem Elsie! Nein, hol doch den Chnecht! Hü!»

Das Elsie schlurft ins Haus zrugg und hockt schon wieder an ihrem Rahmen, wo der Jakob schon längst in den Stall gesecklet ist und das nigelnagelneue Halfter und einen Strick und ein Chessi holt, in das legt er eine Hampfle vom teuren Hafer und springt auf den Wald zue. Wie er den Galoppspuren hinterhercheibet und gleichzeitig mit dem Chesseli den Hafer hüpfen macht, dermit das Ross das ghört und weiss, es gäbe echli Fueter beim Jakob, und villicht drum käme, will er dem Ross seinen Namen rüefen. Und merkt, dass er dem Tier noch gar keinen Namen gegeben hat, und schreit darum immerzue einfach: «Ross! Ross!»

Derweilen haset das Söpheli den Hang hinter der Pacht hinauf zum Chnecht, der steht da und senset in Rueh und ist recht froh derbei, in der Herbstsonne am Hang und nicht wie am Morgen beim Elsie in der Stube zu sein: Neben dem Elsie gseht es seit Jahr und Tag immer aus, als wär alles gspässig scheps und immer himmeltraurige Nacht in einem tunklen Wald. Und jetzt, wo der Jakob endlich seinen Herrengaul gekauft hat und hoffentlich nümen ständig jeden Rappen umtrüllt, gibt es villicht einmal richtiges Brot, und wenn es hoch kommt sogar Chäs derzue und mehr als nur einen Schluck warme Milch. Und wenn der Jakob dann plötzlich doch ganz vill zu Geschäften und Fahren hat mit dem Ross und das wirklich rentiert und er villicht sogar noch ein zweites kauft oder ein drittes und gar nümen zum Puuren kommt, kann er, der Schangschagg, villicht auf seine alten Tage anfangen, auf einem Blätz selber echli öppis anzupflanzen und dermit selber auf den Markt in Menzigen gehen und selber öppis verdienen, und dann würd er ab und zue der Wirtin einen ausgeben, und villicht würd sie ihn dann wieder einmal seine Nase in ihr Dekolltee trucken lassen, das hat er seit dem Winter mit dem villnen Schnaps nie mehr dürfen.

So ist der halbe Hang schon abgegrast, wie das Söpheli hinter den vier Fichten fürenweidlet, bleich mit roten Flecken im Gesicht, und schnaufen tuet sie schwer und zieht den Chnecht am Ärmel, und wie der bedächtig die Sense ins Gras legt, packt sie ihn nochmals und zieht und schränzt und macht öppis wie «Wihhiiihii» durch die Nase.

«Huerengopferteckel, könnst auch einmal öppis sägen», meint der Chnecht, und die Söphe macht «Brrrh» und noch einmal «Wiihiii», und der Chnecht meint: «Öppis mit dem Ross?», und die Söphe nickt bleich. Da seckelt der Chnecht mit seinen alten Gliedern so schnell es geht den Hang hinab zurück zur Pacht, gseht leere Wiese und Hufspuren und fasst, genau wie der Jakob, Strick, Hafer und Chessi und will gerade über die kaputte Latte auf der Weide Richtung Wald steigen, wo schon der Jakob aus dem Wald gestürchlet kommt und schreit, der Chnecht soll dem Söpheli sagen, sie soll den Sauschaagg und seinen Braunen holen und zwar hueren tifig, und der Chnecht solle nachher sofort zur Eibe kommen mit einem Seil, man müess das Ross stechen, und da ist der Jakob schon am Chnecht vorbeigeseckelt und ins Haus hinein und mit dem schärfsten Messer in der Hand wieder heraus und Richtung Eibe gestürzt.

Wie der Chnecht echli später zum Waldrand kommt, hockt der Jakob neben dem Ross. Das liegt da und macht keinen Wank und ist patschnass vor Schweiss und hat ganz hellrote Nüesteren. Schaum steht ihm auch vor dem Maul. Über das offene Auge läuft ihm eine Flüge, die verscheucht der Jakob mit der Hand und streicht dem Ross dann über die Nase und hat das Messer in der anderen Hand und sagt zum Chnecht, er hoffe, es seig noch nicht zu spät zum «wenigstens den ...» und bringt erst beim dritten Mal das Wort «Fleischwert» über die Lippen, den gelte es noch zu retten, und ob das Söpheli verstanden habe, dass es den Sauschaagg holen müess? Der Chnecht müess jetzt dem Ross das Seil um die Hinterbeine schlingen und zuechnöpfen, dermit man es nachher mit Hilfe vom Braunen über einen Ast an den Hinterbeinen aufhänken und ausblüeten lassen könne, meint der Jakob und setzt dem Ross, wohl nicht zum ersten Mal, das Messer an den Hals.

Er schneidet nicht. Das Messer bleibt über der Kehle in der Luft schweben, die Spitze zitteret echli, und mit der anderen Hand streicht der Jakob dem Ross über den nassverschwitzten Hals, und dann sinkt seine Hand herab und lässt das Messer fallen.

«Ich chan das nöd», sagt der Jakob. «Ich chan das einfach nöd», und steht auf und luegt auf den Boden und truckt dem Chnecht das Messer in die Hand.

Wie der Chnecht sich hinhockt und dem toten Ross das Messer an den Hals setzt, trüllt der Jakob sich um und ginggt gegen einen von den villnen Stämmen von der grossen Eibe. Der Chnecht muess dreimal ansetzen und richtig säblen, und derbei fluecht er, es wundere ihn ja nicht, dass der Jakob seit all dem Bösen immer alle Scherenschleifer zum Teufel jage, aber eine Pacht, wo alle Messer ständig stumpf seien, seig einfach ein gopferteckleter hueren Seich.

Bis die elendige Rosskehle endlich duren ist und den Waldboden mit tunkelrotem Bluet tränkt und sich dieser Geruch verbreitet, nach warmem Eisen und echli süess, so wie das zu frühe Chalb vom Rösli am ersten Tag in Finstersee und so wie in der Stube an dem bösen Tag, wo der Jakob nachher dem Elsie seine Fidle verkauft hat, und so wie an dem noch böseren Tag unen an der Sihl, dort, wo jetzt all das Farenkraut wächst. Der Jakob gheit neben der Eibe auf die Knie und hält sich den Magen, und es schüttlet ihn, und er würgt und würgt, aber kommen tuet nüt.

Derbei müesst man das Ross hier und jetzt schon aufhänken und ausnehmen auch, aber derzue langen die vereinten Chräft und auch das Seil vom Chnecht nicht. Und so meint der Chnecht zum Jakob, er sölle itzt öppen aufhören mit der Würgerei und wenigstens helfen, die Hinterbeine zu lupfen, dermit er wenigstens ein paar ticke Äste unter das Füdli vom Ross schürgen könne. So echli angehoben tät das villicht doch noch gnueg ausblüeten, und der Sauschaagg könne noch öppis mit dem Fleisch anfangen.

Wie das Ross dann endlich in der einigermassen richtigen

Lage liegt, sagt keiner von den beiden mehr öppis, die ganze, lange Zeit, bis die Söphe mit dem Sauschaagg und seinem Braunen samt Schleifkummet durch den Wald bricht.

Der wirft einen langen Blick auf das Ross und auf den Baum daneben. Und dann brösmelet er leise, es tue ihm leid, aber das Ross heig ja offensichtlich Eibe gefressen, das Fleisch seig vergiftet, das könne er niemertem mehr antrüllen, und drum könne er natürlich auch nüt für das Fleisch zahlen. Aber er würd sonst dem Jakob und dem Chnecht helfen, das Ross aus dem Wald zu schleiken. Aber weil das doch ein rechtes Stück Schaffen für seinen Braunen seig und der drum heute Abig eine Extraportion Hafer brauche und man das Ross dann ja auch verbrennen oder verscharren müess, brauche der Sauschaagg also schon einen Silberfranken. Aber immerhin könne der Jakob dem Ross ja den Schweif und die Mähne noch abschneiden, das seig zwar ein schwacher Trost, aber die Söphe könne aus den Haaren noch ein Sitzpölsterli stopfen, dann seig das Ross wenigstens nicht ganz für nüt so himmeltraurig verräblet.

Der Jakob wischt sich über die Augen und murmlet: «Lass numen» in seinen Bart und echli später: «Zahl keinen Batzen.» Der Sauschaagg macht einen Schritt auf ihn zue und zieht einen Flachmann aus der Füdlitasche, trüllt den Teckel auf und hebt dem Jakob den Flachmann hin. Der nimmt einen Zug, truckt dem Sauschaagg den Flachmann wieder in die Hand und meint noch einmal: «Lass.»

Lässt die Schulteren sacken, der Jakob und den Sauschaagg, den Chnecht und die zwei Rösser stehen, also sein eigenes, schönes, glänziges liggen, trüllt sich um und stürchlet an der Eibe vorbei und nicht einmal dem Wegli entlang, sondern direkt über die Wiese und über die kaputte Querlatte, schlurpt über die Weide, macht das Gatter auf und hinter sich nümen zue, trüllt sich nach links, macht die Stubentür auf und geht in seine Chammere, wo das Elsie halb aufrecht im Bett liegt und vor sich hin stickt. Der Jakob liegt derzue, schlingt seine Arme um seine blöde Frau und legt seinen Chopf in die Kuehle zwischen ihrer Schultere und ihrem Hals und macht keinen Wank mehr. Das Elsie sagt nicht einmal öppis, sondern stickt, so guet es geht, mit dem Jakob halb auf ihr, einfach weiter.

Der Jakob mag nümen

Der Jakob ist an dem Abig beim Elsie liggen geblieben und hat vor sich hingestiert, es hat zuerst auch gar nichts genützt, wie das Söpheli am Abig mit einem Griessbrei in die Chammere gekommen ist. Und der Jakob hat auch nicht aufgelueget, wie die Söphe den Besen packt und gegen die Ecke hinter dem Elsie schüttlet, wo wie so öppendie dieser schepse Schatten im nachtblauen Rock steht, hinter ihm bewegt sich öppis, einen Moment lang meint die Söphe, sie sähe ein Rossfüdli im Tunklen. Zügel auch, die laufen bis in die Hand vom Elsie, und erst wie nach dem Mistgableschüttlen alle Schatten wieder richtig fallen und die Söphe gseht, dass das ja Nadel und Faden ist in der Hand vom Elsie, und sie den Besen wieder in die Ecke stellt, geht ein Ruck durch den Jakob.

Er huestet, lueget die Söphe an und nimmt den Brei vom Boden auf. Durch das Elsie ist auch grad ein Ruck gegangen, so einer, dass ihre Schulteren noch echli mehr zusammensacken und ihr Blick auf ihren Schoss gheit und die Hand mit der Nähnadel auch, aber derfür sperrt das Elsie dann brav ihr Maul auf, nachdem der Jakob den Stoff mit der Stickerei auf die Seite gelegt und ihr den Löffel vor den Zinggen gehalten hat.

Für die Söphe wird das ein alleiniger Abig, so ohne Jakob und ohne Chnecht und ohne Ross in der Stube. Zuerst hat sie Bauchweh, der platzt nämlich fast, ihr Bauch, dreifach gefüllt mit der Portion Griess vom Jakob, wo einfach nicht aus seiner Chammere kommt, und der vom Chnecht obendrauf, wo im Wirtshaus hockt.

Jetzt ist es ja an anderen Abigen auch nicht öppen so, dass da vill geredet würd, aber immerhin hocken da amigs noch zwei und schnaufen. Der Chnecht sälbelet meistens an einem Lederzeugs herum, und der Jakob zählt normalerweise jeden Abig mit glänzigen Augen glänzige Räppler und Franken, und seit die Söphe denken kann, lupft der Jakob, nachdem er jeden von den Franken und Räpplern wieder in seinem Beutel auf der Brust verstaut hat, die Söphe auf und trüllt sie einmal in der Luft und meint, es gehe itzt nur noch vier Jahre, drü Jahr, zwei Jahr, elf Monet, drü Monet, und dann käme das Ross. Aber jetzt schnauft niemert, und das Söpheli rangget in der Stube umen, hockt auf das Ofenbänkli, das ist zu hart, und dann auf das Bänkli beim Tisch, das ist zu gross, so für eins allein, und steht drum wieder auf und holt einen Besen und fängt an, unter dem Tisch füren zu wischen, und dann staubt sie noch das Gestell ab, wo die Heilige Schrift und das Psalmenbuech stehen.

Jetzt weiss das Söpheli auch, was machen, so ganz allein, wenn keiner zuelosen kann: Sie stellt sich zmittst in die Stube und erinneret sich an die Lieder, wo der Chnecht amigs singt, zuerst den Widiwädi Heirassa, und obwohl die Söphe weiss, dass das, was aus ihrem Maul kommt, nämlich die richtigen Wörter, nichts dermit zu tuen hat mit dem, was dann an ihren und an anderen Ohren, wenn denn solche umen wären, ankommt, singt sie trotzdem grad noch das Lied von der weissen Geiss am Berg, und am Schluss will sie, weil er so schön ist, den Abigsegen singen, den mit den vierzehn Engeln.

Im Bauch ist es schon nach der ersten Strophe gar nümen so voll und leer gleichzeitig, sondern bei der zweiten Strophe fühlt sich der Bauch eigentlich recht zufrieden an und bei der dritten warm. Aber statt am Schluss, bei der vierten Strophe, vom Engel zu singen, wo einem den Weg in den Himmel zeigt, kommen dem Söpheli plötzlich die Wörter durenand, nicht so, dass sie nur in den Ohren falsch ankommen, sondern richtig vertrüllt, in der vierten Strophe geht es plötzlich um ein blaues Manndli, das steht einem ständig im Weg und werkt zu Leide, und mit der komischen vierten Strophe ist das Lied auch gar noch nicht fertig, sondern da vertauscht der blaue Mann Griessflocken mit dem Sagmehl und rüehrt die getrockneten Weinbeeren auf den Mist und legt an die Stelle schwarzrote Beeren und zeigt einem am Schluss vom Lied, da, wo man eigentlich am Himmelstor sollte ankommen, erst recht noch einen falschen Weg, wo in einen tunklen Wald füehrt.

Da kommt doch noch der Jakob. Der packt das Söpheli am Arm, fest, aber nicht grob, und sagt, es gäb grad keinen Grund zum Jodlen, das tät ihm in der Brust weh, und sie soll sich an den Tisch hocken, er habe mit ihr zu reden.

Die Söphe weiss bald nümen, wohin luegen, derart lange sagt der Jakob dann nüt, sie rangget auf ihrem Stuehl und hockt am Schluss auf ihre Hände, dermit sie wenigstens weiss, wo sie die hintuen soll. Bis der Jakob ein paarmal seufzget. Sie, das Söpheli, seig ja verständig. Auch wenn nie nüt Rechtes aus ihrem Maul komme. Mit den Tieren könne sie ja guet und mit dem Zeichnen auch, und so werd sich wohl ein Auskommen für sie finden, auch wenn die im Dorf meinen, das Söpheli seig tumm. Aber er wisse, dass das Söpheli verstehe, was die Leute reden, und drum solle sie itzt guet zuelosen. Sie müess sich überlegen, wer ihr, ausser dem Jakob und dem Chnecht und ja, villicht ihrer Muetter, obwohl die ja, nicht wie das Söpheli, wirklich blöd seig, die liebsten Menschen seien, wohl der Sauschaagg oder villicht öppen die Lina, aber die seig halt auch schon ganz zütterlig, und das müess sie, die Söphe, wenn sie es herausgefunden habe, dann dem Jakob verständlich machen, zeichnen halt. «Weil ich», meint der Jakob, und macht eine rechte Pause und schnauft ein und wieder aus, «mag bald nümen.»

Und dann redet der Jakob auf einmal mehr, als die Söphe wohl je von ihm gehört hat. «Der Chnecht ist auch schon alt, und mit dem Elsie besseret es wohl nümen, sondern bleibt immer gleich schitter, und zum Glück bist du, wenn auch wie vertünnte Milch und mit diesen gspässigen Augen, wo man nicht zu lange dreinluegen kann, nicht wie der Fötzel geraten, sonst hätte es noch ein grösseres Geschnurr gegeben. Und dann aber ohne Chnecht und ohne mich allein auf der Pacht! Wenn da so einer wie der Obstmeier!» Der Jakob steht auf und holt sich das Bätziwasser und hockt nümen an den Tisch, sondern lauft in der Stube umenand und redet immer lauter. «Besser hagen hätt ich söllen, eins höcher, und die hueren Eibe! Und ich habe es versprochen, dir und dem Chnecht, und zuallererst dem Elsie, obwohl, dem Elsie kommt es wohl nümm drauf an, aber itzt, itzt wird es nümen besser mit Nüt. Und nicht einmal der Fleischpreis!» Der Jakob haut mit einer Faust auf den Tisch. «Und es hat einfach nicht wellen! Alles hat nie wellen!»

Dem Jakob kommt das Augenwasser. Er nimmt einen Schluck aus der Flasche und hockt wieder an den Tisch und stellt die Flasche hin und packt das Söpheli an beiden Armen. «Du muesst es nicht bis morn wissen, ein Jahr und dann noch echli hast du wohl Zeit.» Weil er, der Jakob, dem Söpheli noch eine rechte Aussteuer mache, das mache er noch, und dann, dann seig er dann öppen: «Fertig!»

Und dann schreit er nochmals: «Hueren Eibe!», der Söphe zmittst ins Gesicht, aber die zuckt nümen zusammen, sondern löst eine Hand vom Jakob seinem Arm und streicht ihm über die Backe, und der meint, die Söphe solle ins Bett, oder besser im Stall zu den Chüe kriechen und das Elsie auch grad mitschleiken. Er heig itzt noch mindestens eine ganze Flasche Bätziwasser zum Leeren und garantiere für nüt.

Da steht die Söphe auf und trüllt sich an der Stubentür noch einmal um und luegt zurück und gibt sich wie jedesmal Mühe, ihr Sätzli besonders klar zu sagen, nämlich: «Ich han gar nie es Ross welle!»

Aber wie immer verfötzlet öppis Unsichtbars die Wörter auf dem Weg aus ihrem Hals und Maul, bis sie an den Ohren von öpper anderem angekommen sind, und mischlet sie derart durenand, dass sie sogar an den Ohren von der Söphe gar nümen wie Wörter tönen, sondern mehr wie Öpfelmues, wenn Öpfelmues tönen könnte. Der Jakob luegt jedenfalls nicht einmal auf, und die Söphe hockt wirklich mit dem Elsie in den Stall und ghört vill später, wie der Chnecht vom Wirtshaus zurückkommt und sich statt ins Haus auch in den Stall schleicht, und so liggen der Chnecht rechts und sie links vom blöden Elsie im Stroh und schlafen schlecht. Der Chnecht schnarcht und hat immer wieder Aussetzer beim Schnaufen, und nach Schnaps stinken tuet er auch, und die Söphe wälzt sich im Stroh von rechts nach links, und immer sticht öppis. Nur das Elsie, das liegt wie immer da, als ob sie alles nüt angehen würde.

Die Eibe

Der Jakob steht am nächsten Morgen noch früher auf als sonst und steckt zuerst seinen Chopf in die Vehtränke. Schliesslich packt er Säge und Beil und schwankt über das Wegli, wo beim Eingang zum Wald das Ross fast genauso liegt wie gestern. Fast genauso, weil gestern die Ameisenstrassen gefehlt haben. Und über das einte Auge, das wo gegen den Himmel stiert, kriechen schon am frühnen Morgen Flügen.

Wie der Jakob parat vor der Eibe steht, überlegt er sich, ob er noch öppis sagen soll zu dem elenden Drecksbaum, aber dann speuzt er nur auf den Boden und fängt an, auf einen der sieben Stämme dreinzuschlagen. Trotzdem der Schädel vom Jakob noch hueren weh tuet, sitzt jeder Schlag, zuerst in weissen Splint, bis eine Kerbe breit bis ins rote Kernholz langt, wo fast so rot wie das Bluet, wo gestern dem Ross aus dem Hals gequollen ist, aus all dem Weissen blitzt.

Genau wie sich am Tag vorher ein Geruch verbreitet hat, wo immer noch in der Luft hängt, steigt jetzt mit jedem Schlag ein anderer aus der Wunde am Stamm, dringt dem Jakob in die Kleider und saugt sich ihm in den Schnauf, ein Geruch nach villnen hundert Jahren. Derart weit langen die Wurzeln, und so vill Boden halten die zusammen, wer weiss, ob in diesen villnen hundert Jahren nur diese eine Welt dagestanden hat, diese, wo die Pacht draufsteht und Rösser und Seen und Kaplane, oder nicht doch auch eine, wo nur ein grosser Eibenwald und alte Flechten wachsen.

Der Jakob beilt stur weiter und zieht schliesslich durch den ersten Stamm seine Säge, hin und her, und genauso zieht es ihn füren und hindern, zu seiner Hochzeit mit dem Elsie und wie sie sauren Most getrunken haben mit der Köchin vom Herrenhaus, und wie schön das Elsie ausgesehen hat, mit dem Blüemlikranz in den Haaren, und füren zu dem toten Ross, und zrugg, derbei hat sie nur ein einfaches Schlüttli angehabt. Und hat nicht das Elsie von dem Frölein Sophie einen Batzen bekommen, für ihr Hochzeitskleid? Und hat sie den nicht direkt zum Jakob gebracht? «Fürs Ross», hat das Elsie doch lieb gesagt und ihm einen Muntsch gegeben, zmittst aufs Maul. Und der Jakob hat sein Tuech aufgeknöpft und den Batzen zu den wenigen anderen gelegt, und dem Elsie den Muntsch grad zurückgegeben, und hat nachher das Elsie nicht öppis gesungen, wie es eben nur das Elsie kann?

So, dass einem das Herz aufgeht, wie ein Vögeli hat das Elsie amigs gesungen, ein weisses, so weiss wie das Holz vom Splint ist dem Elsie sein Dekolltee immer gewesen, und genau so ein weisses Vögeli hockt jetzt neben dem Jakob und luegt ihm mit blitzschwarzen Augen zue, wie er sägt, hin und her, auch das Vögeli hüpft hin und her, bis der Jakob seine Säge weglegt und hinterhersteigt, zuerst auf den Chilenturm, der läutet Hochzeitsglocken, da hüpft das Vögeli schon weiter und der Jakob hinterher auf eine Wiese und dort auf das Füdli von einem glänzigen Ross, das cheibet ab in den Wald, das Vögeli flatteret oben drüber mit, und der Jakob haset hinterher bis zu einer grossen Eibe, dort hockt einer, wo verbissen an einem Stamm sägt. Und derbei, gseht der Jakob, hockt dem doch das schöne Vögeli auf der Schultere und lässt sogar ein Blüemli von seinem Schnabel in seinen Schoss gheien, aber der verhockte Tubel merkt nüt und hat auch kein Musigghör, wie ihm das Vögeli ins Ohr singt, sondern sägt nur stumpf und stumm.

Schliesslich hüpft das Vögeli hinter die Eibe, und der Jakob springt am Tubel und einem toten Ross vorbei und hinterher und steht zumal auf einem recht grauen Weg: Es ist wohl Abig geworden über all dem hinter dem Vögeli Herrennen – und bewegt sich da nicht öppis, weit hinter ein paar Ecken auf dem grauen Weg, wohl eine Kutsche, gezogen von einem glänzigen Ross, und sitzt darin nicht eine Frau, eine wo der Jakob kennt, in- und auswendig kennt er doch – und will grad losrennen, da zupft den Jakob öpper am Ärmel. Er habe itzt also gnueg gebeilt und gesäget, sagt die Söphe glasklar. Und es seig ein Wunder, dass niemert vorbeigekommen seig, so blank habe die Beilerei durch den ganzen Wald gegellt. Und die Eibe gehöre ihnen doch gar nicht. Und dieser graue Weg, der fange amigs auch neben dem Türrahmen im Stall und immer hinter dem Elsie an, ob der Jakob den noch nie gesehen habe, es seig ein gfürchiger Weg. Ausser einem gspässigen Mann mit einer langen Nase und in letzter Zeit einem Ross, wo weit weg eine Kutsche mit einer Frau darin zieht, heig sie noch nie niemert darauf gesehen, und sie nehme immer die Mistgable oder einen Besen und verscheuche den Mann, der hocke öppendie im Stall in einem Ecken oder stehe hinter dem Elsie. Aber sie seig ja jetz noch rechtzeitig gekommen. Und daheim gebe es Chabis zum Znacht. Und wenn er das Ross da noch lang liggenlasse, könne man bald nümen einmal das Fell mehr brauchen.

Der Jakob luegt an sich hinab, als fände er es gspässig, im Wald aufzuwachen statt in seinem Bett. Und dass er die Söphe gerade verstanden hat, wunderet ihn nicht einmal, sondern villmehr, wo die ganzen Blateren an seinen Kläpen herkommen. Bis sein Blick auf das tote Ross gheit und auf die Eibe. Immerhin blüetet in der schon ein tiefer Schnitt. Der Jakob speuzt auf den Boden, trüllt sich um, packt die Söphe an der Hand und humplet heim. Sein Rücken ist steif.

In der Stube hockt er zwar mit der Söphe und dem Chnecht an den Tisch, aber wie die Söphe ihm Chabis in sein Chacheli pflatscht, luegt er nicht einmal auf und sagt auch den Abigsegen nicht. Der Jakob trinkt nur seine Milch, und so löfflen die Söphe und der Chnecht stumm wie Mäuse ihren Chabis, bis die Söphe schliesslich den Chopf schüttlet, das Chacheli vor dem Jakob wegnimmt und vor den Chnecht hinstellt. Da schnauft der Jakob einmal tief, steht auf und geht ungewaschen zum Elsie in die Chammere zum Liggen.

Am nächsten Morgen gellen in aller Gräui schon wieder Beilschläge über das Hügeli. Die Söphe muess dem Jakob seine Rösti bis neben das tote Ross bringen und ihn die ganze Zeit anlangen, dermit er sie löfflet, weil er, sobald die Söphe ihre Hand von seinem Rücken nimmt, den Löffel ablegt und nach der Säge langt und seine Augen weit bis hinter den Eibenstamm gehen.

So steigt der Jakob jeden Tag dem weissen Vögeli nach, und jeden Abig dauert es echli länger, bis der Jakob an der Hand von der Söphe wieder neben der Eibe steht, wo auf dem Auge von dem Ross keine Schnecken und Raupen mehr kriechen. Da ist auch gar kein Auge mehr, stattdessen wimmlen Maden, und das Fell vom Ross glänzt auch nümen, sondern gseht tunkel aus und ist aufgebläht und bewegt sich von innen wie von selber, und derbei verbreitet das Ross einen Geruch, der vermischt sich derart mit dem von den Eibenstämmen, die Söphe muess immer durch ihr Maul schnaufen, wenn sie den Jakob am Abig abholen kommt. Kein Wunder, meint sie, heig der Jakob keinen Appetit mehr, wenn er den ganzen lieben Tag lang in dem Gestank hocke.

Aber wie will so ein pringes Meitli wie durchsichtige Milch auch einen ausgewachsenen Mann von öppis abhalten – auch wenn der immer mägerliger wird und die Söphe öppendie meint, man könne schon fast durch ihn hindurenluegen, direkt auf den Weg, wo nienets anenfüehrt. Und sowieso kann die Söphe nicht den lieben langen Tag dem Jakob den Klapen heben, mit dem ganzen Misten und Euter sälbelen und einer Muetter, wo kaum öppis Rechts tuet und meistens vor sich hin stieret. Erst wenn amigs der Jakob wieder ohne Znacht und ungewaschen in seiner Chammere verschwunden ist und der Chnecht sich ins Wirtshaus getrollt hat, nimmt die Söphe Ölfunzel, Papier und Graphitstift, und dann fallen Vögel über ein Ross her, Nasen sind eigentlich Schnäbel, und Frauen kutschieren in endlosen Eibenwäldern und finden nicht heraus.

Ein paar Tage später in Menzigen meint der Krämer zum Chnecht, er wisse also nicht, ob ein söttiges Blatt itzt so einen Absatz fände, das seig derart tunkel und gspässig. Erst wie der Chnecht das Blatt wieder einpacken will, grüblet der Krämer doch hastig den Franken füren. Da hat der Chnecht einen seltenen Geistesblitz und meint, er well für die Blätter ab sofort einen Franken fünfzig. So geht der Chnecht auf dem Rückweg ins Wirtshaus und bekommt dank der fünfzig Rappen sogar einen richtigen Schnaps, und wie die Wirtin zu ihm hockt, verzellt er von der Söphe und wie die gschaffig seig, auch wenn halt echli blöd wie das Elsie, und wie der Jakob immer durchsichtiger wird und das Maul kaum noch abenand bekommt und jeden Tag nur noch die Eibe versäblet, was der mit der wohl well. Am Nebentisch hockt der Obstmeier, reibt sich den Schmalz aus den Ohren und trinkt derbei selber höchstens Most.

Es dauert eine rechte Zeit, bis der Jakob wieder öppis anderes macht als an den ticken sieben Eibenstämmen umenzusägen. In der Zeit reisst das Fell vom Ross auf und befreit einen Pelz von Maden aus dem Tier und schrumpft in trockeneren Fetzen über weisslichen Knochen zusammen, derweilen alle Pflanzen rundumen verräblen.

Aber der Mann, wo da sitzt und jeden Tag echli langsamer die Säge durch einen von den Stämmen zieht und jeden Tag ausgseht, als wär er echli weiter fort von allem, der luegt mit keinem Blick auf Maden, Fell und tote Pflanzen, sondern fängt an, wie endlich der siebte Stamm umgheit, Äste abzusäblen und die kleineren über die Fellfetzen und die Knochen zu schichten und die Stämme alle öppen anderhalb Meter zu versägen. An einem Morgen kommt er sogar mit dem Sauschaagg und dem Chnecht und dem Sauschaagg seinem Braunen.

Und auch wenn der grosse Braune zuerst echli scheut, niemert weiss recht, ob es ist, weil es wegen der Eibe derart stinkt oder wegen dem, was unter den Eibenästen liegt, so lässt er sich dann doch die Stämme an den Ziehkummet schnallen, und mit villnen Hü!'s und Peitschenknallen geht es einen ganzen Tag, bis alle Stämme und grösseren Äste auf der windabgelegenen Seite von der Pacht unter Tach und Fach sind.

Wo es eintunklet, leert der Jakob echli Öl über den liggengeblieben Haufen tünner Äste und nimmt einen rechten Schluck aus einer Schnapsflasche. Wie der Haufen brennt, hockt der Jakob, so nah es die Hitze erlaubt, an das Feuer und macht, ausser dass er ab und zue einen Schluck nimmt, keinen Wank. Der Jakob stieret in die Funken und Flammen, und steht erst, wo am Boden nichts mehr glüeht und es am Himmel graut, wieder auf, schwankt über das Wegli Richtung Pacht und stürchlet in die Chammere, wo er neben dem Elsie ins Bett gheit, ein Arm kommt über ihren

Stickrahmen zu liggen, sie stiert wie immer durch die Wand, und der Jakob schläft ein und bleibt liggen wie ein Toter. Die Söphe streicht ihm nur die Haare aus dem Gesicht und lässt ihn sonst den ganzen Morgen neben dem Elsie liggen.

Wie die Söphe am Nachmittag in die Chammere kommt, schnarcht und stinkt der Jakob immer noch, und dem Elsie ihr Eibenwald wuecheret von ihrem Stickrahmen über seinen Hemdsärmel bis hoch unter seinen Kragen, und die Söphe muess den betrunkenen Jakob von Stoff und Rahmen freischneiden und hat fast eine ganze Stunde, derart dicht sind die Stiche genäht.

Öppen zweieinhalb Monet ist der Jakob nachher noch richtig am Schaffen, mit einem vertlehnten Schäleisen und einem Zugmesser zieht er mit einem Stein im Gesicht Rinde und weissen Splint von den Stämmen. Wenn es am Morgen grauet, ist er schon daran, und am Abig muess die Söphe ihn jedesmal holen.

Blateren hat er an den Kläpen und bluetige Finger, und wo Splitter die Haut durenstechen, gibt es böse Eiterböllen. Die Söphe sticht ihm die jeden Abig im Liecht vom Öllämpli aus und tüpflet Eiter und Bluet mit einem in Franzbranntwein getünkleten Tüechli ab und reibt ihm nachher die Hände mit Melkfett ein. Nur wenn der Jakob einen besonders gueten Abig hat, kann ihn die Söphe gnueg guslen, dass er sich in die Stube hockt und ein paar Maulvoll Griessbrei schluckt.

Die Aussteuer

Wenn die Söphe und der Chnecht gehofft haben, jetzt, wo das giftige Holz in Bretter gsaget und ordentlich wie in einer Sagerei nach Kernholz und Schwarten und Drechselholz und Schnitzholz getrennt und zum Tröchnen aufgeschichtet ist, werde der Jakob auf der Pacht wieder gschaffiger und sage hoffentlich nüt mehr von weissen Vögeli, so haben sich die zwei getäuscht: Der Jakob bringt sein Maul überhaupt nümen abenand. Die meiste Zeit hockt er einfach beim Elsie und stiert wie sie durch die Wand, und die Söphe muess immer öfter in die einte Ecke fuchtlen, mit dem Besen, und wie das nüt nützt, holt sie im Stall sogar die Mistgable. Der Jakob merkt dann auch, dass die Söphe öppis Verständliches sagt, nämlich: «Gang weg», in eben die einte Ecke. Aber achten tuet sich der Jakob nicht.

Nur öppendie, wenn die Söphe wieder einmal denkt, eine Muetter, wo Zeit ihres Lebens wie angewachsen dahocken und hinter die Welt in eine Gräue starren müess, seig Strafe gnueg, da müess nicht noch der Jakob freiwillig, und drum einen resoluten Tag hat, reisst sie an seinem Arm und hört nicht auf, bis der Jakob endlich aufsteht und in die Stube geht, wo die Söphe eine Schüssel mit heissem Wasser und einen Waschplätz paratgelegt hat.

Wenn der Jakob sich dann wieder einmal gewaschen und die Kleider gewechslet hat, stutzt ihm die Söphe den Bart, und dann schlurpt der Jakob um das Haus, luegt die Eibenbretter an, nimmt hie und da einen Schluck aus der Bätziwasserflasche, trüllt das eine oder andere Stück Drechselholz in seiner Hand und legt seinen Chopf schräg, zum losen, wie das tönt, wenn er mit dem Knöchel daranklopft. Am Schluss nickt er, und wenn die Söphe in der Nähe ist, ghört sie ihn murmlen: «Noch neun Monet», «noch acht Monet», «noch siebeneinhalb Monet», wie früher amigs beim Frankenzählen für das Ross.

Sonst ist der Jakob nümen zu brauchen. Aus reiner Gewohnheit legt die Söphe amigs öppis vom Milchgält dem Jakob in seinen Brustsäckel, auch wenn der das die meiste Zeit kaum merkt. Nur öppendie luegt er auf, mit rötschiggelben Augen, und murmlet: «Wenigstens eine Aussteuer, gell, Söpheli.» Hätte die Söphe nicht andere Sorgen, würd sie sich wohl ein Jahr lang wundern, was der Jakob wohl mit der Aussteuer meinen mag.

Aber in dem Jahr wird der Chnecht jeden Monet tapsiger und jammeret über sein Augenliecht, und wenn er melken muess, zittern ihm die Kläpen. Und nach Menzigen hat der Chnecht amigs ein halbe Ebigkeit, aber die Söphe schickt doch lieber ihn: Der Molkimeister hat jedes Mal wieder das Gefühl, er müess probieren, die Söphe zu bescheissen, weil sie nüt Rechtes sagen kann, und dann muess sie ihn immer anstieren, bis es ihm gschmuch wird, und wenn er ihr endlich die Räppler in die Hand truckt, zischt er: «Häx!»

Zum Misten geht der Chnecht noch, nur merkt das Söpheli, wie es dem Herbst zugeht, dass noch vill zu wenig Heu im Heuboden liegt, und bis sie mit ihren kurzen Armen und der Chnecht mit seinem Tatteri einen ganzen Hang Gras abgesenset haben, geht das ebig und drei Tage. Und so zieht die Söphe an einem Morgen, wie sogar der Jakob ein paar Löffel Rösti gegessen hat, dem Jakob den Brustsäckel füren und grüblet die Räppler wieder heraus, und der Jakob lässt das einfach geschehen. Wie sie sich die in den Schürzensack gesteckt hat, steckt sie noch eine Hampfle Heu obendrauf und macht sich auf den Weg.

Der Sauschaagg ist in seiner Schüür am Ziehkummet fetten. Die Söphe steht im Tor, und wie er aufluegt, zieht die Söphe die paar Halme Heu aus ihrer Schürzentasche und macht jämmerlich: «Muh», und zeigt daraufhin auf ihren Bauch. Und dann schlotteret das Söpheli am ganzen Leib und gheit um, nur zum nachher grad wieder aufstehen und auf den Sauschaagg zeigen und dann nacheinander Richtung Dorf und Richtung Pacht. Der

Sauschaagg nimmt der Söphe die Räppler aus der Hand: «Das langt nöd!»

Erst wo die Söphe die restlichen Räppler fürengrüblet und schliesslich die Tasche umtrüllt, zum zeigen, dass sie leer seig, da nickt der Sauschaagg: «Wills nach der Chile am Sunntig sägen. Sie chömed wohl am Mäntig.»

Wie die Söphe sich umtrüllen und gehen will, meint er: «Wart», verschwindet in seinem Haus, und wie er wiederkommt, hat er eine Schwarte und sogar zwei tünne Stücke Speck in der Hand und gibt zuerst den kleineren der Söphe: «Für dich.» Der grössere seig für das Elsie. Die Schwarte solle sie mit Graupen auskochen, dermit der Jakob und der Chnecht auch öppis davon heigen.

Wahrhaftig kommt ein paar Tage später das halbe Dorf auf die Pacht, jeder mit einer Sense oder einem Beil, und am Abig sind die Hänge rund um die Pacht gegrast und die Baumschösslinge am Waldrand umgetan und heruntergetragen und hinter der Pacht zum Tröchnen aufgeschichtet. Am Schluss ist fast nur noch der Obstmeier vorig, den findet die Söphe hinter dem Haus, wie er an die Eibenbretter klopft und ein Drechselstück unter seinen Schnauz hält und daran schmöckt. Wie er merkt, dass ihm die Söphe zueluegt, grinst er, legt das Holz zurück und macht einen Schritt auf sie zue.

Der Söphe will es schon gschmuch werden, aber da kommt grad der Sauschaagg um das Eck und meint, die Söphe habe er gesuecht. Ob er noch öppis helfen könne. Sonst würd er drum noch ins Wirtshaus, und dann macht er eine Pause. Und wie die Söphe den Chopf schüttlet, legt er dem Obstmeier eine Hand auf die Schultere. Er käme doch sicher auch. Und dann wartet er einfach, mit seiner schweren Hand auf dem Obstmeier, und macht keinen Wank, bis der nach einer halben Ebigkeit meint: «Also guet», und sich umtrüllt. Der Sauschaagg geht hinter ihm und macht sich breit.

Die Söphe und der Chnecht haben ein rechtes Glück, dass

noch ein paar Tage die Sonne scheint, sonst hätten sie all das Heu gar nicht allein zusammenrechen und in den Heustock schürgen können. Und so ist es, wenn auch sonst von dem Dorf nicht vill Guets zu sagen ist und beim Eid auch nicht mehr vill Guets kommt, doch den Finsterseern zu verdanken, dass dem Söpheli und dem Chnecht im nächsten Winter die Chüe nicht elendigs vor Hunger verräblet sind.

Der Jakob verirrt sich

Durch einen zweiten Winter hätte die Söphe sich und den Chnecht und zwei unnütze Esser und die drei Chüe wohl nicht gebracht, trotz allem gschaffig sein. Die Söphe hätte wohl auch gar nicht gnueg Räppler zusammengebracht, zum das halbe Dorf im nächsten Herbst wieder zum Helfen aufbieten.

Aber da hat der Jakob plötzlich wieder zu werken angefangen, und drum hat die Söphe zwischendurch gemeint, jetzt käme dann wohl doch alles besser, und hat, trotz der Jakob dertzumal mit ihr geredet hat, kaum daran gedacht, was wohl werden soll, wenn der Jakob einmal nümen ist. Und zwar ist der Jakob an einem Morgen von selber aufgestanden und ist ums Haus gegangen, zum wieder einmal an den Eibenbrettern zu klopfen, und dermal hat der Jakob keinen Schluck aus der Flasche genommen, sondern genickt, und, zrugg im Haus, ein ganzes Chacheli Graupen gegessen. Nach dem letzten Biss hat der Jakob seinen Säckel fürengezogen, der, wo die Söphe brav hin und wieder einen vorigen Räppler hineingelegt hat. Ein paarmal hat der Jakob gezählt und die Brauen gerunzlet. Am Schluss hat er dann doch genickt, seine Schlutte angezogen, den Chratten auf den Rücken geschnallt und ist ohne ein Wort ab.

Schon am Mittag hat die Söphe von dem Hang aus, wo sie Chuefladen von der Weide schürgt, den Jakob gebückt und mit schwerem Gerät in seinem Chratten zurückkommen gesehen, und bald ghört die Söphe ein regelmässiges Geräusch, und wie sie mit einer haushoch getürmten Mistcharre an der Pacht angelangt ist, hat der Jakob schon eins von den roten Brettern säuberlich abgehoblet und plan gemacht. Die Söphe freut sich, bis sie aus einem Augenwinkel gseht, wie der Schatten, wo der Jakob wirft, ausgseht, als würd da eine Wurzel wachsen, direkt im Jakob seine Füess hinein, und dann muess sie den Jakob schnell am Arm anlangen, zum luegen, ob er nicht öppen durchsichtig ist.

An dem Abig lupft es den Jakob zum ersten Mal.

In den nächsten Wochen hoblet und sägt er Bretter auf die richtigen Ticken und Längen, und wieder lässt jeder Splitter einen Eiterböllen aufblüehen, und wieder muess die Söphe die aufstechen.

Öppis sagen oder essen tuet der Jakob immer noch fast nüt, nur hockt er weniger beim Elsie, sondern am Abig amigs mit einem Stück Wurzel- oder Astholz in der Stube und rasplet und schnitzt und figlet und poliert und schnauft dabei Eibenstaub ein, und wenn die Söphe amigs mit einem Bäseli und einem Wischer das Häuflein giftiges Sagmehl am Boden wegmacht, beissen ihr nachher die ganze Nacht lang die Hände und sind rot.

Der Jakob schafft und schafft, bald hat er ein Bett fertig, da ist ein Pfosten ein Ross, wo sich mit geblähten Nüesteren bäumt, und wenn die Söphe echli schielt, ghört sie es wiehern und merkt genau, wie das Ross einen Baum vor sich gseht, saftig tunkelgrüen und mit roten Beeri, dass ihm der Schaum vor dem Maul steht. Am anderen Pfosten steht eine Frau, die spielt auf einer Fidle und hat einen Chueschwanz um den Hals, der ist an einem Chuerücken angewachsen, wo am dritten Pfosten in einen Chopf mündet, wo auf Ross und Frau und Fidle luegt und gar keine Angst vor dem vierten Pfosten zu haben scheint, wo man nicht recht weiss, ob da jetzt ein Mann steht, wo weite Ärmel von einem Gehrock bis zum Ross hin langen, oder ob das Vogelflügel sind, und dann keucht der Jakob, und die Söphe muess ihm auf den Rücken klopfen, er huestet weissen Schleim und rotes Bluet, bis er umgheit.

Trotzdem der Jakob kaum mehr Haut und Knochen ist, wiegt er doch zu schwer für die Söphe, und so muess sie den Chnecht aus dem Stall holen gehen, zum den Jakob recht und links gestützt in seiner Chammere in sein Bett zu bringen. Der Jakob stinkt, nach Schnaps und nach altem und neuem Schweiss und nach frischem Eibenholz, aber darunter schmöckt er noch vill mehr nach modrigem Wald und totem Tier, und die Söphe meint zu ihm, wie sie ihm die Hände wäscht und die Eibenspleissen herausgrüblet und ihm die Kläpen schliesslich einsälbelet, sie habe doch dem Jakob schon so öppendie gesagt, er solle nicht weiter auf diesem grauen Weg gehen, bald traue sie sich nümen, ihn zu holen, bald hole ihn der gspässige Mann vom einten Pfosten bei der Stalltür, der mit dem blauen Rock und dem Zylinder, und der Jakob meint: «Aber die Frau in der Kutsche! Und das Vögeli!», bevor er sich mit dem Handrücken über die Augen fährt, und dann seufzget er, und die Söphe stellt ihm die Flasche hin. Die hat sie sich nur einmal getraut zu verstecken, und das ist dann nicht guet gekommen.

Es bleibt nicht bei einem Bett, nacheinander hoblet und zargt und schnitzt der Jakob einen Tisch, wo mit einem Vogelfuess und einem Huf und einem Frauenbein und als viertes sogar mit nichts als einem polierten Wurzelstock still und plan steht, Stüehl mit genauso gspässigen Beinen. Das Vögeli mit dem weissen Brüstli steht auf einer Wiege, und der Jakob schafft schon an einer Kommode mit Gesichtern als Schubladenknäufe.

Die polierte Maserung vom Holz könnte die Söphe stundenlang anluegen, orangerot und dann wieder braun, als wär die Eibe, wo der Jakob die Möbel daraus zimmeret, nicht tot und umgehauen, sondern als wär aus dem Jakob seinen Fingern ein zweites Leben in sie gerünnt, eben das, wo ihm abhanden kommt, je mehr von dem giftigen Eibenstaub er einschnauft und je weiter er sich in dem Wald mit den Flechten verlauft und nie eine lange Nase hinter einer Flechte gseht oder einen blauschwarzen Zylinder oder ein schepses Grinsen.

Bis an einem Abig eben der Söphe ihre Hand nicht auf seinem Ärmel landet und der Jakob endlich an der Kutsche ankommt, die ist gezogen von einem müeden Ross, wo dem Jakob bekannt vorkommt.

Mit dem Jakob geht es z'End

«Jakob!», rüeft die Söphe in der Stube und schüttlet ihn am Arm, aber der Jakob bleibt über der Tischplatte hangen. Sein Gesicht liegt halb auf einem Lumpen und halb auf seinem letzten Polierstück, und von seinem halb offenen Chiefer süderet echli schon angetrockneter Speuz auf den letzten Chnopf für an die unterste Kommodenschublade.

Von links ist der Chnopf ein strenges Frölein, das gseht die Söphe, eins, wo echli vertröchnet ausgseht, aber die Söphe lässt Chnopf Chnopf sein und schreit nochmals: «Jakob!», und dann weidlet sie zur Stube hinaus und hört nicht auf zu seckeln, bis sie beim Chnecht auf der Weid angekommen ist.

Der steht gebückt und sticht Blacken, bis ihn die Söphe am Ärmel packt und in ihrem Chauderwelsch öppis schreit, dringend muess es sein, der Chnecht packt jedenfalls sein Blackeneisen auf den Rücken und weiss dann in der Stube sogar, was zu tuen ist. Die Söphe muess den Jakob an den Beinen lupfen, und der Chnecht fasst ihn um die Brust. Wie sie ihn auf sein Bett legen, röchlet der Jakob, und der Chnecht meint zu der Söphe, sie müess in der Chammere wachen, villicht könne sie ihm echli den Speuz von der Backe waschen, er hole itzt den Kaplan.

Und das macht der Chnecht auch, nur dass er noch zuerst ins Wirtshaus geht, der Tubel, und einen schnellen Schnaps verlangt, er brauche einen, verzellt er im Stehen dem Obstmeier, wo da wie meistens schon am Nachmittag hockt, und der Wirtin, der Jakob gebe wohl den Geist auf, aber die Aussteuer, wo er der Söphe gezimmeret und geschnitzt habe, die könne sich also sehen lassen, und der Jakob seig bei aller Härte und allem Geiz eben schon auch ein gueter Mann wohl bald gewesen, und er well grad noch einen auf den Weg, und erst dann trüllt er sich gegen das Pfarrhaus.

Der Kaplan ziert sich natürlich zuerst und meint, bei den Protestanten gäbe es keine letze Ölung und der Chnecht müess in Samstageren oder gar in Wädiswil den reformierten Pfarrer holen. «Aber bis dann ist der Jakob tot», meint der Chnecht, und so bequemt sich der Kaplan dann doch.

Die Söphe macht währenddessen Wasser warm, und der Jakob steigt neben die Frau auf den Kutschbock und luegt sie an, aber sie streift ihn nur mit einem Blick und luegt grad wieder auf den Weg vor ihr, auf Flechten und Wurzelstöcke und tunkle Nadelvorhänge, und murmlet: «Wo isch er, wo isch er, wo?» Und der Jakob meint, es tue ihm leid, so leid tue ihm alles! Die Söphe bringt heisses Wasser und einen sauberen Lumpen in die Chammere, der Jakob lupft seinen Gältsäckel über seinen Chopf und legt ihn der Frau auf dem Kutschbock um den Hals und lässt ihn los, dass er ihr echli auf die Brust gheit. Da löst sich öppis in der Brust, sie würgt und huestet in die hohle Hand, in die gheit ein rotschwarzes Beeri, und das wird in der Hand vom Elsie flüssig und durchsichtig, bevor die Träne ganz verdunstet und durch den Eibenwald ein Windstoss geht, und die Frau luegt um sich und erkennt den Jakob auf dem Kutschbock, und wie ihm eine Träne über die Backe läuft, legt sie ihm ihre Hand darauf, und der Jakob sagt nochmals, es tue ihm leid, so leid, und die Söphe wischt mit dem warmen nassen Lumpen in der Chammere den Speuz von seiner Backe, und der Jakob sagt: «Vögeli! Mis Vögeli.»

«Hör mal uf mit dem Vögeli!», meint die Söphe, aber da hat der Jakob schon ausgeschnauft, und dann schnauft er gar nümen, und die Söphe schüttlet ihn und rüeft immer lauter: «Jakob!», aber es will alles nichts nützen, die Söphe kann schütteln, was sie will, und am Schluss schüttlet es sie selber. Am End bindet sie dem Jakob den feuchten Lumpen um den Kiefer, dermit der nicht sperrangelweit aufsteht, später dann, wenn er wohl ganz starr wird wie amigs bei den Tieren. Die Söphe faltet dem Jakob die Hände auf dem Bauch und überlegt noch echli, bis sie in der Stube die Bibel holt und sie ihm unter die gefalteten Hände schürgt, grad bevor die Tür aufgeht und der Chnecht mit dem Kaplan hereinstürchlet und der Jakob auf dem Kutschbock in sich zusammenghackt und nüt mehr sagt, genau in dem Moment, wo die Frau ihre Hand von seiner Backe nimmt und wieder weiss, dass sie Elsie heisst und dass sie nicht öpper, sondern öppis suecht, und sie weiss sogar ganz genau, was.

Er seig zu spät, meint der Kaplan zwar, aber dann zieht er doch ein Kreuz über dem Jakob, wo immer noch mit dem Lumpen um den Kiefer daliegt, und meint, in drei Tagen könne er die Beerdigung schon richten, und trüllt sich wieder um und zur Tür hinaus.

Die Söphe fängt an zu heulen, und das Elsie gibt dem zusammengesunkenen Jakob auf dem Kutschbock einen letzten Muntsch, aber nur einen auf die Backe, und sagt, ihr tue es auch leid. Sie zurrt die Zügel auf dem Kutschbock fest und geht zum Ross, zum es losschirren, und der Chnecht hockt sich neben den Jakob und murmlet: «O jehmineeh, o jehmineeh!», und der Obstmeier ist schon aus dem Wirthaus gestürchlet, mit einem, zwei Schnaps intus, aber eben leider bei weitem nicht gnueg, als dass er nicht seinen Chnecht hätte holen gehen können, und noch einen Kumpan aus dem Dorf.

Und wenn die Söphe gewusst hätte, was sich da über ihr und dem Chnecht und ihren drei Chüen und dem halbtummen Elsie zusammenbraut, so wär sie wohl in den Wald gerannt und hätte den toten Jakob in der Chammere sein lassen und sich beim Sauschaagg in seiner Schüür oder bei der alten Lina in ihrem überwuechereten Garten verkrochen.

Ein Schnabel im Chuebrunz

Mit einem Sickeren und Gurgelen und Brausen sind seit Jahr und Tag die Wasser aus dem Finstersee underwegs, und mit den Wassern treiben die Linien, wo die Söphe zeichnet, schlänglen sich mit der Sihl bis in den Rhein und ins Deutsche hinab. Mit so Linien hat es eine Bewandtnis, und zwar ist es genau wie mit Melodien oder Liedern wo, einmal in die Welt entlassen, einiges anrichten können, Guets und Schlechtes. Und öppendie passiert es, dass solch eine Linie, ohne dass der Zeichner es wüsste, für genau öpperten gemeint ist, und dann wicklet sich eine solche Linie öppertem ums Herz und fängt derart an zu ziehen, dass dem nichts anderes übrig bleibt, als sich zu füegen.

Item, vom Rhein sind sie schon vor Mönet in einen kleinen Seitenkanal getrieben und über eine Viehtränke in einem Chuemagen gelandet, und in der Chueblatere stehen sie, schon Wochen, bevor der Jakob in Finstersee seinen letzten Schnauf tuet, auf einem Marktplatz in einem deutschen Kaff, und dort tuet die säbige Chue einen Brunz. Eine lumpige Gestalt mit einem schepsen Gesicht wird über seinem dreckigen roten Tuech um den Hals bleich und steht nach zwei Sätzen direkt über dem Chuebrunz.

Wo es bei dem Vaganten wohl fehle? Er mache ihm die Kuh scheu!, meint der deutsche Puur mit der Chue am Strick, aber da ist der Mann schon auf den Knien und grüblet im nassen Strassenstaub umen: Er habe, also, ob der Bauer nicht auch diesen Schnabel gesehen habe im Brunz, und ein Bein von einer

Frau, das Bein kenne er auswendig! Der Puur weicht zurück, tippt sich an die Stirn und murmlet öppis wie: «Vagant und pauper und blöde und wohl am Ende auch noch gemeingefährlich», und rupft am Strick von der Chue und lässt den Mann mit dem schepsen Gesicht stehen. Der steht auf, wischt sich über die Augen, und wie sein Blick auf den Dorfbrunnen gheit, schreit er in einer Lautstärke: «Und da! Im Wasser! Die Linie da, das ist doch eine Wurzel, nein, ein Frauenfuess! Angewachsen! An einer Wurzel!» Der Mann luegt wild um sich: «Gseht das denn niemert?»

Natürlich gseht das niemert, wer kann, rückt villmehr ab und truckt sich hinter ein Rossfüdli, so dass der Mann schliesslich durch eine leere Gasse auf den Dorfbrunnen zustürchlet und seine Hände ins Wasser taucht, als well er öppis fangen, und plötzlich tuet er, als heig er öppis zwischen zwei Fingern, und obwohl niemert von dem deutschen Marktvolk öppis gseht, schreit der Mann: «Eine Feder! O jeh!», und auch hinter ihm zeigen sie den Vogel.

Den Mann schert das nicht, der schreit nümen, sondern geht der Leitung vom Dorfbrunnen nach und bis an den kleinen Kanal und lupft hier und dort öppis auf und murmlet derbei Unverständliches, und kommt so, alles Krämen vergessen, nach ein paar Tagen bis an den Rhein, und wie das Elsie so huestet, gseht er in einem Tautropfen am Wiesenrand eine Eibenbeere, und wie die Söphe am Bett vom Jakob die Totenwache hält, zieht schon die Aare grüen am ihm vorbei.

In Finstersee zimmeret der Chnecht einen Schragen. Der Mann zieht süferlig einen Hals von einem Ross aus der Limmat. In Finstersee fangen die Chilenglocken an zu läuten. In dem Moment, wo der Obstmeier sich mit seinen Kumpanen Richtung Wirthaus macht, und das am helllichten Nachmittag, lupft der Mann beim Finstersee noch einen ganzen grauen Weg, wo nienets hinfüehrt, sondern, wenn man ihn genau anschaut, immer in sich verschlungen bleibt, aus dem Wasser, und so hat der

Jenisch endlich fast das ganze Bild zusammen und zieht ein bekümmeretes Gesicht und trüllt sich mit schnellen Schritten Richtung Elsie und der Pacht.

Die Linien im Herrenhaus

Während söttige Linien von der Pacht bis ins Deutsche hinabtreiben, füehrt eine weitere ebenfalls von Finstersee weg. Bögen von bedrucktem Einpackpapier finden nämlich von Menzigen aus ihren Weg, und zwar in die besten Papeterien und Patisserien, und von der allerbesten, der Confiserie Sprüngli am Paradeplatz, gelangt einer zu feinen Damen der Gesellschaft, wo zu nachmittäglichen Conversations in den Salongs von anderen feinen Damen Millefeuille-Gebäck mitbringen. Und so sagt an einem Nachmittag eine Tätschmeisterin in einem Herrenhaus: «Merci villmal», und nestlet das seidene Bändeli auf und bleibt mit einem Blick aus bernsteinfarbenen Augen am Gesicht von einer Frau hänken, der flügen die Hälfte der Haare als Federn davon, und die andere Hälfte wächst zu Wurzeln zusammen. Die Hausherrin stockt und wird auch echli bleich, bis der Bsuech meint: «Amalie-Sophie! Sie verlieren ja gänzlich die Contenance! Haben Sie öppen ein Gespenst gesehen?»

Da fasst sich das Frölein Sophie und meint, das Gesicht auf dem Bogen da erinnere sie bloss an öpper von früehner, eine Person, von der sie, lang ist es her, vill zu vill erwartet habe, eine Geigerin mit ausnehmend Talänt, aber es seig nüt daraus geworden, obwohl sie ihr dertzumals in jugendlichem Überschwang die eigene Geige ausgeliehen, eigentlich gar geschenkt habe, eine richtige Teufelsgeige seig das gewesen und schon lange in Familienbesitz, jammerschade, eine Jakob Stainer und ausserdem eine seiner besten, und derbei habe sie der Frau weiss Gott gnueg Gelegenheit gegeben, sich zu präsentieren.

«Eine Stainer?», meint da ein anderes feines Bsuecherfrölein, und wie vill es davon in der Schweiz wohl gebe?, und das Frölein Sophie meint, es seig wohl nur die eine, und da meint das Frölein, sie frage aus einem bestimmten Grund, eine Geige, «mutmasslich Stainer», seig eben vor ein paar Tagen in der *Neuen Zürcher Zeitung* zum Verkauf annonciert gewesen, und sie wisse das noch, weil die Annonce sie nicht ganz comme il faut getunkt habe: «Wer ein solches Instrument rechtmässig samt Papiers d'origine besitzt, annonciert doch nicht in der Züri Zitig!»

Das Frölein Sophie bleibt im weiteren Verlauf vom Nachmittag wortkarg und ist froh, wie sich die Damen bald verabschieden. Sobald sich die Salongtür hinter ihnen geschlossen hat, läutet das Frölein dem Zimmermeitli und lässt ausrichten, es seig anzuspannen, und zwar tifig, sie müess noch nach Zürich. Sie fahre selber, und sie well die zwei schnellen Schwarzen, und was sie noch umenstehe. Schon schiesst das Meitli zur Tür hinaus, da schreit das Frölein Sophie «Wart!», das Meitli müess noch zur Post und der *Neuen Zürcher* telegrafieren, dass sie käme, und dann rennt das Frölein Sophie ins Studierzimmer vom Vatter selig und rammt den Schlüssel in den Sekretär und grüblet mit Tempo zwei Franken heraus für das Telegramm, bevor sie in die Ankleidechammere secklet und sich in ihre Reisegarderobe stürzt und auf den Kutschbock und mit der Geissel klöpft und die gekieste Einfahrt vom Herrenhaus herabspritzt.

Wie ein Kutscher fluecht das Frölein Sophie über jeden Fuessgänger am Rand von der alten Landstrasse, und noch lauter schimpft sie über einen Holztransport, und wie sie drei Stunden später im nicht mehr so scharfen Trab bei der *Neuen Zürcher* vorfährt, klebt ihr der Schaum von den schnaufenden Rössern an der Garderobe, und zwei helle Streifen laufen ihr von den Augenwinkeln nach hinten über die Backen. Aber das merkt das Frölein Sophie nicht, sie zieht mit einem Ruck die Bremse an, lässt die Zügel fahren und lässt sich beim Annoncier anmelden.

Der hat nach Redaktionsschluss extra gewartet: Es hilft natürlich, so als Frölein Sophie in Person aufzutreten!

So ist es ein Leichtes, herauszufinden, wer annonciert hat, und nach einer zweiten, kurzen Fahrt und einer weiteren Anmeldung im Haus zur Laterne am Sonnenquai einem distinguierten Herrn mit weissem Bart gegenüberzustehen. Einem Emil Hug, vom Musikinstrumentehandel Hug, wo das Frölein Sophie in seinem privaten Salong empfängt und nicht öppen in den Geschäftsräumen, und meint: Die Stainer, ja, die muetmassliche Stainer, eine verworrene Geschichte seig das und die Proveniangs mehr als unklar. Es seig ja schon Abig, und ob die Herrin nicht ihren müeden Rössern über Nacht in seinen Stallungen Erholung angedeihen lassen well, und ob sie nicht einen alten Mann mit ihrer Gesellschaft beehren wolle, es gäb Gästeräumlichkeiten und die Möglichkeit, sich zu erfrischen.

Wie das Frölein Sophie sich den Staub um die hellen Streifen in ihrem Gesicht abgewaschen und die Kleider ausgebürstet und dergestalt erfrischt einen Teller heisse Consommée mit Mark, gefolgt von Pasteten, Chäs und Früchten, gelöffelt hat, streicht sich der Herr Hug Brösmel aus dem Bart, steht mit einem rechten Ächzer auf und geht, gestützt auf einen Stock, ins Nebenzimmer und kommt mit einer Ledermappe zurück.

Erst wie er weissen Wein nachgeschenkt hat, zuerst sich selber und dann dem Frölein Sophie, schlägt er die Ledermappe auf, luegt auf das Blatt Pergament, wo da liegt – «Violine, Handwechsel, An–Von» kann das Frölein Sophie verkehrt herum lesen und daneben «Ort» und «Preis» –, und gibt ihr das Dokument in die Hand:

Herr Emil Hug	–	Herr Zogg, Anton	Zürich	5 Hektaren Land
Instrumentehandel		Zürcher		aus Familienbesitz,
Hug		Kammermusikmeister		Zürich Aussersihl
				Kataster-Nr. 503

Herr Zogg, Anton Zürcher Kammer- musikmeister	– Herr Brunner, Emil Hotelier	Zug	Fr. 1500.–
Herr Brunner, Emil Hotelier	– Herr Engel, Kaspar Fuhrwerker	Zug	2 Zugpferde, 4-jährig Rasse: Friesen

Wie sie «Friesen» und «Zugpferde» liest, scheint dem Frölein Sophie, als klebe an den Wörtern ein Seufzger, sie schuderet, fährt sich mit der Hand an den Spitzenkragen und liest weiter:

Frl. Engel, Dora Fuhrwerkertochter	– Herr Imhof, Pankraz Musiklehrer	Zug	1 Collier 24 kt, 18 g & 1 Kuss & 1 Ohrfeige
Herr Imhof, Pankraz Musiklehrer	– Frl. Steinbach, Berta Pastorentochter	Menzingen	Fr. 50.–
Frl. Steinbach, Berta Pastorentochter	– Walti, Lienhard Krämer	Menzingen	Fr. 20.–
Walti, Lienhard Krämer	– Verkäufer unbekannt	Menzingen	Fr. 8.–

«Sie gsehnd, ich habe recht nachgeforscht», meint der Instrumentehändler, eine muetmassliche Stainer falle einem ja nicht alle Tage in die Hände, und ohne Nachweis könne man sie auch nicht angemessen veräussern, und eben habe sich die Spur der Violine gspässigerweise schon nach wenigen Transaktionen verflüchtigt, wie auch die Frage, wie ein kleiner Chrämer zu solch einer Violine komme und offensichtlich ihren Wert nicht kenne, völlig ungeklärt seig. Aber die Herrin lächle so gspässig? Bevor er ihr aber das Wort überlasse: «Es gibt noch ein zweites

Pergament in der Mappe», darauf steht, gseht das Frölein Sophie handschriftlich «Stainer» und «Bemerkungen», und dann verzellt der Händler dem Frölein Sophie recht umständlich eine Geschichte.

Die Geschichte von der Fidle

So öppis, verzellt der Herr Emil Hug, seig ihm noch nicht vorgekommen, und derbei handle er schon sein ganzes Leben lang mit Instrumenten, aber diese Stainer, die habe gemäss seinen Nachforschungen niemertem Glück gebracht. Wo der Zürcher Chammerorchestermeister die Violine seinem ersten Geiger in die Hand getruckt habe, habe der gemeint, die Violine fühle sich ganz einfach falsch an, er spiele darauf wie ein Anfänger. Drum seig der Chammerorchestermeister auch zu ihm gekommen und habe den Handel von Land gegen Violine vorgeschlagen. Wenn er natürlich gewusst hätte, dass der Meister dem Hotelier in Zug nur tusigfünfhundert Franken …, aber, je nu, Geschäftsrisiko, und, item, auch der Hotelier in Zug habe eine gspässige Geschichte zu verzellen gehabt.

Seinem Fuehrwerker habe er die Geige abgekauft, und weil der Hotelier wegen der Hausmusig in seinem Sääli echli eine Ahnung von Instrumenten hat, und weil die zwei schwarzen Friesenhengste, wo er einmal für den Bsuech vom russischen Zaren, wo dann eben doch nicht gekommen seig, angeschafft habe, sowieso vill zu vill Hafer fressen und unleidig im Stall stehen, so seig er um den Handel Violine gegen die zwei Riesengäule recht froh gewesen.

Aber wie dann sein Hausgeiger mit der Stainer an einem Hochzeitsdiner zur Teufelstrillersonate angesetzt habe, seigen den Damen die Fettaugen in der Rindsconsommée gkallt und die Mayonnaise geronnen, und die Braut habe sich über die Ohren gefasst und geschrien, und der Hausgeiger habe am End gemeint, die säbige Violine well er nümen spielen, auch wenn das unzweifelhaft ein grosses Instrument seig.

Bevor jetzt der Emil Hug von Musiglehrern verzellt und Fuehrwerkerstöchteren und von Küssen, wo nicht heimlich geblieben seigen, und immer heig die Violine darauf die Hand gewechslet, und vom Brand im Pastorenhaus, wird er zwischenduren ganz metaphysisch und verzellt dem Frölein Sophie, wie ja Musig eigentlich Mathematik seig und Mathematik am Schluss Religion, und wie eben alles aus Teilchen zusammengesetzt seig, wo in einen Gleichklang geraten. Ob das Frölein Sophie ein Lieblingsross gehabt habe, als Chind?

Das Frölein Sophie nickt.

Und ob sie nicht gedacht habe, es bestünde eine spezielle Verbindung zwischen ihm und säbigem Ross, wo bockt, wenn öpper anderes darauf sitzt? So seig es wohl eine Frage vom Huehn und dem Ei, ob so ein Gleichklang davon kommt, dass der Reiter das Ross beeinflusst? Oder das Ross den Reiter? Und wenn das Ross den Reiter beeinflusst, hat es dann nicht einen Willen? Oder gar eine Seele? Und wenn sich zwei derart unterschiedliche Wesen aneinander ausrichten können wie kleinste Teile, wo schwingen und in einen Gleichklang kommen, muess man sich da bei einem Instrument die gleichen Fragen stellen, gerade weil Musig doch aus Schwingungen besteht?

Nur schon, wie der Stainer seinerzeit wohl das Holz ausgesuecht hat und auf den Klang gelost und schliesslich mit einer seltenen Meisterschaft gesägt und lackiert und poliert, da ist es wohl wie bei einem feinfühligen Ross, so, dass nicht jeder Tubel darauf umenrutschen kann. Und die Herrin könne itzt von ihm aus in Zürich verbreiten gehen, der Hug Senior seig ein sentimentaler Tropf geworden, wo Rösser mit Violinen vergleiche und erst noch glaube, beide hätten eine Seele, und das Ganze habe auch noch mit Mathematik zu tuen. Aber der, wo mit dem Instrument eins seig, der wo das richtig spielen könne, den oder die müess man erst noch finden.

Und dadermit luegt der Emil Hug wieder auf sein Pergament und meint, item, der Krämer in Menzigen heig sich nicht erinnern können.

Da bückt sich das Frölein Sophie und zieht ihrerseits ein Pergament aus einer Mappe und legt dem Emil Hug ihre Papiers d'origine vor und meint, sie würden sicher handelseinig. Der Krämer heig die Violine wohl von einem ihrer Pächter gehabt, und sie wisse, ganz genau wisse sie, wer diese Geige am besten spiele.

Krethi und Plethi auf der Pacht

Wie das Bisiwetter geht es jetzt. Schüst um den Moment umen, wo der Jakob auf der Pacht und zugleich auf dem Kutschbock vom Elsie seinen Geist aufgibt, stieflet eine kleine Rotte mit zielstrebigen, vom Schnaps befeuereten Schritten vom Wirtshaus zur Pacht. Zuvorderst geht der Obstmeier mit einer Mistgable in der Hand, hinter ihm grölen sein Chnecht und sein Kumpan grusige Lieder und davon, wie sie itzt die Aussteuer holen gehen. Der Kumpan schreit so laut, er well die junge schwarze Chue, dass der Jenisch sie von weitem ghört und sich gerade noch rechtzeitig in den Wald schlägt und dann anfängt zu rennen, direktement zur Pacht, und dort findet er das Elsie am Sticken in ihrer Chammere. Sie luegt nicht einmal auf! Trotzdem packt der Jenisch das Elsie grob am Arm und schleikt sie heraus, und derbei muess er echli drücken und schürgen, und das Elsie huestet und würgt.

Wie er sie endlich um den Stall umen und ufen in den Heustock geschleikt hat, zum sich unter dem törren Gras verstecken, ächzt das Elsie derart, dass der Jenisch aufhört, Heu aufzuschürgen, und stattdessen meint: «Psst, sie kommen!», und dem Elsie einen Zeigfinger auf die Lippen legt. Und wie das nichts nützt, truckt er ihr halt seine Lippen aufs Maul. Da huestet das Elsie noch einmal, und durch den Stall geht ein Ruck wie von einem Erdbeben, und der Jenisch hat zumal öppis im Maul, öppis Fauliges, wo schmöckt, als seig es schon Jahrhunderte am Moderen.

Der Jenisch fährt zurück und speuzt auf den Boden, rotschwarzglänzig gheit ein Beeri ins Heu, so rot ist das verfötzlete Stück Herz vom Jenischen selber, wo das Elsie da fürengewürgt hat, dass alles daneben grau erscheint. Der Jenisch meint: «Lueg nöd ane», und verschlirggt das Beeri mit seinem Schueh. Wie er sich zu ihr trüllt, gseht er schüstement noch, wie sich ein Schleier vom Elsie seinen Augen zieht, grau wie Flechten an alten Bäumen, und da meint das Elsie schon mit einem Goiss: «Du!», und echli leiser: «Aber dich sueche ich doch gar nöd!», da legt der Jenisch noch einmal seinen Zeigefinger auf ihre Lippen.

Sie sind auch schon zu hören, der Obstmeier schreit, er well Tisch und Schrank und Trueh, die Chüe seien ihm gleich! «Und das kleine Füdli langt für alle!»

«Sagen kann sie ja sowieso nüt!», brüllt sein Chnecht, es ist ein Gegröl allenthalben, schon haben sie die Schopftür aufgerissen und sind im Stall und packen das Tüfeli, das Rösli und das Klärli grob an den Grinden. Zwei schletzen in der Hütte die Türen und trüllen die Trueh um auf der Suche nach der Söphe, aber wie sie nur den toten Jakob in seiner Chammere liggen sehen, mit seinem Lumpen um das Gesicht, ziehen sie dann doch wieder ab und grüblen zum Glück nicht im Stroh unter dem Jakob umen.

Dort, im Bettkasten unter dem Leintuech vom toten Jakob, liggen die Söphe und der Chnecht zusammengeschürgt, die Söphe denkt, es seig jetzt doch einmal ein Glück, ist der alte Chnecht so klein und türr, und getrauen sich kaum zu schnaufen.

Derfür schreien die im Schopf umso lauter, wem itzt genau welches Möbel zuesteht und wer welches geschnitzte Ross und wer den Restposten vom teuren Eibenholz mitnimmt. Der Obstmeier lupft mit seinem Kumpan gerade den Schrank nach draussen, wo auch schon der Tisch mitsamt der Trueh, den Stüehlen und der Kommode stehen, da tauchen über dem Hügeli aus dem Wald drei Rösser auf. Auf einem feinen Falben sitzt eine Dame mit einem zum Ross passenden Reisekostüm, und daneben ist ein echli weniger feines tunkelbraunes Ross, darauf hockt ein stämmiger Mann mit einem echli weniger feinen Tuech und einem dritten, noch echli weniger feinen Ross am Zügel, das ist mit einer teuren Packkiste beladen.

Eine Weile lang sagt niemert öppis.

Was da vor sich gehe, fragt die Dame, recht leise, aber die Stimme trägt trotzdem bis zum Obstmeier, wo zuhinterst steht und plötzlich dem hellen Blick von der Dame ausgesetzt ist, die anderen haben Tisch und Stüehl und Trueh und Kommode abgestellt und trüllen sich zum Obstmeier um. Der meint zuerst fadengrad, ja, eben Todesfall auf der Pacht, und es heig da niemert mehr, und drum habe er es eben auf sich genommen, das Hab und Guet unter denen zu verteilen, wo den armen Pächtern am meisten geholfen hätten. Und sowieso habe der Jakob einen Waldfrevel begangen, wo er die Eibe gefällt habe. Und eben, es ghöre ja niemertem mehr und –

«Also Wald und Chüe ghöred …», fängt da der Herr Guetsverwalter auf seinem tunkelbraunen Ross an, aber das Frölein Sophie winkt ab und luegt den Obstmeier genauso fadengrad an und meint: «Niemertem?», auf ihrer Backe erblüht rot eine Linie wie von einem Schmiss, während sie ihre Augen hinter den Obstmeier wandern lässt. Der trüllt sich um – und da kommt weiter hinten das Elsie aus dem Heustock herab hinter dem Chuestall füren, schmal und bleich und gestützt vom Jenischen, und schwankt derbei echli.

Das Frölein Sophie reitet einfach zwischen Trueh, Tisch, Schrank, Chüe und den maulaffigen Kumpanen duren und zuletzt am Obstmeier vorbei. Der macht eine Bewegung, als well er ihr in den Zügel fallen, aber die Herrin ist derart sauber und mit kostbar genähten Kleidern angetan, dass er zögeret, und das Frölein Sophie hat auch schon die Reitpeische gelupft. Dem Obstmeier sein Arm gheit nach einem schnellen Seitenblick auf den Guetsverwalter wieder herab.

Wie die Herrin absteigt und vor dem Elsie steht, da stehen die Finsterseer blöd umen, und wie das Frölein Sophie das Elsie umarmt und den Guetsverwalter heranwinkt, luegen sie auf den Boden.

Wie der Guetsverwalter mitsamt Packross zwischen all der Gstellasch zwischenduren reitet, machen sie einen, zwei Schritt zurück, und wie der Guetsverwalter die Schnallen von der Kiste löst und säbige süferlig vom Packross lupft, macht der Obstmeier einen Schritt Richtung Wald, seine Komplizen ihm nach, der Guetsverwalter schnallt die Kiste auf, sie sind schon fast beim Hügeli, da bückt sich das Elsie zur Kiste und stösst einen Goiss aus. Sie sind schon beim Eibenstrunk, das Elsie richtet sich wieder auf, Fidle in der einen Hand, Bogen in der anderen, und wie der erste schon fast beim Eibenstrunk vor dem verscharrten Verdingbueb angekommen ist, schiesst ein Ton zu ihm hin, der legt sich um seine Glieder und zieht. Schon macht der Kumpan einen unfreiwilligen Schritt hintersi und will doch fürsi stürmen, und so litzt es ihn flach, und auch der Obstmeier trüllt sich in gspässigen Zuckungen retour zur Pacht.

Da steht eine dervor, so öppis hat der Obstmeier noch nie gesehen, die gseht so gross aus wie die Hütte und verdeckt fast den Stall und wächst in den Himmel, die Fidle unter ihrem Kinn gross wie ein tutzend Särge, und der Bogen, der Bogen ist noch schlimmer, der zieht durch Mark und Bein, hintersi zurück zu der Pacht, der Obstmeier schreit, und sein Kumpan windet sich, und dem Obstmeier seinem Chnecht rünnt Bluet aus den Ohren, und er schreit: «Aufhören!»

Aber das Elsie hört nicht auf, das Elsie hat endlich gefunden, was sie die ganze, lange Zeit gesuecht hat, und spielt.

Ein zweites grosses Abschiedskonzert

Der tote Jakob ist über ihnen schon seit langem schwer. Die wenige Luft, wo da ist, kitzlet in der Nase. Der Chnecht schmöckt auch nicht guet, und trotzdem rüehrt die Söphe sich nicht und der Chnecht auch nicht, bis das Gegröl draussen aufhört und es einen Moment lang still ist und zumal ein Ton durch die Chammere fegt.

So einen Ton hat die Söphe noch nie gehört, der lupft das Stroh durenand und reisst das Fenster auf, und es schmöckt nach weitem Himmel und nach Früehlig, auch der Chnecht schnauft auf. Die Söphe wüehlt sich unter einem starren Bein füren. Sogar der Jakob gseht aus, als wär er von öppis Glänzigem übergossen, derbei hat er immer noch den Lumpen um den Kiefer.

Beim nächsten Ton steht die Söphe in der Tür und weiss nicht, hat sie die aufgemacht oder ist sie von selber aufgeflogen. Eine junge Frau steht aufrecht wie ein Birkenschösslig und hat eine Fidle unter ihr Kinn geklemmt. Neben ihr ein Mann mit schitterer Schlutte und einem schepsen Gesicht, eins, wo die Söphe meint, das komme ihr bekannt vor. Eine feine Dame daneben gseht vorig aus, genauso wie ein Mann mit Bauch in guetem Tuech.

Der Mann mit dem schepsen Gesicht flüsteret der jungen Frau öppis ins Ohr, und erst wie die nickt und sich darum, während sie einen noch grösseren Ton zieht, ihr Gesicht echli trüllt, trifft es die Söphe wie der Blitz: Da steht das Elsie!

Der Ton, wo sie grad spielt, streichlet der Söphe über die Backe und zieht sich an der feinen Dame vorbei Richtung Bett, wo abgestellt vor der Pacht steht, die Söphe könnte schwören, die geschnitzte Chue vom einten Bettpfosten schüttle, wie der Ton sie umschlingt, ihre Hörner und das Ross bäume sich auf und der vermaledeite Herr mit dem Vogelschnabel am anderen Bettpfosten verziehe sein Gesicht, aber da ist der Ton schon vorbei und hat sich dem Obstmeier eng um das Herz geschlungen. Der Mann mit dem roten Tuech flüsteret dem Elsie, während sie spielt, weitere Sachen ins Ohr, sie nickt, und der Obstmeier fängt an, eckig zu rennen, genau auf das Bett zue. Das Horn von der Chue reisst einen bluetigen Streifen in sein Fleisch, die Gesichter auf den Kommodenchnöpfen brüllen Beifall, und das Elsie lacht bös zwischen zwei Bogenstreichen.

Wenn die Söphe dem Ton noch weiter gefolgt wär, hätte sie gesehen, wie er unten an der Sihl, wo Farenkraut über fast vergessenen Frauen und Kindern und alten Männern wuecheret, so lange lockt und tröstet, bis Vergissmeinnicht durch das Farenkraut bricht und hellblau in den Wald nickt. Stattdessen gseht die Söphe, wie ein Bluetstropfen vom Obstmeier in einem langsamen Bogen auf den Stall zue und genau an den Pfosten mit dem tunklen Loch spritzt, und pickt da nicht öppis den Tropfen auf? Jedenfalls kracht es ein zweites Mal im Stall, dass die Söphe froh ist, sind die Chüe nicht darin.

Der Obstmeier stolperet trotz dem Krach auf den Stall zue oder wird villmehr blind gestolperet, derart haut ihm das Elsie die Töne um die Ohren, schon flüsteret der Jenisch öppis Neues in ihr Ohr, und wieder nickt das Elsie, lässt den Obstmeier über die Schwelle in den Stall gheien und zieht ihren Bogen dem Obstmeier seinem Kumpan durch den Hals. Der schwankt, und der Guetsverwalter, wo zwar luegt, als wär ihm nüt geheuer, ist mit ein paar Schritten beim ihm und packt ihn am Schlüttli und schleikt auch den zum Stall und rüehrt ihn über die Schwelle, der Kumpan schürgt derbei hart am Balken mit dem Loch entlang.

Beim Chnecht vom Obstmeier braucht es den Guetsverwalter schon nümen, zwei hohe Töne langen, und er kriecht mit Bluet in den Ohren von selber zu seinen feinen Gesellen und lässt einen Bluetstropfen auf der Schwelle liggen, der Guetsverwalter schlägt die Tür zue und verriglet sie von aussen, und der letzte Ton zieht von der Pacht weg, über Finstersee am Studierzimmer vom Kaplan vorbei, der lupft den Chopf und meint schon, es verreisse ihm endlich diesen Schleier vor den Augen, endlich bekäme er einen Blick darauf, was hinter dieser Welt liegt, aber da ist der Ton schon vorbeigezogen, bis nach Menzigen und dort ins Pfarrhaus, und stösst auf dem Weg über das Pult vom Pfarrer Röllin ein Tintenfass um und schürgt die Tinte gerade noch echli Richtung dem Pergament, wo da auf dem Pult liegt, und so steht ein paar Tage später statt dem Namen vom Kaplan Schlumpf nur ein Tolggen im Empfehlungsschreiben an den Abt vom Kloster Kappel.

Das Elsie setzt ihre Fidle ab, schnurrt auf ihre pringe Grösse zusammen und trüllt sich um und luegt zum zweiten Mal in ihrem Leben der Söphe in die grauen Schleieraugen. Da flüsteret ihr der Jenisch noch öppis ins Ohr, das Elsie nickt und setzt die Fidle noch einmal an, und so öppis Süesses hat die Söphe noch nie ghört, ihr verreisst es fast die Brust.

Die Söphe würgt und wird blau im Gesicht. «Jesses, Elsie, so hör doch auf!», heept die Dame, aber da hat der Jenisch schon einen Schritt auf die Söphe zue gemacht und zwängt ihr seine ganze Hand in den Hals. Die Söphe meint, sie müess sterben, bis er ihr im Rachen öppis packt, und das Elsie spielt öppis, wo fliesst. Mit einem Ruck löst sich die Enge in der Brust, der Jenisch zieht der Söphe ein Beeri aus dem Hals, und die Söphe lupft es, und samt dem halbverwehten Schrei, wo der Söphe ständig im Hals gehockt ist, kommt ihr graues Zeugs obsi, und der Jenisch verschlirggt auch das dritte Beeri.

Mit einem Getös bricht der Türpfosten vom Stall abenand und das Tach über den drei Kumpanen zusammen. Staub lupft sich in den Himmel, und wenn die Söphe die Augen echli zusammentruckt, scheint es ihr, als heig die Wolke eine Form von einem Mann mit langen Ärmeln, blauschwarze Flügel vertunklen den Himmel, ein schwarzes Auge blinkt, es gibt ein Geräusch wie von tusig Flügelschlägen und einen Windstoss, und der Himmel ist hellblau.

Wo Mauern kaputt gewesen sind und ein Tach eingestürzt, mitsamt Mistgablen und Heu und drei gemeinen Galöri darin, dort stehen das Rösli und das Klärli und das Tüfeli auf einer feissen Wiese und luegen belämmeret die Aussteuer an, wo der Jakob der Söphe geschnitzt und gezimmeret und gedrechslet hat. Die steht da genauso verstreut und vorig auf der Wiese wie die Chüe und das Elsie und die Söphe und das Frölein Sophie, stehen alle vorig umen und wissen nicht so recht. Das Tüfeli schnupperet an der geschnitzten Chue, wo jetzt nüt als ein Bettpfosten ist, und fängt dann an zu grasen.

Wie das Elsie die Hand vom Jenischen loslässt und sich von dem Spektakel umtrüllt und der Söphe zum dritten Mal in die Augen luegt, so sind diese nümen grauverschleiert, sondern genauso hellblau wie die vom Elsie. Und die Söphe sagt für alle ganz klar und deutlich: «Endlich!» Der Chnecht wird vor Schreck fast ohnmächtig, wie er zum ersten Mal die Söphe versteht.

Die goldigen Tächer

Ein paar Tage nach der grossen Himmelsvertunkelung stehen das Elsie und die Söphe, das Frölein Sophie und der Jenisch und auch der Guetsverwalter noch einmal vor der Tür von der Pacht. Das Elsie hat ein Reisegwand an und neben einem Empfehlungsbrief einen Säckel mit Münzen in der Brusttasche, den Lohn für ihren Dienst beim Frölein Sophie vor langer Zeit, und ein Bündel neben sich mit nur noch einem zweiten Kleid darin, schliesslich muess sie nur bis zur Eisenbahn. Neben ihr steht der Fidlenkoffer, und dann geht das Elsie auf die Söphe zue und gibt ihr einen Kuss und packt sie an den Schultern, stellt sie zwischen den Jenischen und das Frölein Sophie und legt ihr eine

Hand in die Hand vom Frölein und die andere in die vom Jenischen und meint, es seig itzt eben an der Söphe, welle Hand sie zuerst loslasse, es komme sicher beides guet. Und es seig Hans was Heiri, ob man einen Ton mit einem Bogenstreich in die Welt hinausschickt oder eine gezeichnete Linie, es käm nur darauf an, seinem Ton oder seiner Linie nachzufolgen in der Welt. Dann verlaufe man sich auch nicht, meint sie im gleichen Satz, dermal zum Jenischen.

Und dann küsst das Elsie den Jenischen auf sein schiefes Maul und das Frölein Sophie auf die Backe, und der Guetsverwalter schliesst die Tür zur Pacht. Wie er sich wieder umtrüllt, ist das Elsie schon mit dem Bündel auf den Schultern und dem Fidlenkoffer in der Hand auf dem Weg, und der Jenisch, die Söphe und das Frölein Sophie luegen ihr Hand in Hand in Hand nach, wie sie hinter dem Hügeli verschwindet, am Eibenstrunk vorbeikommt, wo auch über dem Verdingbueb Vergissmeinnicht blüehen, und weiter geht das Elsie, am Finstersee vorbei, der verdient seinen Namen nümen, derart glasgrüen liegt er da. Das Elsie macht einen Hüpfer auf ihrem Weg zur Eisenbahn und zu goldigen Tächern und zum Meer und fängt an zu singen:

Adieu, ihr Berge und See,
Aue, lieb Aue, ade!
Rund um mich glüehnd blaui Schatte,
flackeret uf grüene Matte,
nimm mini Fidle nur mit.
O, wie wirds Herz mir so wiit.
O, wie wirds Herz mir so wiit.

Nachbemerkung

«Jakobs Ross» hat es tatsächlich gegeben. Es gehörte aber keinem Jakob, sondern wurde von meinem Grossonkel Alfred Kunz (1895–1978), Pächter im Gut Goldenberg in Feldbach/ZH, gegen versprochene Gebühr für Arbeiten ausgeliehen. Er hatte es kaum einen Nachmittag lang in seiner Obhut, als es an einer Vergiftung durch Eibenbeeren starb. Der Charakter meines Grossonkels ist aber nicht mit dem vom Jakob gleichzusetzen – soweit mir bekannt ist, war er seiner Frau, Tante Fini, ein guter Mann.

Dem Auftritt des Jenischen liegt ebenfalls eine Familienanekdote zugrunde: Durch ihren ethnologisch interessierten Zahnarzt auf ihr «braunes Zahnfleisch» angesprochen, welches «ausschliesslich in der Ethnie der Sinti und Roma vorkommt», wie er behauptete, hat meine Mutter zeitlebens angenommen, dass in unserer Ahnenreihe auf irgendeiner Pacht einmal ein Fahrender vorbeigekommen sein müsse.

Auch die Verbindung zu Pferden durchzieht die Familiengeschichte: Meine Urgrossmutter Berta Kunz-Bachmann (1872–1952) war Fuhrhalterstocher in Rickenbach bei Winterthur/ZH und kutschierte noch im Delirium mehrspännig auf dem Totenbett. Sie hat selbst da noch gemerkt, welches Pferd nicht recht zieht.

Noch weiter zurück gab es mit meinem Ururgrossvater Fridolin Winteler Mitte des 19. Jahrhunderts ein Faktotum bei einem Textilfabrikherren in Mollis/GL sowie mit meiner Urgrossmutter Sophie Winteler-Burkhard eine Generation später eine Fabrikarbeiterin in der Textilfabrik in Richterswil.

In Finstersee/ZG lebten um 1870 ein Kaplan Schlumpf wie auch in Menzigen/ZG ein Pfarrer Röllin. Auch bei den historisch realen Personen Anna Pestalozzi-Römer (1844–?), Stadtrat Melchior Römer (1831–1895), Musikinstrumentenhändler Emil Hug (1842–1909) und Stadtingenieur Arnold Bürkli (1833–1894) habe ich mich bedient. Die Namen und Berufe sind echt, ihre Charaktere und Eigenheiten sind frei erfunden.

Die Bewohner der Gemeinde Finstersee und Wädenswil mögen mir Ungenauigkeiten bei der Beschreibung von Terrain, Gebäuden und lokalen Gegebenheiten verzeihen. Der Bostadel beispielsweise ist kein geheimnisumwitterter, prachtvoller Hof, sondern eine Strafanstalt, die auch nicht am im Ort gelegenen Wilersee steht, sondern unten an der Sihl. Auch die Charakterisierung der Dorfbewohner sei mir verziehen. Tatsache ist aber, dass im Kanton Zug noch um 1740 eine Frau als Hexe verbrannt wurde – also lediglich etwas mehr als hundert Jahre vor der Handlung dieses Romans.

Dank

Für Nachsicht, Rat und Geduld meinen Mentoren, Lektoren und Lehrern: Silvio Huonder, Dirk Vaihinger, Marie Caffari, Kaspar Schnetzler und Max Huber.

Für Einblicke in das Leben der Jenischen: Venanz Nobel.

Für Liebe, Freundschaft und Loyalität: Klaus Tschui, Michelle Brunner, Eric Hunziker, Beat Degen, Trix Barmettler, Lina Walti, Josef Imorde, Amelie Keller, Katharina Koall, Harriet Banks sorely missed, Martin McGrath, Lisa Steinbach, Trix Barmettler, Adam Jasper Smith, Sabine «Spaghetti» Wittwer, Jeva Bartuseviciute, Simone Pengel und zum Schluss, aber nicht am unwichtigsten, Urs Schaufelberger.

Und zusätzlich zu all dem für Geist, Humor und die scharfe Kritik: Adrian Zaugg.

Für das physische und intellektuelle Zuhause: Walter Ruggli und Ulli Hacman. Immer vermisse ich euch.

Für mehr, als es Worte gibt: Gertrud Ruggli-Kunz.

Und für all die Freude, jeden Tag: Max Tschui.